初鳴集：街與夢

序一

　　語言是思想表達和人際交流的重要工具，掌握良好的語言能力，對於學習、工作和生活都有著極大的幫助。理大專業及持續教育學院（PolyU CPCE）語文及傳意學部非常榮幸為大家呈獻這本學生創作文集。這本文集是同學們創意和文學才華的結晶，展現了他們對語言世界的探索和熱情，同時也體現了他們在創作課上的學習成果。這本文集的出版是對我們學生創作的肯定，為他們的成就感到自豪。

　　語言發展在香港一直都是重要議題。香港作為一個國際城市，多元文化的交融讓語言多樣性成為了我們社會的一部分。然而，隨著現代科技及人工智能（AI）技術的快速發展和全球化的趨勢，語言的保護和發展面臨新的挑戰。我們語文及傳意學部積極關注香港語言教育的現狀和未來發展，並致力於推動語言多元發展、培養跨文化、跨學科溝通能力和提升語文創意。我們相信，只有通過語文的發展和創新，使語言學習者更有效地掌握語言技能、創意思維，我們才能

更好地面對未來的挑戰和機遇。

我們的目標，就是培養具有豐富語文素養和傳意能力的學生，使他們成為思想深邃、表達優雅的語言專才。我們致力於提供一個具有啟發學習的環境，結合理論與實踐，讓學生能夠在廣泛的學科領域中發展自己的專長和興趣。我們鼓勵學生通過創作、研究和討論來深化對語言的理解和應用，並善用現代科技激發他們的創新思維和創意潛能。

這本文集大部分是我們的學生在創作課上的學習成果，文集分為散文、小說以及三行詩和微小說三個部分，作品後都附有老師的點評。這些作品透過獨特的視角和深刻的觀察，展現了學生對香港街道魅力和內涵的思考，同時展現了他們豐富的想像力。文集主題多元、內容豐富，且文筆流暢，令人讀來津津有味。我們希望這些作品能夠讓讀者感受到香港的多元文化和悠久歷史，同時激發他們對未來的思考和追求。

最後，衷心祝賀這本文集中的所有作者，他們的創意和努力獲得了應有的認同和讚賞，使作品得以刊行。同時，感謝所有參與編輯工作的同事們，你們的支持和鼓勵使得這本文集能夠順利出版。衷心希望這本文集能夠成為一個啟發和

激勵的平台，讓我們共同探索語言的奧秘，感受語言的美妙和力量。祝願讀者們能夠在這本文集中找到心靈共鳴。

理大專業及持續教育學院

語文及傳意學部主任

首席講師

唐嘉雯博士

二〇二四年三月六日

序二

揮灑青春的筆墨　收穫歲月的莞爾

　　為了培養學生的寫作的巧思，提高他們的語文水平，理大專業及持續教育學院轄下的語文及傳意學部專門開設了創意中文寫作課，鼓勵學生以文學創作的形式記錄生活點滴。課程甫推出便反應踴躍，我們發現學生提交的習作中不乏優秀作品，於是便萌生了結合學院微小說及三行詩徵文比賽得獎作品出版文集的想法，希望分享這些文章以饗同好，目前呈現在大家面前的這本文集正是在這樣的背景下付梓的。

　　集子總共分三個部份：散文、小說、三行詩及微小說，之所以取名《初鳴集》是因為對大部分學生來說都是首次發表文章，文學創作更是屬於初試啼聲。雖然散文部份收錄的文章均以「街與夢」為主題，但作品立意新穎、廣泛，字裏行間處處流露出作者對人、物、事的獨特視角，有的表達對家人最真摯的感情；有的直抒胸臆，針砭社會種種不平等現

象；有的寫與至親好友分別的離愁別緒；有的甚至涉及生死、性愛等議題，但不管學生以何種姿態敘事，始終離不開生於斯、長於斯的這座城市——香港。也許對比起鄉村的淳樸靜謐，城市裏紛亂雜沓的人潮，喧囂的街道才是我們這些城市人的「鄉土」，它承載了我們的記憶，低迴而悠長。

文集第二部份的小說作品突破了學生年代的寫作樊籠，大膽運用了各種文學技巧，意象、象徵、懸疑、意識流、穿越、魔幻現實迸發而出，既帶出了學生對日常生活的細膩觀察，也蘊含了他們對身邊人的真摯情感及社會現象的反思，不同主題與技巧之間的碰撞，產生了令人意想不到的效果，又作品多從自身的經歷出發，以親切的筆觸帶領我們在故事裏尋幽探秘，絕無陳腔濫調、硬搬堆砌之感。香港學生素來被批評為缺乏創意，不願提筆寫作，這本集子的出現相信能讓大家徹底改觀了。

如上文所說，集子收錄的三行詩及微小說都是學院徵文比賽的得獎作品，它們本身已有不錯的水平，難能可貴的是學生雖然涉獵創作未深，在片言隻語間竟然佳句連連，為什麼「遠方的人」看了會「陶醉」，「近處的人」看了會「恐懼」？又為什麼「戰士的心情像暴風雨的溝渠」？這些句子細品之下耐人尋味，讓我們走進作者的內心世界，也為學生的青葱

歲月留下值得緬懷的詩篇。

　　最後，感謝每一位為這本文集出版辛勤付出的師生、朋友及出版社人員，更要感謝翻開文集的廣大讀者，你們的閱讀就是對這些後生作者的最大鼓勵。在這個「文字不興」，相片、視頻逐漸取代鋪紙濡墨的年代，這本文集的誕生顯得彌足珍貴。香港社會凡事講究成本效益，為人師表當然樂見學生能夠飛黃騰達，名成利就，但我們更盼望的是學生毋忘初心，和這本文集一起保留一顆赤子之心，日後就算出走半生，歸來仍是少年。

理大專業及持續教育學院

語文及傳意學部副主任

高級講師

周文駿博士

二〇二四年三月十一日

目錄

序一 III

序二 VII

◆第一部分◆
散文

深水埗的福榮街.. 002

富善街.. 007

鴨寮街.. 012

他與舊街.. 017

男人街.. 021

長興街.. 027

花園街.. 032

離港巷.. 037

新康街.. 043

泰民街到泰民街.. 048

病街...054

紅地磚街...059

死人街...064

酸梅街...069

半停的心臟...076

故里石子路...082

航天小街...088

房間...093

棄...099

◆ 第 二 部 分 ◆
小 說

牆...106

偶遇...120

蝴蝶...130

空歡喜...143

翻身 150

燈紅酒綠 161

藍兒 171

金蘋果 180

女孩三次死亡未遂的始末 192

故障 203

阿麗 213

幻想症 222

永恆暮日 234

大盜 245

咯嗲花 258

黃金夢 269

灰城 283

最後的所多瑪 293

拳與百合 302

獵人 313

五日四夜 322

銀色鈴鐺 332

這個時代的夢想 343

◆ 第三部分 ◆
三行詩、微小說

月夜歸途 356

寂寞 357

思念 358

歷史的真相 359

相思 360

抑鬱 361

喬裝 362

金魚 363

烈士與賭徒 364

膽小鬼 365

初晴 366

窮忙 367

沉默的死者 368

愛人 369

紅線 370

審醜時代 371

呼喚 372

作 者 簡 介

作者簡介 375

編 者 簡 介

編者簡介 390

後記 395

第一部分

散文

深水埗的福榮街

黃樂宜

　　五時半便走到扒房，多少也是早了些，也不怪「飛鷹餐廳」擱了「準備中」的招牌攔著悠悠眾口。只見邀約的友人未到，我又耐不著性子，拐了個圈，還是走到搬家前常到的這條街。說真的，要不是嘴饞，大抵搬家後，我也很少想起這個地方、這條街了。

　　街道變化倒是不大，店舖還是那些店舖。一切都沒怎麼變。從元洲街出發，步行一個街口又能看到那福榮街的路牌，還未踏進街中，就先看到携著一袋兩袋盒裝玩具的人群。說起這條福榮街，其行人街道本就狹小，加上每店家都肆意霸佔街道位置，誓要博取比其他店更多的曝光率，於是把玩具越掛越外，越放越出。視線內滿佈形形色色的玩具，

就連頭頂也不放過，一枝枝白色的膠杆從店內探出，杆上掛滿各類沙灘玩具套裝。每每擡頭，黃色小鴨造型的浮床、黃黑配色的經典浮板、五顏六色的沙灘波總擋在面前。這片「玩具天」是這裏獨有的特色之一，而玩具數量之龐大，不走個好幾趟，也別奢想逛完。

在這走著，就像是在跑障礙賽。在街上行走需要擔心撞到耳際垂下來的娃娃抱枕，又得小心腳邊高高疊起的紙箱，發著嗡嗡電池聲的玩具飛機看起來也要給人一下猛烈撞擊。為躲避密集的玩具攻勢，這裏的人身板早就像蛇一樣靈活，時而低頭、時而側身閃著逆行的人，甚至一改平時習慣，連手提電話都放了下來，免得被撞個人仰馬翻。

放眼福榮街的景色依舊，售賣的玩具感覺也相差無幾，給人一種換湯不換藥之感。雖說如此，細看之下，還是能發現掛在店前的畢業娃娃也跟上了時代的步伐。只是，角色是新的，做工卻仍舊粗糙。外露的線頭、存在色差的配色，總有點不對稱的雙眼，還是有那種平民的味道，那種貼地的感覺。這不是嗎？若是追求完美娃娃的人，此時應在連鎖精品店中，挑選著日本的正版娃娃；也就捨不得把好幾百元花費在毛絨玩意的人，才會逛進此街，找個眼睛對稱、線頭整齊的娃娃，付款前還得手拿兩個，睜大眼睛近距離檢查、再三

對比，最後才從皮包內拿出僅餘一張百元大鈔付款。

　　街上總不可能只有我一人在走，旁邊便是一對年輕父母，他們正拖著女兒閒逛。面對街上鋪天蓋地的玩具，身穿吉蒂貓上衣的年幼女兒雙眸散發的喜悅實在掩不住了。這條街必定是她的探寶地圖，滿眼的奇珍異寶、看不完的玩具種類，一定使她頓時忘記家中那些曾經的摯愛。想必貪婪的她此時正在幻想用雙手把滿眼的玩具抱回家、在家中玩得不亦樂乎的樣子。為此，她不惜獻上水汪汪的大眼睛，向父母報以撒嬌的眼神，企圖讓看上的珍寶能乘著八擡花轎回家。這花招，有誰不懂？我倒是笑了一笑。

　　越過人群，有一家貼著綠色壁紙的店舖，憑著其大大的展品櫃成功吸引我的注意，門邊表情慵懶的招財貓也衝著我招了招手。我瞧了瞧，門外以半個紙皮箱裝著一份份的冰雪公主玩具，以塑膠包裝的亮銀色皇冠，鑲上了一排排的銀色閃石，發出的耀眼光芒吸引了路過的小女生，使她看定了眼，連嘴巴都忘了合上。望著那位被小女孩扯著衣袖的母親，她早就不會多看一眼閃石發出的廉價光輝，但她瞄了瞄箱外用黃色油性筆醒目地寫上的價錢，還是伸手找了找長褲的口袋。我會心微笑，看著此情景，想起幾分從前。

　　越過門外的一架架的塑膠玩具，我緩緩步進店舖，兒童

的歡笑聲逐漸變少，也不再聽到發聲玩具發出的聲響。幾個中年男人停駐於此，滿有趣味地看著展品櫃內積塵的小人兒。這充滿殘舊感的服飾及其脫落的外層，大概是九十年代的產物。三十年來，七色的英雄戰隊向著玻璃展櫃外挺直胸膛、高舉武器，為看著自己的男人們斬妖除魔。但英雄難過美人關，想著家中賢內說著四壁的林林總總，柴米油鹽，只好搖搖頭，有空再來緬懷緬懷一番。

離開店舖，重回街道，瞥見右邊售賣批發飾品的店舖，有一群身穿校服的中學生，男生抱著一袋兩袋的紅膠袋，女生拿著手機計算金額，他們神色凝重，拿起了看看，皺了皺眉，又放下，心中推敲著預算。顧得了預算，又擔心貨不對版。「不如問問陳老師？」梳著高馬尾的女生開口道。一時間沒人能回應她，眾人又陷入無盡的思緒。

一輛黑色貨車急停在路邊，出來了幾個穿著黑背心的中年大漢，熟練地從車庫拿出一個個裝著貨物的紙皮大箱，也顧不上路上的行人，喝斥一聲，就一口氣把大箱「轟」的擲在地上。正在呆看掛在店舖頂上吹氣浮床的中年男人，被送貨工人的大動靜嚇了一跳，眼看大箱就要擲到腳上，連忙縮了縮腳，又瞄了瞄工人的臉，臉上倒是沒有不悅，看起來早已習慣此光景，又繼續擡頭看浮床，暗中比較著價格。工人

拍了拍雙手的灰塵，又坐上貨車，趕上日落前到下一個送貨地點，繼續為生計奔馳。

　　大概日落前的這個時間，才是福榮街最繁忙的。說的是街，不過是人間世的寫照。深水埗這個地方，這裏的人需要一條玩具街，所以這條玩具街便一直流傳下去，只要一日有人需要廉價的精品，這條街，即便時代變遷，終究還是會留下來的。我想起我那響著的肚子，即使搬家，還是偶爾回來，想著飛鷹餐廳，想著深水埗，想著這條福榮街。

【老師點評】

　　文章寫玩具街，立意頗有心思。玩具是商品，也是人慾望投射的對象，真是寫平民社會，寫「人世間」的好材料。敘寫自然生動，細緻地寫出了街之特色，通過鏡頭的移動，人物的特寫，寫出了街上形形色色的人，也寫出了「我」的觀看，「我」之體驗。

富善街

許禧慧

　　富善街，一條嘈雜又腥臭的街，地上滿是菜渣、肉碎和魚鱗的街。

　　又一個陽光和煦的下午，把手撐在滿有茶葉的玻璃櫃上托著腮的我兩眼發呆，看著玻璃門外來來往往的行人，眼睛不時往時鐘看去，才三點啊⋯⋯伸了伸懶腰，又回復到剛才姿勢的我瞅了瞅門外的景色，視線往樓梯下一瞧，嗯？樓梯前怎麼站了個小女孩呢。

　　我楞楞地看著她⋯⋯

　　「我不去！」任性的小女孩篤定的說。「乖，跟奶奶去一趟富善街買菜，回來給你買雪糕好嗎？」小女孩不情不願的牽著老人的手出了門。那時正值八月炎夏，正午時分，烈日

當空下二人走在毫無遮掩的紅磚路上，女孩自覺頭頂被曬得發熱，眼睛也抵不過這熾熱的陽光不自覺的瞇了起來。女孩低下頭嘗試躲過陽光的追捕，於是邊盯著地面邊走著，看著走著，怪了，這些磚塊怎麼在流動呢，褐紅色的，像極了熔岩。被奇特景象吸引的女孩彷彿忘了這讓人汗流浹背的天氣，在奶奶眼中她是多麼安份乖巧的走著。

老人牽著女孩穿過了唐樓小巷，越過了數條馬路，女孩回過神時紅磚消失了，映入眼簾的是漆黑的柏油路、人滿為患的大街和撲鼻而來的魚腥臭味，她意識到她正站在富善街的街口。一間間殘舊老店排列在街道兩側，有賣菜的、肉的跟魚的，還有賣其他雜貨乾糧的，地上佈滿了這些食物的顆粒，行人們的汗水味與魚販宰魚時散發出的血腥味混合成了一種難以言喻的臭味。女孩不經意的抖了下，「你想在這等奶奶還是跟我一起進去？」她伸手指了指前方，「真乖，還想幫忙挑菜呢」，老人不知女孩只是怕被遺棄罷了，不然她才不想進去呢。

女孩隨著老人的步伐踏進了富善街來到了一間舖子前，擡頭不見招牌名字，只見一個個被懸掛起來的五顏六色的大盤子。跨過兩三級樓梯走到一個擺滿鍋子的大貨架前，老人彎下腰挑選著那個最合心意的砂鍋，「來幫奶奶挑一下，這

個好嗎？」「很好。」女孩漫不經心的回應。吸走女孩心思的是琳琅滿目的雜貨們，被排列整齊的各式各樣的陶瓷花瓶，據說是江西出產的，瓶身描繪著姹紫嫣紅的牡丹花，還有各種大小不一的色彩繽紛的熱水壺，據說能保溫十二小時以上。林林總總的東西散落在灰暗舖子的不同角落，恍如一顆未曾發光的金子。在女孩眼裏這些貨物，比起陳列在大公司的大牌子裏的都要好上許多，直到老人付款為止，女孩的目光不得一刻停息。臨走前，女孩終於看見掛在橫樑上的舊式招牌，寫著「順泰」二字。

二人又走到了一間名為「永興」的蔘茸海味舖前，老人正想把女孩牽進舖子裏時，女孩卻在門前停下了腳步，一動不動，手心冒出微微冷汗。老人頓覺不尋常，「怎麼了？不舒服？」女孩搖搖頭低聲說「有狗。」老人才發現店裏趴著一隻拴著鐵條鏈子的大黑狗。女孩認真又害怕的樣子逗得老人噗哧一聲笑了起來，「我不進去！」總感覺受到了侮辱的女孩向老人拋出了一句話後，老人進店買東西女孩站在門前等著便成了一種習慣。

富善街的早晨還是一如既往的人多，一間無名的蔬果批發店子前也圍著人潮。「老闆，有菠菜嗎？」「現在夏天都到了，有也不合時了，你買點生菜回去吧。」一個看似不常買

菜的中年男人沉思了一會，「好吧，聽你的。其實我很少買菜，今天是我老婆病了，我才替她來買的。」男人話音剛落，老闆快速搭了兩個西紅柿到他的袋子裏。

富善街迎來了一個又一個的夏季，女孩更換了一套又一套的制服，終於迎來了脫下制服的一天，但這條街卻慢慢地消失在她的記憶裏。

高中畢業的我想趁著暑假賺點錢，因此去當了酒店的服務員。在那裏，我看到的盡是扭曲的人性，每天在大量的食客中來來往往，不停穿梭，被老手各種辱罵陷害，好像已是常事。我不懂故意摔破各種碗碟把罪名加諸於新人身上的這種遊戲對她而言會獲得什麼，每每當我踏出門口時已是午夜。一個月後，我離職了。

往後的日子裏我接了一份乾貨舖的兼職，從家裏沿著紅磚路一路走來，熟悉的街道，一樣的氣味。暗紅色的招牌寫著「皇甘栗」三字，我往玻璃門內瞧了瞧，一位年輕男子拉開了門，「你來了，剛畢業，還讀書嗎？」「讀。」我匆匆的回應。「那很好呢，要加油啊，來！我告訴你店裏的運作⋯⋯」男子源源不絕的說著，「記不住沒關係，有事問我或其他人都行。」「謝謝你。」他有點似懂非懂的笑了笑。

叮嚀一聲，掛在門上的風鈴被搖響，「歡迎光臨，要些

什麼，可以幫你。」我收回慵懶的站姿，帶著客人到店前的乾果區遊覽，陽光灑落在一盆盆果子的臉上，閃閃發光，我也不經意的感到一絲溫暖。

　　下班後的我隨著人群緩緩的從街頭走到街尾，「順泰」的老闆拿著拐杖站在舖前，「永興」的大黑狗不見了，隨著老人的腿不再靈便，那個等在門口的小女孩也消失了，而我卻成了此街的風景。

【老師點評】

　　文章構思巧妙，「我」觀看（回憶）女孩世界中的溫情，也寫「我」的成年世界的殘酷，女孩和街消失了，在歲月流逝中卻有某種東西在延續，街上看風景的人最終成為街上的風景，有一種靜止的永恆。

　　立意新穎，意蘊豐富。

鴨寮街

沈漢威

你聽過薛西弗斯推石頭的故事嗎？在希臘神話中薛西弗斯被天神懲罰將一塊巨石推上山頂，但是每次到達山頂後巨石又滾回山下，永無止境地重複。我一直覺得大部分香港人都在受這薛西弗斯式的懲罰，擁有全世界最高的壽命，但是每天都只是重複上班和下班，為的只是一個沒有尊嚴的人生。

「別推……」到站的巴士還未停下來，正想下車的我就被後面的人一下子推出了車外。我習慣了，始終香港人的生活速度永遠都好像趕著去投胎似的，就連走路吃飯都要講求一個字，「快」，但是香港人在生命的路上卻是一點都不快，竟然有全世界最長的壽命，你說奇不奇怪？

今天我來深水埗主要是為了採購一些電話卡，誰都知道

深水埗的鴨寮街是買電子產品最便宜的地方，我又不是足衣足食的人，只好去買最便宜的東西了。每次來到深水埗我都有一種異常奇怪的感覺，一種貧窮與富有、混亂與秩序交織而成的奇怪感覺和獨特美感，一下車的我就看到遠處一幢幢光鮮的私人屋宇，同一視角下卻是殘破不堪的唐樓「劏房」，那些高級住宅彷彿貴族一樣在高處藐視下方的賤民，這種貧富交織的觀感每次都令我看得入神。

剛下過雨的街道上，佈滿路上的小水坑好似戰時地雷，路人都對他多加提防，然而此時一輛黃色保時捷如流星高速駛過馬路邊小水坑，路上的水如暗器般飛向我。閃不開的我只好說聲倒楣，但是我前面推著紙皮的婆婆就更不幸了，不但全身濕了，手推車上的紙皮更重了。不過她同樣沒辦法，保時捷上的人不會知道有人因他不幸，這就是貧與富的巨大差距。可惜生活是生活，婆婆繼續去賣廢紙，我繼續去買電話卡，對窮人來說賣一千車廢紙都賺不了富人一天的洗費，事實上甚至無法給自己一個有尊嚴的生活，所有收入都貢獻給劏房業主，只能住在這。這，就是香港。

好不容易到了鴨寮街，鴨寮街一直是香港一個由排檔組成的電子零件集散地，還記得小時候我就住在附近，每天放學都會經過這一條鴨寮街，小販的叫賣聲，老人收集廢紙的

畫面，構成了我兒時的回憶。鴨寮街從來都不是一條舒適的街道，相反這裏應該是全香港最難行的街道，但亦是代表著香港這一個富裕發達都市的另一面。小販不管一年四季，暴雨或天晴，都在鴨寮街用力賣著自己的商品，為的就只是在這貧富差距極大的香港謀求一小片屬於自己的天地，可惜香港人沒有一個摩西可以帶領他們走出「窮海」。

其實鴨寮街並不只有電子零件可買，這裏更可以說是一個二手貨物集散地，除了電器，一些陳年音樂卡式錄音帶、工具、黑膠唱片、電話等等都應有盡有。最重要的是這裏的商品價格低廉，就吸引了不少我們這些「蜜蜂」來這裏尋覓「花蜜」。如果要為香港人打一個比喻，就好比一個由七百萬蜜蜂構成的蜂巢，我們這些工蜂工作一生奉獻蜂巢，最後得來的只有三餐溫飽和一個小得可憐的家。人生就如朝生暮死，香港人的一生卻都在工作，真是最勤奮的小工蜂啊。

雨後的路面非常濕滑難行，我走到一個專賣電話卡的攤位後，開始專心挑選要買的電話卡。老闆大約三十歲，一副典型的中年漢打扮，對我不理不睬的。說起我買電話卡的原因，主要是最近我發現了這些充值電話卡比起月費電話卡更便宜，反正又用得不多，既然如此不如用充值電話卡好了。我不經意間看到一旁的日本電話卡時突然一陣感慨，這裏最

受歡迎的一定是這些外地電話卡，始終香港人最喜歡旅遊，特別是日本，而我就甚至連飛機都未有上過。此時老闆的一句「選老婆嗎？每張都一樣還在選個什麼鬼！」打破了我的感慨，他完美表現出香港人的人情味，不過我來鴨寮街就不會追求五星級服務，最後我「手快快」的買了一張包含上網服務的電話卡。

雨季的夏天溫差很大，但是在人口密度極高的深水埗就沒有一絲涼意，雨水積在路面坑坑窪窪的水氹，在太陽的熱力下配合深水埗林立的陳舊住宅，形成一個蒸籠一樣的環境。在鴨寮街這種攤位用金屬建成的地方就更覺得難受，但我感到難受尚可立即回家享受冷氣，這裏工作和生活的人就只能默默忍受，只為三餐溫飽。難怪有人說想在香港有美滿有尊嚴的生活，最重要的第一步是要學會投胎，生在一戶好人家。

或許是太熱了，鴨寮街上的行人都少了，只有一些老人仍然在堅持收集紙皮箱。突然雨又淅淅瀝瀝地下起來了，我一邊走出鴨寮街一邊看到小販們緊張地用防水布確保貨物沒有被雨水淋濕，對他們而言，這些富人眼中不值分文的東西卻是維持生活的支撐。雨水令地面波光粼粼，我走到海旁一邊等避雨一邊看著碼頭上的運輸工人著急地把貨物運送上

車，這種辛勤的表現不就正正是香港的獅子山精神嗎？但是在我看來，所謂獅子山精神只是那些上位者剝削和安撫勞動者的借口。以前鴨寮街一帶是海洋，填海後已經看不到一點大海的蹤跡，香港的土地一天比一天多，基層的空間卻一天比一天少。海風吹散了我的頭髮，吹不散我的憂愁，貧者越貧，富者越富，香港是我家，但我的家連容納自己的空間都沒有。

「別推了……」準備登上回家巴士的我還沒起步就被後面的人推上了車，「阻住曬」一個大叔推開我後留下這一句就走了，沒所謂，習慣了。香港是我家，只可惜我家是棺材房。

【老師點評】

用深水埗寫香港的現實問題，能選擇幾個有代表性的場景，細節豐富，充滿本土生活氣息，也有細緻的感受和體驗。文字有表現力，敘述流暢，有時帶反諷，對香港現實的深刻觀察和嘲諷。

他與舊街

朱 美 矚

　　舊街是一條破爛不堪的街，周圍盡是紅磚泥瓦砌成的房子，路面泥濘，雜草叢生。春雨初來乍到，潮濕的空氣中混雜著泥土的味道。街上的行人都忙著趕路，一言不發，步履匆匆。

　　我第一次在那條舊街上見到他，是多年前一個初春的清晨。春寒陡峭，夾雜著寒意的微風撫過，我蜷縮進棉衣裏，四處張望著。周圍寥寥幾家早餐店飄出氤氳的霧氣，伴隨著店主賣力的吆喝，我的睡意襲來，牽著媽媽的手，迷迷糊糊地走著。在半夢半醒之間，我第一次見到了他。

　　也不知為何，在那麼多人中，我只注意到他。他的腳步堅定，背影挺拔，身高剛剛達到成年人大腿的高度，看上去，

好像與我年齡相仿。他穿著灰色的衣服，灰色的褲子與鞋子，這樣的顏色糅雜在破曉的迷霧中，彷彿與遠方的天際融為一體。

而十四歲那年，是我第二次見到他。那天，在陰冷的秋雨中，我撐著傘走上了舊街。舊街的變化很大，街道兩旁已經有了零星幾棟混凝土的小樓，遠處更多的樓房還披著綠布。雖然秋雨涼意刺骨，但對舊街施工的進度卻並未停下。大型機械震耳欲聾的轟鳴中夾雜著零零碎碎的汽車鳴笛——這條舊街的盡頭已經接通了寬敞的馬路。街邊的小販張著嘴在叫喚著什麼。但我根本聽不清，或許是我忘記了。

也可能是因為那天蕭瑟的天氣，舊街上難得的沒有什麼行人，夜幕悄然降臨，路燈照亮了整條舊街。他又出現在了我的眼前。比起上一次我見到他，他好像長高了，頭髮也長了許多，身上穿著的，依舊是灰色的衣服，灰色的褲子與鞋子。他撐著雨傘，如同多年前一樣，步履匆匆，卻好像失掉了當年那種堅定的方向，每一步都帶著迷惘與疑惑。帶著些許暖意的黃光在他腳下鋪下了孑然的影子。我忽然好想鼓起勇氣走上去與他說說話，但我怎麼也追不上他的腳步。

人的年齡越大，好像時間就過的越來越快。當我十八歲時，我發現好像已經忘記了許多事情，小時候發生的事情在

我腦海中出現的次數並不多，就連我曾經知心好友的名字都記得模棱兩可。我不知道這是否正常，但在我成長的那段進程中，時間確確實實在逐步消磨我的記憶。

二十歲那年，我趕在冬至那天回到了家看望父母，在聖誕節的夜裏，我又走上了舊街。這條舊街已經初具規模了，路邊除了密密麻麻的小店舖，還多了兩家大型商場，這裏已經是遠近聞名的夜市了。街道上熙熙攘攘，熱鬧非凡。人們的歡聲笑語混合著小店舖的甩賣通知，大商場的音響中：王菲正纏纏綿綿地唱著〈紅豆〉。店舖裏張燈結彩，營造著聖誕的氣氛，斑斕的燈光輕灑在行人的臉上、髮上、身上、還有眼眸裏，波光粼粼，映出了眼底幸福的神情。我雖穿著單薄，但卻並不覺得寒風凜冽，這樣溫馨的氣氛是可以抵禦寒冷的。

我淺淺笑著，打量著舊街的變化。突然，隔著人海我看到了他。他真的很刺眼，整條街道都是屬於聖誕節的紅色和綠色，他卻依舊穿著灰色的衣服，灰色的褲子與鞋子，看起來是那樣的格格不入。他步履蹣跚，兩三步一個趔趄，顯得格外虛弱與悲涼。「他是受傷了嗎？」我這樣想著。我好想穿過擁擠的人群去攙扶他。可當我走出人堆時，他卻消失不見了。我怔怔地站在原地，突然感覺寒意襲來，那是從內而外的一種空虛。就是在那個時候，我發現我原來一早就被他

所吸引了，我好想再見他一面。

　　二十一歲那個夏天，我重回家鄉。當年那條破敗的舊街早就成為了城市的交通主幹道，每天車水馬龍。它彷彿一條溝壑，兩邊盡是看不到頂點的高樓。那個夏天真的好熱，在我的印象裏面，夏天好像從來沒有那麼熱過。或許，是城市裏擁擠的汽車與高樓改變了這個城市的溫度吧，我這樣想著。後來，我經常會去那條舊街，可他卻再也沒有出現過了。舊街上霓虹燈的重影讓我好幾次懷疑起了這段記憶的真實性：也許他從來就不存在呢？

　　終於，我放棄了想見他的這個念頭。擦肩而過的心動，何嘗不是一種緣分呢？但正當我準備把他與舊街的記憶重新回味一遍然後永久封存之時，我卻驚訝地意識到，舊街之前的模樣我已完全記不起來了！

【老師點評】

　　文章立意新穎，寫的似乎是回憶，卻是關於記憶的模糊和不確定，這也是一種成長體驗，畢竟人生有許多說不清楚的如同夢境一樣的時刻。在亦真亦幻的情境裏，灰色的人成了一個象徵性的意象，或許也是不同人生階段中自我處境的投射。

男人街

劉穎桐

　　我是需要男人的，我的生命裏是需要男人的。媽媽，你卻不這樣認為。

　　有時，我會想自己就如夏娃，眼耳鼻舌身意髮絲指甲胸脯乳頭腳踝都是源於亞當的一節肋骨。由男人而生，為男人而生。媽媽，你卻最唾棄這種女人。有時候，白天的我也會學習加入你的行列。手棒《陰道獨白》，腳踏社科人的腳步，張口閉口都是女性自主、性別平等的論調。可是到了夜裏，離開社會眾人眼前的這一個大舞臺。獨自回到被窩，拉著床單，咬著被角，為各種男人無聲地吶喊。

　　然而，現在的主題是街、街道。我只想把所有喜歡的男孩都收進來，串起成一條街。寫他有多好看，多可愛，我又

有多沉淪和瘋狂。就寫寫自己過往的人生和經驗都亂糊成了一鍋爛粥，不清不楚不明不白；然後，只有得在碰上喜歡的男孩兒後情感大缺堤，敏感得一碰就腫個眼紅骨子痛，才觸發自己感悟人生大道理的故事？這樣子太沒趣，容易陷入將文字留於宣洩情感糞便的局面。讓我來寫這一切的開始吧。

媽媽，讓我來寫我和你之間的男人。

媽媽，我和你滴血也不相溶，卻共享著相同的宿命脈絡。

我們都有兩個阿爸。

先說說你的故事。

你總說你也有兩個阿爸。不過兩個阿爸也不是什麼善類。一個把阿婆當母豬，一個讓阿婆當二房。你原姓蔡現姓戴，家裏十兄弟姊妹，有兩個比你小的弟妹夭折死了，讓你成了孻女。在兩歲時，我的婆婆，你的阿母卻只拉著你跑路了。「孻女孻女，就這樣拉走了，哈。」從此你就姓蔡，至少在十六歲前你是這樣認為的。到了十六那年，你的生命中出現了一個如迷樣一般的男子，有天拉著手偷偷告訴你：「我帶你去找你的阿爸。」看到其他兄弟姊妹的那刻，你才明瞭，你是個被騙了十六年的戴家人。性格生來剛烈的你當然離「家」出走了，就趁著阿婆在巷尾上香的那陣功夫，捲帶著幾套衣服，說聲：「我上班了」，連阿婆也沒有回頭看過一眼就

走了。後來再見已經是在警察所，阿婆跟你和其他兄弟姊妹大眼瞪小眼，面面相覷。據你說，她知道自己理虧，所以向來暴烈的她只是默默地放下了你的身分證，放任你跟姓戴的生活，也就走了。後來為何關係重修，你從來都沒說清，只是放下句：「兩母囡邊有隔夜仇，嗰個始終係我阿媽。（母女倆的哪有隔夜仇，那始終是我阿母。）」就草草結束了故事。

對吧？真的沒有吧？多大的仇怨都能借親恩二字化解吧？還是你只是想我這樣相信著？

至於我的兩個阿爸，就如你日常看到所有的男人，都被你狠批得一文不值。

我的親生父親是個菲律賓人，生日是在一九六〇年一月二十八日。原在菲律賓已有家室，不知跟我親生母親是真心相愛還是一時迷糊，又或兩者皆有；總之，我就在這夾縫中，眨著那雙你最愛的眼，誕生了。不過，聽你說的，我想還是後者居多。他在我親生阿母該坐好月子的那個月裏整天把酒當歌，連我倆正眼也沒看過，最後母親因為產後抑鬱，鬱成了精神分裂症。實在是沒有辦法，才把我送到了福利處的寄養家庭，你的家中。

不過我的阿爸，你曾經的丈夫，也沒有多好著。

至少，你是這樣認為的。

我只知道你和阿爸在我有意識以來就不曾牽過手，坐也坐得遠遠的。睡覺這個問題也被阿爸上夜班的緣故完美地解決了。你跟阿爸唯一有交流的時刻也就是為了我而起爭執之時。我知我是領養兒，我知的早。所以每次看到這局面，我都會淚眼汪汪地問聲：「我是否是多餘的，為你們帶來問題？」希望來藉此吸引你們的注意，停止吵鬧。

　　這當然沒起作用。

　　或許是自小跟你相處的所有瞬間，都吸收了你所有的憤怨愁恨，連阿爸罕有地跟我相處、對我示好的時刻都讓我感到無所適從。

　　媽媽，你在旁暗暗咧嘴生氣著，雖然我不明白。但我想這是代表著不好的意思。好，媽媽，都聽你的，我就盡量不去享受這壞人對我的好吧。

　　後來長大的我才知道，你認為阿爸有外遇。阿爸極力否認。這麼多年，我都在這兩方混亂的說詞打轉著，為求尋個答案讓我明辨好壞。後來的我只知道這場轉了十多年的風暴，在一天夜裏，你把阿爸的物品都掃出去，阿爸命我幫忙執拾底下結束了。踏著阿爸新居那一踩就有瓦磚剝落的樓梯，我拾起一小塊翠綠的瓦磚緊緊收進衣袋。這一切難辨黑白，我只知道，好像有什麼結束了。

心理學家總是振振有詞的指出親密關係與父母的關係。特別是父親和女兒。我們去理解愛與親密、理解男性的這個過程猶如盲人摸象。只見得一堆東拼西湊的影子在幕前跳舞，拉開帷幕只看見了個四不像。對於我的親生母親，你總是說她愚昧，癡心妄想地相信男人。從前聽著聽著，就單純地認為你說的是她，是別人。長大後卻聽出個明白來，發現說的其實都是你自己。你痛恨你自己所做過的，無處安放只好置於帶有你影子的人身上。我倆信佛法的，為求解脫，你總會說這是宿命，是此生的課題，是前世所理不清的因果。

　　但佛法也有說一念三千。一念創造實相。宿命是可以被扭轉的。我倆前半世的遭遇都擠在了一條相同的大街中，即使光照下來還是反射出相同的影子。你的選擇也間接成全了我的宿命。就這樣了嗎？就得如此悲哀嗎？所有男人就如此可恨不得信任嗎？有時候，我也理不清到底是因為從小到大的缺愛，還是真實的情感需求讓我即使在你的熏陶底下也背著你，默默地，回應男人。這是出自於匱乏的追求，還是順應一切的如是。無人知曉。若然這真是我的宿命，我倆的宿命，我生命中所有女性的宿命。在這生，媽媽，我們就成了共修這個課題的同學。業力之不可思議，我們倆排除萬難，在眾多的如果和抉擇下還是如麻花般扭成一團，勢要成為最

親密的鄰座。

但，媽媽，對不起。現在我要離你而去了。離開我們反覆踏著的街，去開闢屬於自己的一道小巷弄。望你的女兒，你親愛的我歸來之時不管身邊有男人或沒有，都能讓你看見宿命是如何被扭轉的。至少如此，你便能鬆一口氣，不再以尖酸的謾罵去封閉自己充滿創傷的內心。這是你無知女兒修這道課的方法。

媽媽，我就此去了，請原諒我。你此生唯一的女兒上。

【老師點評】

對母親訴說的書信裏，有孕育自己生命的男人女人們的創傷故事，蘊含對性別關係和女性生命的獨立思考、掙脫母輩所認定女性宿命的渴望，探討直面女性生命的課題，情感濃郁而文字細密熱烈。

長興街

吳欣怡

　　我的朋友都很羨慕我住在一個繁華都會中的「桃花源」，這有海風，沙灘，美食。長洲對「都市人」而言的確是一個逃避繁忙生活的「桃花源」，但我這個「鄉村人」討厭這裏，討厭這綿綿不斷的風，討厭這熙熙攘攘的人群，討厭這烏煙瘴氣的味道。

　　又到可惡的星期六，起了個大早，趕上八點的船去圖書館還書。從圖書館出來，我都快溶化了。天上的太陽無情地向我發散魅力，而風停止了吹動。在這悶熱的天氣，想到下午的地獄，就不想回家。媽媽好像知道我在想什麼，一個電話打了過來。「快點回來啊，不在外面瞎逛，今天好多客人，快回來幫忙。」我拖著疲憊的身軀走到碼頭，祈禱下一班船

是有空調的。但上帝好像在忙，聽不到我的祈禱。看著船上一張張興奮的臉，我再次向上帝祈禱不要讓他們來我家的店，希望上帝不忙了。下船了，風從四面八方向我吹來，把我一身悶熱吹走。我想我唯一喜歡長洲的就是這清爽的涼風。

　　一出碼頭，這就是我生活多年的長興街，而這條街盡頭的甜品店就是我家。長洲一到假期，到處人頭湧湧，一條短短的街要走八分鐘才可以走到盡頭。我聞到煙味，我看向碼頭的旁邊角落。那是默認的吸煙區，一群老煙手們在船上忍了一個小時了，一下船就迫不及待吐露風雲。我挺討厭煙味，因為討厭那個把廁所裏的毛巾和衣服都熏臭的爸爸。我從未在現實生活中看到小說中所寫的連吸煙都很帥的男主角。男主角把煙點燃，修長的手指夾著煙，呼出的煙霧中露出模糊的臉龐，但從煙霧繚繞中也能看見他的儀表不凡。而我的父親為躲避母親的責罵，只好狼狽地躲入廁所，或蹲在家門口一臉疲倦地偷偷吸煙。眼前那男孩的臉龐在陽光下並不模糊，一眼就看得出他很帥。幾絡淺棕的頭髮被海風吹散，陽光照在他身上就如金黃的光環把他籠罩著。他懶散地坐在防波堤上，讓人擔心他會不會掉下海。濃密的眉毛下有著一雙如露珠清澈的眼睛，英挺的鼻樑，可惜薄嘴唇裏含著煙。以我和煙齡三十年的父親相處來看，吸煙的人身上並不

會出現小說中清洌的味道。

「甜蜜家女兒！」街坊鄰居好像永遠都不記得別人家孩子的名字，只用店舖的名字代替真名。我討厭這群鄰居，因為他們在新年又不發紅包，但在平日又隨便使喚我。我只好自認倒霉，臉帶笑容走到飲料店前等待差遣。這家飲料店在長興街中鶴立雞群，因為這是街上為數不多的「網紅店」，新式的裝潢，不少遊客會來買上一杯飲料，然後拍照發個朋友圈。附近其他商舖大部分都有幾十年歷史，牆壁有點裂痕，大門搖搖晃晃，但在「都市人」眼中這叫復古。不過他們應該試一試來體驗住上一晚。當夏天時，破舊的空調吵吵鬧鬧，但吹不出冷風，雨水從裂縫中流入，牆壁濕透；當冬天時，冷風沿著窗戶邊緣吹入，蓋上三張被子也睡不著。飲料店阿姨終於記起我了，她把昨天在我家店賒的錢交給我，讓我轉交父母。而這種忙我是很樂意幫的，因為我可以擴大我的小金庫了。並且，順手得到了一杯飲料。

拿著飲料，慢條斯理隨著人流走回家。風一吹，我又嗅到熟悉的味道，是討厭的味道。我的面前是一群男孩子，當中有他。我表面看著手機，但心思早已經飄到他們所說的內容裏。他們在糾結吃哪一家餐廳好，街上有兩家相鄰的海鮮酒家，在長洲都很出名。其實那兩家酒家雖然是競爭者，但

私下關係很好。我們街上父母的關係都挺好，有時候各家店忙不過來時，就會向隔壁家借孩子用一用，就是苦了我們這些孩子。除了打麻雀時，父母會為十來塊錢吵紅了臉。面前的人好像已經商量好了，而我也覺得他們的選擇很好，因為從我家門前就能看到那家酒家。

八分鐘到了，我到家了，他也該吃飯了。為什麼八分鐘那麼短？一入店門，我就開始擦桌子，搬食物，幫客人結帳。我今天特別喜歡結帳這個工作，因為剛好這位置一看出去，就是他。一群男孩圍著飯桌聊天，吃飯。坐在大樹下，乘著海風談笑風生，吃著美食，多麼輕鬆和寫意。反觀我看著源源不斷的客人，接踵而來的點單和好像永遠都洗不完的碗，多麼疲憊和狼狽。看著勺子反射出我的模樣，早上精心梳好的劉海已經貼在額頭上，即使有空調，也累得滿頭大汗。再低頭一看，身上的衣服也有汗漬，而新買的小白鞋不知何時染上污漬。「結帳，謝謝！」客人說。我連忙跑去櫃檯，結完帳後，再擡頭看，那群滿臉笑容的少年已經不在我的視線中。他不見了。

晚上十一點四十五分，碼頭那邊傳來尾班船開出的鈴聲，我終於可以休息了。凌晨的長洲只剩下海浪拍打岸邊的聲音，再也聽不到喧鬧的人聲。我坐在家門口的防波堤上，

看著空無一人的街道，聽著海浪聲，嗅著父親的二手煙，想著那個嘴巴含著煙的男孩。今天其實只是平凡的一天，與平日的長興街一樣人山人海，吵鬧，但今天他出現了，所以這一天好像變得不平凡了。

【老師點評】

頗有趣的一篇散文，寫海島上的生活、氣息、人情，有對「都市人」的觀看，又有少女心事；細節豐滿細膩，敘事幽默而有餘韻。

花園街

鄭嘉敏

正如老婆餅裏沒有老婆一樣，花園街上也沒有花園。不過花園街上有雪糕車，有精品店，還有沸沸嚷嚷的人群，這對年幼的我而言，便已足矣。

如今，雪糕車依舊停在從前的那個位置，但我卻不能肆無忌憚地吃甜食了。偶爾還有幾間老式精品店，可是裏面花紅柳綠的小物件再也喚不醒我的注意力了。倒是花園街的熱鬧程度，仍是未減當年。水果檔小販的叫賣聲此起彼落，像是在比賽一般，越喊越大聲，越叫越起勁，彷彿喊得比隔壁檔口小聲生意便會落下似的。這次比賽的目的已經不純粹了。

花園街是我幼兒園時期常常會穿過的街道。早上母親緊緊握著我的手，拖著我在花園街的主幹道路上疾步而過。

　　　　　　　　　　　　　　　　初鳴集：街與夢

母親總埋怨到早上像是在打仗一樣，但實際上都是因為她愛看早間時段播放的連續劇，才令我們常常錯過四十五號巴士，需要跑著去幼兒園。

　　母親是個急性子，她平日走路的速度已是雷厲風行，更何況在這種快要遲到之際。然而當時矮小的我又怎能跟上一個成年人的腳步呢？因此她總是責備我走的太慢了，卻絲毫不提是因為她堅持要看完那部連續劇，我們才會這麼遲出門一事。母親牽著我走過了漫長的歲月，如今我的走路速度卻是比母親還要再快上一些了。但我和母親也好幾年沒來過花園街了。

　　我的父親是個不負責任的人，他把母親和我帶到自己的家鄉後，沒有留下隻言片語的第二天就到外地工作了。母親在香港人生地不熟，既不會說粵語，也沒有朋友，在那個沒有智能手機的年代，就連去菜市場的路都要自己摸索。有一天晚上我發燒了，母親卻連醫院都不知道在哪，急得在我床邊直流淚。溫熱的淚珠低落在我燒得滾燙的臉頰上，帶來一絲沁涼。最後母親沒有辦法了，只能憑著自己對附近的印象，抱著我尋找到附近一間小型醫院。結果到了醫院前檯才發現原來那是一間寵物醫院。又或是第一次乘搭巴士時，我和母親都不知道香港到站時需要按鐘司機才會停車，直到過

了好幾個站我們才發現自己早已離目的地十萬八千里遠了。

實際上，母親在來香港之前的生活卻是過得風生水起的。我們從前的家很大，客廳中放了一部自動麻雀機後仍有很大的空間。家裏每天高朋滿座，吵吵鬧鬧到凌晨，打掃工作也有傭人處理。即使是沒有客人的時候，母親的生活也是多姿多采的。母親和三五好友出外逛街。雖然母親身後跟著一個拖油瓶，卻因她出手闊綽，常常買單請客而無人有異議。然而這一切優哉遊哉的日子都結束於踏入香港的那一刻。

我和母親兩個「異鄉人」來到香港後第一條熟悉的街道便是花園街了。我和母親都是不甘寂寞的，比起空蕩蕩的家，我們更願意流連於街頭。我們每天放學後便從街頭逛到結尾。花園街的小販大多都很熱情，即使聽著母親那一口蹩腳的粵語，也會以笑臉相迎。在我倆看來，花園街便是大半個香港了。

新一輪叫賣比賽開始了，也打斷了我的思緒。我看著一旁的攤檔，一對母女正在挑選水果。她們面前的碟子裏放著四個芒果，橙黃的外皮，形狀飽滿，看上新鮮又多汁。攤主趁機推銷道：「很甜的，有機本地芒果。」那位母親看上去也很滿意。她從手袋裏翻了翻，拿出錢包。正當她要打開錢包時，我已預感到即將會聽到錢包扣子分開時清脆的「啪嗒」

聲了，她的手卻驟然頓住。接著她伸出手將最上面的那一個芒果拿開，卻發現底下的芒果都是青黃一片。店家為了吸引客人，將好看的芒果放在上面，遮掩著其他芒果的缺點。如今，店家見到自己的小心思被客人拆穿，連忙尷尬地解釋道：「這些芒果都是頂好的，放一些時日就可以吃了。」女人卻不再信任這奸詐狡猾的商家了，她把未打開的錢包重新放入袋子裏，留下一句：「哼！恐怕你這些芒果也不是本地的吧？」便離開了。

　　在一旁的我有一剎那恍神，然後上前買下了那盤「非本地」芒果。回到家，母親埋怨為什麼會買下這麼青的芒果，罵我是冤大頭。我自知理虧，沒有答話。母親在一旁一直嘟嘟囔囔的，但最終也只是將那一袋芒果拿到了廚房。然而當天晚上，母親卻拿出一個芒果布丁來到我的房間。「怎麼樣？好吃吧？」母親十分自滿。一勺挖下去，沒有酸澀，有的只是芒果的香甜。是的了，此心安處是吾鄉。其實只要能和母親在一起，芒果是青是黃又有什麼關係呢？母親的愛能夠解決一切困難。

【老師點評】

母親的形象寫得豐滿鮮明，在富有動態的生活場景
細節中寫母女故事，有生活氣息，也有生命的經歷；
最後恍神中買芒果的細節和那個令母親自得的布丁
也寫得頗有意思。敘述利落有趣。

離港巷

廖 紫 歡

　　等了十來分鐘才來了一輛 **A** 車。巴士靠站的熱氣讓我退後數步，直到車門打開，冷氣出來迎接我，我才拿著小布袋、一封信和禮物上車。

　　走入車廂，雙層行李架上只放了一個醒目的 Hello Kitty 箱子。

　　我走上上層，靠著左邊窗坐下。巴士的左邊位置總能看見最美的風景。

　　雪姐：

　　過到去，認認真真讀 master。五年後返嚟統領香港藝術界！

筆尖在紙上點了數次，墨水印在紙上，卻寫不出什麼。我明明有滿腔的文字想吐出來，多得能鋪滿信紙滴在地上，可我根本不想寫啊。不過，作為留下來的人，道別是其中一項要習慣的事。

不走，就不用寫了。

我當然知道走了最好，但走的人越來越多，還有誰留在這裏？六年後，裏面的人出來了，還有誰會去接他們呢？

不，我當然不會怪你們。保存實力，走的人總是這麼說的。

聽鹽叔說，我們民族擅長「入鄉隨俗」。到了 Los Angeles，便練習說捲舌音；到了 Sydney，便常去橋邊野餐曬太陽。你到了 London 後，會常吃下午茶嗎？那裏沒有人陪你去葵涌廣場「掃街」、沒有人陪你上嶺南後山看大西北夜景，你會寂寞嗎？

我聽說寂寞也是屬於 London 的。

擡起頭，天空還是藍藍的。一架飛機在天空劃過，那麼小，裏面卻裝了那麼多故事。你說三年後你還記不記得我們的故事？還記不記得 Hall C 611 號病房裏桌上那束白菊花？

有天我跟你躲在床上看《胭脂扣》。我們一邊吃著 Lay's Sour Cream 薯片，一邊討論原來梅艷芳以前那麼美。上床

前你總要拉著我聊天，說說你最近和 **Jason** 的關係，談談嶺南哪個教授是好人、哪個是 **Killer**，著我要小心。談了很久，你說明天有九點課，要睡了。我說好。快睡著時你又問，如果不可能五十年不變，那麼五年可能嗎？你怕你下次回來，電車沒有了，輕鐵沒有了，我們常吃的富泰宵夜也沒有了。我那時迷迷糊糊，隨口答應你「會有的」。現在想起來，怎麼可能？我桌上的擺設都放不過三年，城市規劃又怎麼可能保持五年不變呢？噢對了，你聽說了嗎？嘆甜要開分店了，鄉事會路那家戲院要裝修了。你回來後，這裏可能不一樣了。

可是世界上哪有什麼會永久不變？

我幼時時常想像與丈夫生兒育女的生活，中學想像和朋友買姑婆屋，大學只想著前路。我們都離開嶺南了。你打算去英國，而我退了學，到理大去唸書。我們未來在哪裏，誰說得清？我們的目標一直在變，承諾一直在變。夫婦可以離婚，朋友可以絕交，還有什麼是恆久不變的？

寫得有點累了，我活動了一下頸椎，才發現已經到青馬大橋了。橋上沒有什麼車，橋下一片寂靜，七月的天氣激不起一點海浪。青馬大橋上空的飛機好像放大了一點。不知如果飛機現在失事撞上大橋，這裏有多少人會名流千古？

希望會有我。這麼一個低調而不甘平凡的人。

退學前，我說我討厭金融，喜歡金庸，讀商科的人都很功利。他們說我還有兩年就可以賺錢存錢買樓結婚生兒育女退休兒孫滿堂過安穩快樂的人生，不准退學。可我才不要什麼安穩的人生，我才不要過別人的人生。為什麼沒人叫我裸辭環遊世界體驗生活助養兒童？他們說：「你有錢乜都得啦。」

而兩年後的今天，我在盤算八年後買一套六百呎的房子，每月拿七千塊去投資；我留意股市、正計算退休需要多少錢。我想多賺一點，有穩定的工作，不用為錢煩惱，三十歲還要結婚生子退休呢。

我突然發現，這不就是別人平凡的人生嗎？

喂，你在變嗎？

二〇二一年七月，我在後背紋了一個 **22cm** 的紋身，是一棵大樹，樹幹上寫著「**Never Grow Up**」。我不斷提示自己，長大後會變成惡人，變成只看利益的人，你不要長大，不要被社會同化，不要相信別人定義的成功人生⋯⋯

喂，才過了半年，你在變嗎？

男朋友說不要發白日夢，我二十七歲就要安定下來，然後慢慢等升職加薪，然後我們結婚。他說我要貼地，不要當個幼稚的人。我說，好，我會長大。你輕輕嘆了口氣，問

你們唸中文的除了做老師，還有什麼可做？我說我想考研究生。你靜默片刻，說你支持我讀書，問我是否打算三十歲才出來工作，又問我為什麼不做中學老師，穩定、高薪。我低下頭來，內心知道你還是覺得這些不賺錢的抱負沒用。你問我怎麼又哭了，你替我的人生著想而已。

那晚在中央圖書館旁邊的椅子，昏暗的黃燈，你說你看不見我們的前路，我說那我答應你，在我二十七歲前，我會有兩萬月薪。你說，這是基本的。

好吧。

嗯，我在變。我變得「貼地」，噢不，是成熟了。

莫瑞說：「我們大都像是在夢遊。我們事實上沒有完全體驗這個世界，因為我們在半醒半見，做著自以為非做不可的事。」我是醒了，還是睡了？是誰讓你追求市俗的快樂？你快樂嗎？

為什麼地球人願意折斷自己的羽翼，放棄上天的宏願？為什麼他們忘記了年幼的自己？哎，你還記得半年前的自己嗎？

你看，每人都在變，五年後又怎可能不變？但你不要屈服於社會，不要忘記，不要放棄反抗荒誕，要繼續做個怪誕的畫家。

「哎，唔好喊啦，件衫都濕曬！好快就見啦。要入閘啦你，去啦。」

「要好好照顧自己呀！」

Never say goodbye because goodbye means going away and going away means forgetting. I'll see you soon.

窄窄的入閘巷，不斷回望的旅人、拿著 *Peter Pan* 走入離港巷的你、巷外一直大喊的我們，還有漸漸被阻擋的身影，是我們的終點，卻是你們的起點。在這條巷中，發生了許多欣喜、悲傷的故事。

【老師點評】

文章對「你」的傾訴，不僅是給赴英讀藝術的朋友的送別辭，也是一個無法與世界和解的人在訴說，如何在現實、政治、生活、平庸的囚籠中掙扎。寫出了個人特色。

新康街

傅嘉儀

　　新康街是聞名遐邇的水貨街，尤其是在近幾年的香港，每當本地人聽到「上水」這個地方，他們眉頭間的肌肉便會異常團結，彷彿只要一提及，他們的腳背就似會被形形色色的行李箱碾壓、榨出淤血。我家的鮮肉檔口就在〇八年的五月出生在新康街的街巷中，父親投標成功，終於在這約一千多平方公里的城市，有了二十多平方米的立身之所，也正是在那一刻，我家就成了日後見證這條街前後歷變的默認觀眾。

　　那時是怎樣的呢？我忘了，只記得當初的過道還是很寬闊的、藥房也還沒繁衍，任何時刻都無需與人摩肩、和車轂擊。

　　「新城鮮肉」就在這條街的背後，說來也有點兒愧疚，

即使那條路已走過無數次，但我卻從不記得具體的巷名、街號。當每次要去送飯給父親時，便會條件反射般地驅身，哪裏該轉彎？什麼時候交通燈會亮起綠燈？盡在股掌。或許這才是「熟悉」的真正意義吧，裏頭孵化著天然的默契，有關的一切種種已入贅你的生活，無需刻意記得，魚水不分才能解釋。是的，它就在由兩條街巷擠出的一片天空下成長，與附近的菜攤、理髮店、雜貨舖互相呼應，為這繁忙都市燒起了一星半點煙火氣。

就這麼每天忙忙碌碌，父親的眼睛早已適應凌晨五點時分的熹微，無需點燈，便能速速估摸好一切、搭計程車到上水，準備早市。多年來，我對他為何總在換衣時不喜歡輕輕搬弄椅子便足以移開它一舉感到不解，好像定要在每天清晨強調一遍凳腳與地板的摩擦；還有，他出門時永遠不會稍稍帶一帶門、待門與門框輕輕交攏後才轉身，硬要「咚」的一聲，似才能顯出這屋子的動靜來。但，我也依然僅僅敢怒而不敢言，誰也無法馴服他，何況我只是父為子綱底下的產品。

但畢竟是廣東人，即使再忙，他也無法忽略了吃，是個很懂「食」的人，尤其好魚——烏頭用來蒸醃檸檬風味更佳；紅衫魚的個頭如果過大，肉質就不細膩，但若太小，又會沒有肉味；龍躉的骨頭煎過後用來熬湯，功效與花膠齊美……

按照他的原話來說：

「咁辛苦系為咗咩啊？都係為食啫！」

不吃冰鮮食品，一向是我家不成文的規定。但由於他無暇料理，因此這烹飪的重任便順理成章地由母親擔起，每天都變著法子來應對父親的挑剔。飯來他也不隨便張口，若遇到不符油鹽糖醋配比的餚饌，他甚至只願扒幾口白飯和青菜，也不屑下箸，恐怕褻瀆了嘴巴，然後便不發一語。這時，我家四口人的晚餐時段便在零下幾度的環境下持續地互相焦灼著。

過了有多久呢？我不清楚，僅曉得久到不覺不知，只偶然隨便掐指，驚覺白馬又揚起沙塵暴，從指縫洩露；久到父親的一切作息都過了保質期。

「水貨生意的錢比較好賺，他們願意付我兩倍的租金。」

一七年的下旬，我家的鮮肉檔口便因不獲業主的續租而結業了。其實，即使業主不收回租賃、由得父親繼續經營，生意也未必能有所起色，因為他堅持品質的經營模式不合時宜，肥缺口過小，盈利鑽不過去；再者水貨貿易已在上水的每條街巷都安家扎營了，陽光被堵得水洩不通，竄不進來。試問誰還會走進這裏？

於是，我家那約莫二十多平方米的天地，便就這樣被衝走了，就如此成了新康街的客人。父親至今也沒再投標成功

過，由他一己之力去抗衡連鎖企業的壟斷畢竟還是單薄。但畢竟生活還是得過下去，休息了約大半年的父親，最終去沙田幫人打工，雖說終究比不上是自己做生意，賺得比以往少之餘，免不了是要看老闆的臉色、受氣。屋漏偏逢連夜雨，非洲豬瘟越演越烈，最終，父親還是沒能倖免，因為入不敷支，被老闆停工在家至今。我總想著，這樣也好，能讓他操勞了那麼久的身體調養一下。

無所事事又大半年過去，疫情還是沒有任何好轉。漸漸地，或許是基於朝夕相處、分秒共對的因由吧，夫妻倆的爭吵增加了，是因為彼此了解得更深了？又或許是因為其他的什麼原因？

有人說，年月最殘暴的地方在於它會揉皺美人的皮囊。我則認為最使我痛心的是它會收割掉人之前日積月累的習慣，然後腐蝕、分解，再重組。慢慢地，我發現當父親在看電視時若聽見母親打電話或睡覺，他會悄悄地把音量調小；在某次放學回到家後，我聽見他說：

「我發覺啲冰鮮雞其實都同新鮮雞差唔多啊！新鮮雞係雪櫃擺耐咗又咪係等同於冰鮮雞？」

……

以前，看見他日趨黯淡的眼神，即使我再怨恨他，也會

希望他能停下來打一下盹；但現在我又反倒期盼他能再勞碌點、再疲憊起來。因為這樣，生活的苦惱、壓力就追不上他了；因為那樣，他，依然是我那個大男子主義、橫蠻的爸爸。我開始像上了年紀的老人般愛品老酒，但不同的是，我念想的是爸爸從前在新康街的影子，那或許並不太能盛放的童年、青春期時期。竟有一人是會舔哂陰影、並嚼出甘味？是的，我驚異地發現：相對於自身的鱗傷，父親開始遍體的小心翼翼、他低頭所折下的角度讓我更加心如刀絞。

我無意於指摘任何，只是覺察我們的褪色似乎從來不影響這城的璀璨奪目；我們的來去亦無關這城的痛癢。或者，爸爸從來不曾真正是那新康街一平方毫米的主人。也許，生活給予我們莫大的無奈在於，我們可以輕易地說出喜不喜歡，卻沒有自由意志能決定可不可以。

還有多久呢？我不知道，只知日曆又撕下了一頁。

【老師點評】

文章以街寫父、寫生活，細節豐盈而有表現力，敘述方式也頗為靈活，真切展示具體鮮明的父親形象和複雜的個人經驗，也濃縮了社會現實變化中的生活形態。

泰民街到泰民街

邱瀚鋒

　　甫踏出柴灣地鐵站，往東區醫院的方向出發步行約十數分鐘，就會到我家所處的泰民街，若乘搭專線小巴，甚至不需五分鐘的時間。可我始終喜歡漫步而行，看行人們談笑風生的和藹面貌，看那到處遊歷覓食的野鴿麻雀，看那始終如故的街景，一切都是如此熟悉，又如此新奇。太陽每天照常升起，時光轉瞬而過，物是人非，從泰民街到泰民街，我已在此度過十九年平凡歲月，如今終將踏入第二十個年頭，故寫此文，惟望藉此追憶那已滯留在過去的某些人，某些事，把他們深深刻記在我的文字當中。

　　＊＊＊
　　——呀啊。呀啊。

拂曉時刻，晝與夜仍然在雲雨中纏綿，難捨難離，天地只是一片迷濛的藍，處於半夢半醒的混噩狀態。此時此刻，卻惟獨噪鵑放聲高鳴，喚醒人間美夢，隨著鳴聲升調之際，萬物也就糊塗地甦醒了。

　　鳥鳴驚醒我的腦袋，夢境與我斷絕，鬧鐘總在此時尖聲響起，恍似是外婆精心策劃的一場預謀。果不其然，她緊接著就在我耳邊呢喃，喚我起床，要遲到了。我知道她在嚇我，因為我們家的所有鬧鐘都刻意調快了半小時，現在只是六時，時間還很充裕，可多睡半刻，但她並不死心，非要早叫醒我不可。這也難怪，幼童都愛賴床，手腳又慢，早起準備方能保證可以準時出門，若然校車不等你而駛走，那才真是麻煩極了。

　　於是，睡眼惺忪的我轉而賴在外婆那瘦小而有力的臂彎，在懵懂中盼望夢回那幻想世界。我們會坐在迴旋處旁的小花園等候校車，通常早已排排坐著數位老人家，正在輕揉膝蓋，或在伸展關節，笑臉盈盈向我們打招呼。我知道，在我上校車之後，外婆會留下與他們繼續閒聊，生活、兒孫，或把歷史娓娓道來，什麼都聊，往昔的艱辛換來他們此刻的平和，不知不覺又聊了一生。馬路兩邊各栽種了一列細葉榕，氣根條條下垂而生，頂上樹冠以扇形朝天散開，竟十足

似一群滿頭蓬鬆捲髮的長鬍子老人們，佇立守望眾生。墨綠的葉窸窣作響，遮蓋大片天空。天在這時亮了，太陽如常升至地平線上，陽光的破片在葉縫間搖落，不著一點痕跡，落在這小天地中，和應老人家們的閒話家常，讓早晨的花園歸於和諧。

須臾，校車徐徐沿山路而上，如姍姍來遲的矚目主角，在兩旁持旗吹號的儀仗隊歡迎之下，才終於登臨這個僻遠的山林舞臺。「快點起身，校車到啦。」外婆搖著半睏的我的肩膀說，手勁輕而有力，彷彿想要叫醒我卻又怕弄痛我般的小心謹慎。然後她卸下書包，換我背上，陪我走到車門前，交予我到校車保姆的手上，「上堂不要睡覺，要專心聽老師講話，知不知道？」外婆再三提醒。嗯，如夢囈的一聲，我就步上校車，在座位上重新發一個悠長的夢。

傍晚時分，散亂的雲層無序地飄泊，剛好遊離至太陽正前，外面昏暗起來，車窗外的景致模糊成一團奇異的顏色，令我的眼睛失去焦點。再定神看時，車窗變成一面鏡子，就看到當中反映著的，中學時代漸而成熟的我攬著笨重書包的樣子，我的臉與窗外景物交疊在一起，成為其中風光。

小巴往前行駛，經過工業區域，裏頭有零星一兩間廢紙回收舖、五金舖，又有數間車房，雖隔著玻璃，仍可聽到那

大開喇叭播放的流行曲，工人唸唸有詞地跟著唱。再稍往前，工廈之間無故有個小公園，並無任何娛樂設施，只有幾張長椅。一群在那裏伸縮著頸項圈圈轉的野鴿，和在長椅下吱吱叫的麻雀們，等待叔叔嬸嬸帶著白麵包來餵食。公園甚少有人到訪，他們都嫌空氣不清新，彌漫著一股腥臭的金屬氣味，又多有野鴿隨意留下的糞便污漬。但鳥兒們不介意，盤踞了這個一無是處的空間，安然地俯臥乘涼，活得個逍遙自在。

下車之後，我依然會經過那小花園，排排坐著的老人家早已換了一批，即使我想向他們打招呼，也無人認識我。外婆近年腳痛狀甚嚴重，已甚少落街走動，只在家攙著拐杖，顛簸移步。她是個堅強的人，以前的她為出嫁前的姨母在屋村走廊外設宴招呼親朋戚友，獨力煮好幾圍桌的菜，搬到新家後，又替要上班的父母照料我的起居飲食十餘年，每天買餸煮飯，風雨不改，在我心目中是個真正的超人。但也正因為從前她操勞過度，如今她的腳痛加劇，連她這般堅強的人都會大嚷很痛，更甚講些晦氣說話，令我心痛。

「呵，是你哦，好久沒見，你長高了許多啊，我要攙頭才望到你了。」在大堂，剛出電梯的白髮婆婆對我說。

「你外婆好嗎？」很好，她在家休息，我回道。白髮婆婆

如今也須依賴輪椅了，她面容憔悴，身型消瘦，由外傭姐姐伺候。不禁讓我想起她以前的模樣，是如此容光煥發，又健談，除與外婆聊得投契，亦總愛向在等校車的我搭話，說我和她的兒孫一樣可愛乖巧，我卻只顧睡覺，沒多理會她。我突然後悔，小時候沒有和她多交談，好像只有打招呼才是唯一的話題，成為了對方最熟悉的陌生人。要不要跟她說多句話，關心一下她？我忽然躊躇起來。

「那你幫我問候你外婆，我出去兜個圈，看看能否找到老朋友，聊聊天。」好的，再見，我最後只來得及說這句話。她笑了，像個初生嬰兒，那純真的、和藹的笑容。然後，我就這樣靜靜地看著她，消失於視野之中。

太陽照常升起了，驟然驚醒的我努力回顧剛才的夢。夢中的我，坐上由氣根編織而成的木鳥身上，往高聳入雲的巨樹頂進發，「蓬」的一聲，穿透雲層，明亮的大光河橫跨蒼穹，承托我所坐的木鳥。木鳥領著我，浮流於其中，我望向那盈漾的漣漪，當中竟映照著，外婆，和，白髮婆婆。我倏地坐直，轉頭看向周遭，天上人間，只有我一人尚在，一瞬間就似孤寂了若干年。光河在頃刻間泛濫，木鳥不受控制，往河的盡頭而衝，我被盪了出來，順著嘩啦嘩啦的光河奔流，傾瀉到我夢醒的身軀。

病街

黃浩烽

　　戴口罩似乎是現時香港的風潮，更可稱作非病患者的專利。要是外國友人到來香港，也許以為香港就是個病都，人人生病，幸得我家裏儲備尚算充足，不成問題。然而我朋友沒那般幸運，一無口罩，二無消毒酒精，算得上現在的社會底層人士，於是聽得我說我家樓下的街充滿了各式各樣的藥房，便叫我一起到樓下掃貨。

　　見朋友如此困境，我也不好拒絕，便陪陪朋友逛街，順便作一個看客，但街上景觀日復日，年復年，有什麼好看呢？我想，在疫情間大概最有趣的便是遊人了。疫情下人人擔驚受怕，荒唐事當真層出不窮。不論街上人多人少，人人都戴上口罩。這似乎是一個定律，只要你不戴，你就是人群

裏的害蟲、敗類，因此現在看人有害無害，不是看樣貌好壞，而是看你口罩品質高低。要是你是日本製的，那姑且還能搭上兩嘴；但要是印尼製的，那恐怕便要說聲抱歉了，因為在街上站得久了，走來搭話的恐怕是衛生督察了。正因如此，我想現在每個人都練出一身分辨口罩的好本領。在街上我便看到一身正裝的的律師，戴的只是印尼口罩；街角走路一拐一拐的清潔婆婆，口上的卻反是日本口罩。這算得上是虎落平陽被犬欺嗎？我看不然，這不過是一種曲線救國，超英趕美，但也算得上我輩驕傲了。

說到驕傲，便不得不提到商家老闆，他們彷彿飢荒時期的農產者和衰落國家的詩人，說不上是位居要衝，卻儼然是這個時代的受益者。畢竟他們現在掌控著資源，任誰都得給他們一個面子，哪有以住滿臉諂諛，賣力推銷的樣子？

現在誰都是一口價，要買趕快，不買就滾蛋。你要是猶豫了，走去別店格價，轉過頭來價格就翻倍了。問題是你還奈何不了他們，只能當他們的「水魚」，還不能回嘴，真是此時不同彼時，昨日作孽今日來受。

幸而我不是其中的一群，但我朋友可沒那般好受了，他就像一隻受驚的兔子，草木皆兵。病毒是一回事，氣氛又是一回事，總是凡事跟疫情下的生活扯得上關係的，他都能擔

驚受怕一番。口罩要買幾盒呢？消毒酒精要買幾瓶呢？他決定不了，便開始將心思放在其他顧客上：

「你聽說了嗎？聽專家說疫情到下半年也難以消退……」

我暗自忖度：那要是真的，那我家防疫用品可不夠用了。

「你聽說了嗎？日本出產的 BFE 口罩才能有效抵禦病毒……」

我暗自忖度：那要是真的，那我家的臺灣 CNS 口罩又是否有效？

此時，朋友突然大聲道：「老闆，麻煩給我十盒日本 BFE 口罩，還有十瓶大消毒酒精。」

老闆諾了一聲，便徑自爬上藥櫃取貨。這一瞬間朋友彷彿變作藥房的主角，眾人眼睜睜地看著他，沉默是一種壓迫，尤其在擠迫得大家眼內只藏得下人和口罩的小小藥店。他們彷彿撞了邪，或是被下了一種莫名的降頭，又抑或他們生了什麼不知名的病，竟有一種詭異的同步。也許是憤怒，憤怒朋友只顧私利搶光了他們的口罩；也許是震驚，震驚朋友的無恥。但我想不到，他們竟在下一秒突然爆發出一股震懾人心的力量——「我也要」。

這股魔力是不可抗的，就像吃慣了觀音土是不可能抵抗一個熱騰騰的饅頭——那怕它就只是一個饅頭。他們紅著

耳根，一股作氣的衝上去，沒有搶，但就是硬生生生出比搶劫更強的氣勢，櫃檯前揮舞的雙手像是有活力的殭屍。此時我突然想起了剛剛的「我也要」，只生出「要是他們搶光了，萬一就我得不到半分，那我可吃虧了」的想法。於是我也擠了人群，大聲的喊著「我也要」，耳根臉蛋紅得發燙，不是羞恥，而是一種莫名的興奮，這種興奮指引著我的步伐，把什麼廉恥都拋掉了。

既然口罩有了，那消毒酒精呢？於是他們又發起守規矩的衝擊，在這種莫名其妙的平衡下，我的前方彷彿又只剩下消毒酒精，又不自覺加入了他們一伙。

既然消毒酒精有了，那還有什麼呢？不知是誰突然喊出「疫情之下糧食最重要」，大伙兒便突然去街尾的超級市場，像是不要錢的把一包一包的米攛進購物車中。我想，誰家可以忍得住沒有米？於是我又加入了他們。

一包米我攛得起，十包米那可壓垮人了，滿臉的汗水沖洗發燙的皮膚，彷彿擦走了悸動，耳根也不那般紅了，但他們依舊像是得了瘋牛症，在街裏四處發狂，搶不到一切不罷休；但十包米、十盒口罩、十瓶消毒酒精，卻只能如垃圾般堆在我身邊，難道這就是亂世中難能可貴的物資，人人奉敬的抗疫三寶嗎？我看不，這不過是驚恐時代的可悲產物罷了。

現在想來，發狂的人都有共通點——戴口罩。只要任誰戴了口罩，誰就有發狂的可能；但口罩不是用以抵禦傳染病嗎？他們，也包括我，也是這樣想的，但口罩擋得住恐懼嗎？我看不但不行，還會依附狂躁的氣味，即使摒住了呼吸，仍會嗅得到那令人厭惡的氣息。

　　這街平日很短，街頭走到街尾，也不過數分鐘，但如今我卻糊塗了，因為自從他們到來後，我便看不見街的盡頭。也許這世界本不存在什麼街，街只是人足跡的延續，他們所到之處久了便成了一條完整的街。不論走到哪裏，都擺脫不了這種瘋狂症。

　　思緒漸落，此時轉角中的電視正巧響起了新聞，竟說馬桶是散播病毒的途徑，我心神彷彿又被刺激了般，又忍不住買了十枝潔廁靈。此刻我才想到——原來我又發病了。

【老師點評】

文章寫出了個性，以象徵性的「病街」寫疫情下的世人瘋狂，敘述幽默，譬喻精彩，深刻表現了羊群們狂熱病態的心理和荒誕世相。

紅地磚街

馬 海 玥

論文季節。寫了又刪，刪了又寫，心裏越是躁動，乾脆到大學圖書館找找靈感。我在巴士遙遙一望，那是石屎森林中的一點紅，不愧以紅磚聞名。踏入校門，鋪天蓋地而來的磚紅，紅磚牆紅磚地，深淺色的紅磚相互交錯，不僅不使人眼花撩亂，反而為單調的紅城增添一點韻味和格調。

看著踏步在紅磚上的雙腳，心頭突然一陣感動，似是看見小學旁的紅地磚街，還有穿梭於紅地磚街的自己。

準確地說，那是一條美食街，鋪滿紅地磚。常聽人說暖色系刺激視覺，令人食慾大增，這麼說來這街還設計得真妙。美食街呈兩個正方形，因為剛好在小學旁邊，因此雖然早上人流不多，但放學和傍晚時段卻擠滿了附近的中小學

生、家長和上班族，熱鬧非凡。紅地磚街的入口有個報紙攤，帳篷冰箱都很殘舊，說不定有十多年歷史。從入口轉右是紅地磚街的核心，左右兩旁賣魚蛋燒賣、冰淇淋、壽司等的小店連綿不絕，再走下去就是各種昂貴的餐廳，我不清楚它們的名字，賣什麼食物，因為父親說我們吃不起。

紅地磚街五光十色，一間名為銀過的日式料理也不遑多讓，店員穿著整齊的日式工作服為客人開門，喊著「歡迎光臨」，店內充滿著海鮮的香氣，叫人垂涎欲滴。這家小店的三文魚籽炒飯好吃極了，一縷帶著海洋氣息的白煙，彈牙的魚肉加上店家的調味，托同學媽媽的福，我品嚐了童年時期的唯一一次，內心瞬間充滿感動。直到後來我也忘不了。

父親每天給我買一個麵包作早餐，因為錢要拿去付房租，他說能省就省。記憶中我幾乎沒有跟父親一起上餐館吃飯，我也不敢說。同學跟我分享旅行經驗、學習樂器，我很羨慕，可是我知道父親沒有辦法。傍晚吹涼風，結束補課後天已黑了，我得穿過紅地磚街坐車。飢餓來襲，我不自覺地走到銀過前停了下來。身體讓我滿腦子都是熱騰騰像珍珠般閃耀，像珍珠般充滿油光的三文魚籽，我們吃不起。我站在店家前雙目無神直直地看著其他食客，飢餓蓋過理智，怨氣和嫉妒心隨之而來。我妒忌同學都能隨手可得我夢寐以求

的。我埋怨父親，埋怨他的貧窮，埋怨他的低學歷，埋怨他不能像其父母般陪伴我，埋怨他不能滿足我的願望。「我也想吃餐館，學習樂器，去旅行，為什麼我沒有。」我在內心裏大喊，越想越委屈。喉嚨一陣苦澀，眼框泛紅。「妹妹，過去一點！」一個大漢對我喊。我清醒過來，怔住了，驚訝於自己內心說出了這樣的話，內疚於自己內心說出了這樣的話。我握緊拳頭，咬緊牙根，把眼淚吞回去，踏步於紅地磚上，直直的往車站走去。

上學途中穿過紅地磚街，距離學校只有一百米，無數顆水珠像子彈從天而降，打得皮膚發痛。我偏偏不是細心的人，剛好沒帶雨傘。反應過來時人已經濕了一半，我可以淋雨，但書包裏的書本不行，我走不得跑不得只好乖乖到旁邊尚未營業的小店躲雨。風把雨吹打到我的臉，校服緊貼肌膚，全身發冷，雨水從鞋縫偷跑進來，侵佔乾爽的白襪，感覺真噁心。我從來沒有喜歡下雨，但這是頭一回我認真地觀察下雨天。突然空中一閃，緊隨的雷聲把我嚇了一跳，我第一次看見完整的閃電，雙眼直冒光，真壯觀真刺激。對於下雨天，聽說不同人能嗅到不同味道，我深呼吸，嗅到了青草味，是清新的味道。旁邊的綠樹鮮花也隨著雨水的滋潤，雨歌的美妙而綻放起來。下雨似乎是另一番風味，我甚至希望

雨可以下久一些。後來朋友都說我倒霉，我只是笑笑不語。

　　我喜歡觀察自然，一項不用付錢又消閒的活動，植物聆聽我說話，昆蟲讓我忘掉煩惱。紅地磚街的角落是一個安靜的區域，行人天橋下的花圃種滿各種飽滿的植物，葉子圓圓的，精神煥發。花圃旁有伶仃幾張木椅，上面都是灰塵跟污漬，沒人要坐，唯獨我喜歡坐。現在想起還真髒。偶爾放學後會蹲在花圃旁邊向他們說說事，看看他們是否長高了。有一年花圃裏不知從何飛來一株蒲公英，當我察覺時，他已成絨球了。那年風起，蒲公英在鬧市中的靜地，燿眼的陽光下飛舞，一群白色蒲公英旋轉起舞，美得就像電影中的仙子般，而我有幸成為被仙子包圍的主角。我彷彿聽見他們互相鼓勵，約定環遊整個世界後飛去同個地方，你看我的兒子我看你的女兒。只是他們和人一樣，都是孤獨的。輕如鴻毛的小白傘哪能決定飛到哪裏？風一吹，偏左一點可能到陽臺去了，偏右一點可能到公園去了，二十株小白傘飛到二十個地方，九十株小白傘飛到九十個地方，一輩子不相會，然後又是孤獨一人。我轉頭，原本的白色絨球已經消失，取而代之的是棕色的把托，他孤獨。其實我有點害羞，似是窺探了別人的一生，又像在偷看自己的未來。誰不像這株蒲公英，小時與父母兄弟作伴，長大了離家外闖，冒險時結識朋友，為

繁衍後代最終落地生根。把子女養大，然後輪到他們外闖，獨自安安靜靜地等到下次花開，或是等到終老。老師說螞蟻婚配後，雄性會立刻死掉，蟻后終生只在繁殖的目的下渡過。螞蟻如是，蒲公英如是，人也如是。

每天穿梭於紅地磚街，踏著深淺紅交錯的地磚。每一次經過都是成長，每一件事發生在紅地磚上的都是人生體悟。那年十歲我告訴自己，我要一直走在紅地磚上，一直走到人生終點。我從小學一直走一直走，走到現在。

【老師點評】

這是一篇關於「走路」的散文，從此刻心情下筆，回想成長道路上的種種，艱辛、感動和思索，似散而未散，生命細節豐富，語調自然。即便是不怎麼刻意昇華的結尾，簡單的「走到現在」也有一種無言的承擔在裏面。

死人街

林鳳芝

　　有段時間我常夢到拔掉牙齒的夢，就像什麼重要的東西從身體脫離一樣，讓人心緒不靈。說到拔牙齒，就不得不提我的外公——那個狡猾的老頭子。小時候父母都要工作，外公從小就來港照顧我，我升中學後他便告老還鄉。我小時候的牙齒除了自然脫落外，大部分都是外公幫我拔掉的。他總哄我張開口，讓我指給他看看是哪顆牙齒在「搖擺不定」，然後就以迅雷不及掩耳之勢拔掉，我怔愣了半響才反應過來，牙齒就多了一個洞。

　　年少無知的我並不知道掉牙齒的夢意味著什麼。

　　「喂，是妹妹嗎？」外婆的聲音帶點顫抖。

　　「我是，怎麼了外婆？」

「外公走了，你們明天回來一趟吧。」

「走了」，多麼輕巧，用「走」代替「死」，把人的離世用「走」這個動詞帶過。

那年夏天十四歲，那日天氣灰沉得隨時都可以下起雨來，黑壓壓的雲伴隨著抽泣聲，更是把人壓得喘不過氣來。

我已數年沒有回鄉，再次踏足，路兩旁早就從野花換成了菊花，白菊開得尤其燦爛。我踏入一所老舊的瓦房子，嗩吶的聲音在耳邊響起，每次響起代表有人來了。映入眼簾的是一張張白布幔帳。外公沒有一如既往的出來迎接，他躺在廳中一個黃色袋子裏面，我們看不到面容。我想，外公大概在裏面安詳地睡著，安靜得讓人不忍心打擾。作法師傅遞給我三枝「香」，讓我安在旁邊。說是香，味道一點也不像香，反而弄得整個空間煙霧瀰漫，不似人間。師傅又遞給我一疊金銀元寶，讓我燒成灰燼，說讓外公「走」在路上順利無阻。

連綿不絕的嗩吶聲，劈劈啪啪的火燒聲，可我還是聽到自己的哭泣聲。地上多了一點一點的水滴痕跡，滴下來時像一顆石子，砸在我的心頭上，天上沒有下雨。

外公從瓦房子搬進了木房子，作法師傅讓長輩披麻戴孝，給了我一頂長長白布帽子，帽尖呈三角形似的，讓我想

起漫畫書中的鬼差，聽說是扮作鬼差，讓「下面」的人允許我們前往火化路上。傳統是要做足的，討個吉利，畢竟死亡是令人恐懼的。

出門後繞了幾個彎，來到了一條大街上，是前往村裏的廟燒香的唯一街道。路很寬，卻鮮有人走過。除了節日前往求神拜佛、燒香祈福，平時就只有送葬人家才會走，沒有人會平白無故走一條「死人街」。路邊的白菊還是堅強地成長著、在風中搖曳著，為杳無人煙的街添了少許生氣，對於悲傷的人來說是顯得蒼涼。路旁有小孩子好奇地探出頭來，馬上被父母拖了回去呵斥了幾句：「臭小子，人家白事你也敢看，把衰運帶到家裏看我不好好教訓。你以後不許亂看。」中國人最重要是要討個吉利。

風把我的白帽子吹掉了，我停下了猶豫著要不要撿起來。想起師傅對我再三叮囑：「謹記不要回頭，帽子吹掉了就吹掉了。」陰風陣陣，把不少人的白布帽子都吹在地上，整條街上零零落落的白布使人不寒而慄，能繞的繞路走，能躲的都躲回家，街道上除了我們一行人之外，好像真的進入了無人之境似的。

火化前，殯儀化妝師讓我們瞻仰遺容。我很記得當時母親是不允許我看的。因為我是當月生日，白事與生日這個喜

事相沖，怕看了不吉利。我沒有聽她的話，那是從小陪我成長、陪我玩的外公啊！為什麼連最後一面也不允許我看呢？所以我還是偷偷看了。那是我第一次看一個去世的人的樣子，一動不動的躺著，我一邊偷看一邊想：外公會不會突然坐起來跟我說，他只是作弄我呢？這個嚇人的想法，答案顯然易見。

烏雲隨著外公一同飄散，天空漸漸放晴，我們一行人也回到瓦屋子。我才發現外婆沒有與我們一同送行，她留在家裏打點其他雜務。長輩們在屋裏說著往後的時間有什麼什麼不能做，有什麼什麼禁忌。我在屋裏看著外公生活過的一點一滴難受得慌，便出去溜達溜達。我懷著小孩子專屬的不懂事，悄悄地走在那條大街上，那條我與外公最後一次一起走過的街。從今天起，除了拜佛、白事，不管好運霉運，這條街也將新增了對我而言獨一無二的意義。

長大後我才知道，處理雜務是假的，「夫妻不相送」的傳統才是真的；而夢到掉牙齒的夢是家裏將會有白事的象徵。夢是巧合的很，但作為新生代的年輕人，我是不太相信的。在死亡面前，有誰不害怕呢，只是生命的本質是一樣的，最後都會回歸宇宙裏的一顆塵埃。難不成說今天討個吉利，明天就可以不歸天了嗎，這著實矛盾。雖說不是想要批評什

麼，總覺得外婆與外公是相守了一生的伴侶，外公是陪伴我長大的人，僅想表達對逝者的愛與思念而已。若連送行看最後一面都不允許，只為討個吉利，傳統似乎也只是個不近人情的東西而已。

【老師點評】

文章紋理豐富，從開頭所寫的一種切身的感覺經驗，到後面的葬禮的氛圍渲染，有細緻豐富的人、事、場景，最後引出對人情與傳統習俗的思考，立意較為新穎。（主題也可以繼續就這個方向發掘下去，葬禮涉及到的生、死的隔閡，人類對死亡、對未知神秘的恐懼等都可以加以發揮），敘述自然，文字有表現力。

酸梅街

蘇巧如

從懂事起，我漫遊在酸梅街上已十載有餘。

近日清理書櫃，找到了被我傻呼呼地命名為「酸梅筆記」的本子。童稚的我六歲起就跟媽媽去街市買青梅釀造，自顧自把這條小巷命名為「酸梅街」。我用稚嫩的小手寫這筆記，距今已塵封了三年，裏頭記載著酸梅帶來的童年味道。如今細細翻閱，想來可笑，動筆的初衷竟是第一次吃這麼酸的東西，且不能常常吃得到，覺得很珍貴，由是紀錄。這酸梅街一年只行一季，一街一季，一季一年，我與媽媽二人留下了深深淺淺，每每想起就兩腮發酸的足跡。

趣

（據歪歪曲曲、童趣滿溢的文字記載）二〇〇九年仲夏，某日下午，我在飯桌上驚呼：「好酸！」臉上倏地皺起來。我用手指捻著一枚半爛的酸梅，仰頭伸出小舌舔了幾下，是新鮮刺激、讓人舌頭雀躍起來的感覺，於是快快說出口頭禪：「道友請留步，這是什麼？」我常模仿電視熱播的《封神榜》裏的申公豹。媽媽沒好氣地看我一眼，答：「是酸梅。我可沒叫你偷吃。」然後合上酸梅罐。

媽媽說，小孩子不可以常吃酸，傷胃；只是夏天燥熱難耐，才拿出了醃製了好幾年的酸梅解暑。細細察看放在透明罐子裏的酸梅，它們身上有好幾道皺紋，像是眉頭緊皺且身材圓潤的中年婦人。但，皮膚卻是異常的濕潤，似快要滲出水來，想必是長年待在玻璃瓶子的鹽水裏浸泡的緣故。媽媽又說：「有句老話：『夏餅江魚烏飯糕，酸梅蠶豆與櫻桃。』我家鄉杭州很重視立夏，酸梅是這天必不可缺的，但你還小，吃一顆就好。」

媽媽短袖下的腰肢瘦削，臂膀卻健康、有力，雙腿有如細竹，筆直、曲折分明。我瞧了瞧她背影，把手中唯一一顆酸梅塞進口，瞇著酸出淚的眼睛悄悄地問：「媽媽，以後我們可以多吃酸梅嗎？」

「可以吧，一年醃製一次酸梅，每年夏天都可以吃。」母親的眼睛笑出月牙來。

「那我要跟你去買材料！」

「好呀。」

我自此迷上了酸梅，把喜歡的感覺一一記在小簿裏。

酸梅街之始。

角落

簿子紀錄了九年來，媽媽一路用酸梅炮製的菜式，早年常用單調率真的字眼描述「很開心」、「超好吃」，真趣緻：古法酸梅湯、桑椹酸梅醬豬手、涼拌酸梅小黃瓜、酸梅山楂茶凍……

如是者，我們一年到一次那條位於街市最內側的小巷，即酸梅街，媽媽必定會和檔主「講價」。攤子主人是位看著不似本地人的婆婆，皮膚黝黑，沒什麼牙齒，但鶴髮童顏，媽媽會用家鄉老話問：「自己選可以嗎？」

婆婆爽朗回應：「可以！」

媽媽彎下腰身，一顆顆仔細地在竹籬中。選取，青的、飽滿的都塞進紅膠袋，零星幾顆霉了的梅，在她纖指利索的動作下被剔除，三斤青梅就這樣好。婆婆認得我，每次疏落

地見面，都依舊用蹩腳的廣東話稱讚：「小妹越來越漂亮！」

常溫

　　二○一八年初夏。傍晚的廚房炊煙裊裊，且不時傳出碗碟鏗鏘碰撞、叮叮撻撻的聲音。我往裏邊瞧瞧，看見那熟悉的紅膠袋，我就知道，今晚肯定有生津的美味。

　　「開飯囉，開飯囉。」良久，母親一邊微笑喊著，一邊將餸菜端出，父親按了電視機的開關，妹妹和我興奮就坐，我們放下手頭上工作一家子圍坐在飯桌前。碟上，排骨棕黃一片，傳來不太清爽的酸氣，絕非腐朽之味，但一定談不上清芳。電視機屏幕的片段一映出，媽媽便又來發表熱切的演說，不時頗有氣勢地指著屏幕訓斥一番，說的豪言雖不苦毒，但也不溫柔敦厚。我夾下一塊棕黃的肉片，將它送入口內，舌上的味道微妙地交錯。沾在排骨上頭的，是陳年的味道──它酸，卻酸得不乾脆利落，還帶著股鹹津津的味兒；細細咀嚼，肉塊的脂油滲出，在口腔與梅子的鹹酸無分彼此地揉合一起。從此，排骨不再有葷腥，梅子也不再酸澀，互相牽制著，中和著，油甘與鹹酸並存。

　　爸爸和妹妹不吃酸，唯有我吃：「媽，裏頭不止一顆酸梅吧？有放別的調味料嗎？」她懇懇地應：「不，只有一顆

酸梅呀。」

難以置信，原來酸梅味極濃，只要將一顆放在一碟四人份的排骨上，味道已經完全足夠。排骨本來只是單調乏味的肉塊，就這麼一小枚酸梅，竟叫整碟餸菜活過來。也是這麼一個她，便叫我們精神甦醒過來。前一刻仍舊疲憊地埋頭苦幹的我們，一到飯桌前，便感受到飯菜的溫熱。此刻，我並不是行屍走肉，並不是要去努力為未來拼搏的少年人，並不是要應付考試的學生。我是媽媽的女兒，有這麼一顆上好的酸梅，還需要別的糖鹽嗎？一顆，足矣。

初試

二〇二〇年，癸卯，仲夏，芳齡十七的我終於曉得天干地支。自從母親在去年大病後，便少了下廚，性情亦喜靜。於是，我更不敢怠惰。

我越來越懂珍惜當下，催促自己快點讀完手頭上的文字，快點成為滿腹墨水、擁有靈智的人，才可快點吸納愛然後藏於心內。因為現在雖則是盛夏，但亦要為寒冬作準備——如果怕冷，又怕世態炎涼。

如今，那瓶酸梅靜靜置於廚房不起眼的一隅，三年未動的酸梅乾癟著，沉默著。

七月四日，我自告奮勇地告別童稚的影子，跑去酸梅街買材料去，換掉家中不再清新的梅子。我學起媽媽的樣子細心挑選，許是婆婆認得我的母親，又或許是欣賞我的細心，予了我折扣。在那東邊的太陽裏，我向西邊的家去，小小的影子放的很大，遠處那巍峨聳立，哦！是我襲得母親的點滴。

老釀

一步步走來，酸梅街刻錄著我的年歲：孟夏、仲夏、盛暑、殘夏，自我喜歡上酸梅開始，那裏一步一腳印，濕答答的，屬於我和媽媽的。年歲漸長，我學會了煮菜，這個夏季，我親手煮了碟淳樸的酸梅排骨。

我如昔日媽媽捧排骨出來一般，開飯，擺箸，家中只有我和母親二人。她夾起排骨，放進碗中，寡言少語。我又夾起一塊看起來跟排骨一樣棕棕黃黃的東西，並沒有絲毫顧忌地送進口中。倏然，牙齒一陣酸痛，我咬到一顆口感有如木粒堅實的東西。它比哪一塊排骨都酸澀，比哪一塊排骨都堅硬，原來是酸梅核。上邊沒有果肉，就只剩下赤裸裸的一顆果核。怎麼只剩下果核了？心中暗忖。細察片刻，我看見那碟排骨都被絲絲棕黃縈繞著。

「吃飽後回房間躺躺，休息一下吧。」我對母親說。閉目

養神中的母親擺擺手，拖著兩腮假寐，我再也不怎麼聽到她響亮的嗓子吆喝我去洗碗。圓潤的臉龐被兩手夾得清瘦，壓出幾道皺紋，那臉龐就像……穿越了時光、一枚歷過風霜的酸梅。

【老師點評】

也斯有一首詩〈醃檸檬〉，散發芬芳的鮮黃檸檬變成老婦人腳邊一盆棕黑色的醃檸檬，寫在時日和鹽漬中變幻中的漁村。這篇散文同樣創造了意蘊深刻的詩歌性意象，以一枚歷盡風霜的酸梅寫老去的母親，「酸梅街」就成了母女共同穿過的充滿溫情的時光隧道。

半停的心臟

鄧婉文

　　我對魚的感情甚至談不上對雞的感情。熟悉我的人都知道，我是喜歡吃雞肉的，若果是魚肉，就算是超市試吃的環節，我也會憊憊地路過，但我的家人會遵照「均衡飲食」的原則，一週至少有一天吃魚。彼時我不會反抗，還會跟著母親去買菜，至於去哪裏買，通常都是長發。因為長發是踢著人字拖，用橡皮圈束著散亂的馬尾，還會嚼吹波糖的女孩子，不像青衣城是個目光深邃，微擡下巴，披著名貴狐裘，身穿修腰淑女長裙的貴婦人。

　　長發商場內置了一個街市，我依稀記得它有個更古舊的名字，但現在只想起來它的第二個名，高高懸掛著，寫「長發摩登街市」。我喜用誇張的語氣重複這個名字，調侃它的

不自量力，因它內裏並沒有什麼新意可言，混雜白沫的積水每天都洗刷地板，牆壁的灰都化成了黃再剝落，血紅的燈又會流到我臉上。什麼新潮的設施都沒有，只有人，與「摩登」沒有半點關係。

母親是個追求健康到偏執的人，從不輕易給我買零食，吃快餐的次數屈指可數，小息不會有零嘴，旅行也只有三文治，但有時候——有時候，母親會到藥材舖去。老闆娘是個幹練的人，我每次光顧，她都忙前忙後，對著顧客一雙眼笑意盈盈，前頭對著母親笑，後頭還會悄悄給我塞山楂餅。山楂餅是小小的套形，酸酸甜甜的，舌頭細味之下還感到有些粗糙，委實說不得好吃，但我被破戒的喜悅衝昏了頭腦，更仔細數著，留著幾片回家吃。

得了山楂餅，我就會拉住母親的手，好奇地四處張望。她做飯難吃，買菜卻是熟練的，頗有自己的章法。她會走到海鮮檔去，用審視的目光掃過那些屍體。有些魚不甘示弱，轉著渾濁的眼珠，用最後的力氣，在缸裏翻我一身水。我不以為然，只有古代的皇帝對於刺客臨死詛咒的輕蔑——牠都要死了，生氣來做什麼呢？我每每只對那屍體裏仍然跳動的心臟感到驚奇，牠的軀體已經死去了，形體卻沒消散。

此時，媽媽就會跟我說：「回家吧。」

我是等不到牠消逝的那刻的，母親會在這之前拉我走，我終究不是攤主。

　　當海鮮檔易手過好幾遍後，我就不愛陪母親去逛街了，但因為學校的緣故，我又和街市扯上了些關係。在午膳時，我就會跑到食檔買飯去，有個檔口，是專門賣兩餸飯的。

　　「今天要吃魚嗎？」

　　「……才不要呢。給我那個肉餅。」

　　「好。還要什麼呢？」

　　「要份菜心，謝謝。」

　　「這怎麼夠吃啊！」說罷，我還沒來得及反應，她就將兩隻雞翅塞到飯盒裏去。

　　雖然這些店舖幾度換了人，但是他們的笑容總歸是相似的——帶些神氣，對生活的盼望，還有對陌生人的關愛。他們會在我的飯裏加菜，加雞蛋，加雞翅，問我學習累不累，那吃起來的滋味比山楂餅還好。

　　我也懂事了，不再著迷於觀察魚，每次路過魚攤，都緊皺眉頭，身子打風似往外傾，唯恐被水濺到，既毀我的校服，也毀我的心情。我明白到很多事情都有科學根據，所謂「心臟仍然跳動」，也在搜索引擎上得知了「因為心臟組織短期內

還能運作」的說法，所以並不代表著什麼，是我在大驚小怪。

　　沒有什麼大不了。

　　我的小世界裏與宇宙並不相接，考試時，我能在通識試卷上作答題目，道理——我明白，我能寫出來，要真切地感受到卻是困難的。某天，我聽得新聞上道：「……長發街市……罷市……外判……」，便錯愕萬分，才知他們在笑容之下的秘密，只是發現之時，氣球已經快要爆開了。所以我特意去了街市，檔主們的笑容蒙上了隱憂。我問相熟的阿姨，她仍是笑，眉眼溫柔：

　　「我看新聞了，以後要關了嗎？」

　　「對，怎麼與他們鬥呀。」

　　「那你以後還會做魚嗎？」

　　「看看之後能找到什麼崗位罷。」

　　「那你以後還會在這裏嗎？」

　　她好像在調笑我「真傻」，又給了我裝了盒飯。

　　誠然，這只是一件很平常的事情，無傷大雅，也無可阻擋。

　　起初我暗暗地承諾自己，定不會到新街市購物。

重新開張那天，是個寒意滲骨的早上。我裹住棉衣上學，目睹家庭主婦們在外面躊躇著，屏息靜氣地等待，甫一開閘，她們就如箭飛奔。我恨她們，像恨沙場上棄甲而逃的戰士，但末了又不知道有什麼可恨的。此地什麼都沒有，沒有什麼可恨的。

　　如今的我棄了諾言，愛上了新的店，那是賣酸辣粉的地方。新開張的街市色調湛藍，據說是按海洋來設計的。猜是為了配合設計，商家也在裏面裝了個大熒幕，播放假魚動畫作為裝飾。卡通的魚在海裏游來游去，我停在原地看游來游去的牠們。魚眼明亮地洞察世情，似乎也看透了我。

　　你是假的。我說。

　　可憐呵。牠說。

　　我思緒紛亂，站在原地，欲要回想起這裏的細節，但到底想不起來。會不會，其實當一個人要靠回憶才能記住某個地方時，它就已經死了？

　　「媽媽！」

　　驀地有稚嫩的嗓音大喊著，原來是個小孩子勉力揪住載魚的透明袋，但是魚雀躍地跳動，幾乎要跳出來了。他就尋求母親幫助，母親回頭一看，接過他的袋。我想，是不是在十幾年後，這個地方也會成了別人想要記住的地方；這個孩

子也會看到另一個孩子揪住魚的畫面；另一個母親也會接過另一個孩子的袋……

於是，我的腦海裏出現了一個奇異的場景：

檔裏的魚掙扎了數天，終於四散。然而，牠們陷入半停頓的心臟，竟又重新跳動起來，伴隨著閃閃生輝的水，熱烈奔放的風，越過無數條淒切的小河，被迎進蒼茫寬廣的大海裏。人們以為牠們死了，就在原來的地方蓋上整齊的竹棚和白布，歡鑼喜鼓地出殯。

他們宣告道：新的魚就要來了。

【老師點評】

半停頓的心臟是魚也是街市，新舊事物的交替總讓人忐忑卻又不可阻止，這中間是我們對過去的事物，魚檔、山楂餅、母女情還有地方的人情味的留戀。作者對街市的細緻描摹讓人彷彿身臨其境，筆調不時帶點童稚的幽默，時有金句。

故里石子路

陳偉詩

「你要吃石子餅嗎？ 我同事的媽媽從山西寄了很多家鄉小吃來香港給她吃。」我慵懶地張開口，媽媽一邊嘴裏罵著「饞貓」，一邊把餅塞進我的嘴。「真好，有父母惦掛的孩子就是好。」說罷，她自己也吃了一塊，啃了幾口，眼睛裏的水霧氤氳了一瞬，又在下一息間悉數散去。「想家了，還沒拜你外公呢。」她輕輕的、不動聲色說了這麼一句，然後又大口大口地咬起餅來。她咬的不是餅，我是知道的。我也嚼著那餅，拿起另一塊餅仔細的看，看了良久也沒看出哪裏像石子。石子的模樣，我還是記得的，也記得那條曾經的石子路……

自記事開始媽媽帶我回鄉時，無論去哪，出入走的都是

　　　　　　　　　　　　初鳴集：街與夢

那條石子路。坐車過路顛得，一路上左搖右晃的，盪得人頭暈眼花。每每一下車，腳一觸地，也顧不上在腳邊搖尾歡迎我的狗，二話不說便自覺地拿上袋子，弓著身子先吐為敬。石子路也就是這點不好，不過瑕不掩瑜，我還是很喜歡它的。石佈滿在黃褐色的泥土上，大的在上，小的就從石間的縫隙裏溜到底下。人偶爾踢動了石頭，那石子便在路上滾呀滾，自己愛動就動，愛停就停，動夠了便自己找一旯兒待著。不知路是本來就如此，還是最早開路的人故意鋪的石。我也沒開口問，不想別人覺得從城市裏來的孩子什麼都不懂。

城市的孩子到了農村，看什麼都覺得有趣。就算是看見了活的雞鴨，也覺得好玩，撒腿便追著跑。雞鴨見了我就像見了鬼似的，扯起喉嚨就嘎嘎叫，搖著屁股使勁地逃，踩得爪下的石子咔咔作響。家裏的大黑狗也是我的好玩伴，媽媽總誇牠比我乖，我也這麼覺得。大黑愛咬骨頭、愛吃肉，卻從不追雞鴨跑，也不偷來吃。倒是雞鴨整天竄到狗窩撒野、偷東西吃。大黑也不計較，轉身便搖著尾向我討東西吃。吃飽了，便乖乖跟在我身後陪我「巡視」地盤，或靜靜趴在一角看我往水田裏丟石頭。

有石的地方就有丟石頭的小孩，手裏總攢著一大把石子到處亂扔。在河邊如是、在大草地如是，就連水田也不放過。

這或許是小孩間心有靈犀，又或許是每個人基因刻下的，代代相傳的玩法——聽說媽媽小時候玩得更瘋，我也不敢問，皮不太癢。

我家的田就在石子路旁，走近些便聽見小曲聲，外公常用那生了鏽又沾滿泥的收音機聽小曲。收音機本來是買給外婆的，可惜沒等他送出去，人便早早去了。真金白銀賣了幾十斤的菜和好幾隻雞鴨才買回來的奢侈品，絕不能浪費，結果這一聽便是三十多年。白天種田時聽、午睡時聽，晚上睡前也聽，花大錢買回來的可不能聽膩了。我也不知道他聽的詞還是聽曲調。老人沒有上過學，活了多久就說了多久的長沙話。雖聽不懂普通話，卻神奇地能聽懂我那摻了香港口音的普通話，至今我也不知道他是怎麼辦到的，那時候沒問，現在也沒機會讓我問出個究竟來。

我常往田裏丟石，丟的盡是別人的田。外公也不管，覺得別傷了自己就好。石一下下落入水田的撲通聲，不經意地為收音機播著的小曲和音。「三月裏探妹三月三，我帶我的小妹妹去下江南。江南有燈船吶，妹呀，莫把心來耽……」一輩子沒出過縣的人哪知道江南長什麼樣，他也聽不懂，只是一邊哼著調，一邊俯身拔雜草。田裏的稻長得很高很高，剛好蓋住了外公的小腿；太陽把他的背影曬得很長很長……

我想，巨人的身影應該也是長成這樣的吧。

兒時回鄉的路很顛簸，只要人坐在車上，胃裏就不住地翻滾。可是不知道從哪年起，路就不再顛了，應該也就是近一兩年的事。人長大了，上學忙，也就不常回來。搖下車窗往外看，原本的石子路像是中了毒般被水泥蓋住，而且還有向外蔓延的跡象。舅舅說那是村裏幾戶人湊錢鋪的路，路平了，更多的車子就能進來，也能出去。隔壁屋的人都去了城市工作，生活總算是富裕了起來。我應要高興的，家鄉變得越來越好了。

一下車，我們都沒有吐，也沒有狗來迎，只是田邊多了個小土丘。家裏的雞鴨像流水般來又去，吃了又生，生了又吃，每隻都長得差不多，最終都是躺著上餐盤的。人大了，也就不再追著雞鴨跑，只是牠們在水泥路上跑時，那石子碰撞的噠噠聲彷彿仍在耳邊縈繞。

現在我家的田在水泥路旁，想丟石頭都找不到。田邊也少了小曲的聲音，大人都說外公住院了，也不知道得了什麼病，我也沒敢問。家裏的田沒人打理，草都快要長得跟稻一樣高了。旁邊相鄰的田早就荒廢，人都去了城裏工作，沒人願意辛辛苦苦地種地。不絕的小曲停了之後，我才知道原來鄉下可以如此死寂——我一個人站在水泥地裏，感受在自己

成長時錯過的、這片土地的生命。或許在人們統統離開此地時，它就開始病──我錯過了；或許在瀝青淹沒石子時，它已開始喘不過氣──我錯過了；或許、或許在我沉溺於都市的繁忙勞碌中，不慎遺忘這片土地時，它就漸漸走入衰亡──我錯過了。它和我的童年一俱走遠…………走入殘陽的餘暉中，殘喘。

　　自那次回鄉後，我就再也沒回去了。不看，並不代表時間就能天長地久地凝在記憶裏。生命愛去得快些，也就去得快些，愛留著，就自己找一旮旯待著。在某個狂風呼嘯的夜裏，一通電話打過來，刺耳的鈴聲叫人聽了便心慌，我沒有問電話那頭到底說了什麼，也不願知。那天，媽媽哭得像個孩子，我從未見她如此哭過，我忘了，她也是別人家的孩子。關於死亡，我不甚了解，雖然確實地知道有些什麼將在我的生命裏永遠地消失。生命課最教人猝不及防，一旦錯過某君的逐漸衰敗，到下次再有音訊時，不是命懸一線，便是青煙白幡。我想，他大概是探望妹妹去了，也不知他那心心念念的小妹妹見到了沒有，應該看見了吧？

　　「等疫情過去了，我陪你回去一趟？」我開口問道。媽媽沒有應，也沒有拒絕，只是默默地嚼著那塊吃不完的餅。她咬的不是餅，我是知道的。我陪她一起大口的咬，細細地咀

嚼那觸不可及的、淡淡的、鄉愁。

【老師點評】

文章寫得很不錯。豐富的鄉土氣息，生動的生活細節中有幾代人的人生和情感，往昔流逝的懷舊感慨中有生命的自主、自然、以及自然的告別。

航天小街

張 浩 然

　　從點火瞬間到升空，那短短不到一分鐘的時間，是我第一次看到的火箭發射，心裏沒有泛起一絲漣漪。那是 2008 年 9 月 25 日 21 時 10 分 4 秒 988 毫秒。對於七歲的我來說，手上的玩具比起電視上的畫面更要來得有意思，心想著跟我這個普通人沒關係。

　　中學時期，學校組織活動去文昌看火箭發射現場，我也是其中一員，於是便來到了海南。一下飛機，湧進鼻孔的，是一種絕對不會與航天科技掛鉤的芳草香。乘車經過航天基地，建在一個滿是牛羊的草原邊上，我想這是大概世界上最不合理的搭配了。駛過草原，便是一條街。街上有學校，飯店，有居民的家。由於這條街離發射塔很近，因此這條街叫

航天小街。

　　因為距離火箭發射還有四十八個小時，安頓行李後，我與同學們便去街上溜達。街上有很多椰子樹，沒多少人，除了居民外，有背背包的，有拿相機的。我們去了一家飯店吃飯，認識了一位飯店老闆——老八。老八他光著膀子，胸前掛著一條金鍊子。他說活了六十年，都不知道大衣長什麼樣子，因為海南的天氣，一年裏只有十二月會穿衣服。我們問他什麼位置看火箭發射最好，他說遊客們都會去海灘上看，而居民們因為小街離發射塔很近，所以一上屋頂便可以看到火箭升空。老八非常熱情地為我們分析地勢對火箭發射觀看的影響，記得那次滔滔不絕說了半個鐘。

　　吃完飯走在街上，看到小學生們都放學了，有幾個臉上笑嘻嘻地，拿著火箭模型，我想大概是他們的美術作業。我問其中一位小朋友他看過火箭發射嗎？他說他看過，每次都會看，另外一個小朋友走過來跟我說他還去過發射塔看過呢，幾位小朋友像是在爭誰更厲害似的。我想這條街上的每個人都被離他們只有幾公里的白色巨物影響著，那對他們的生活刻下了深深的烙印，甚至一點點的感染著我。老八每次發射火箭時都會放下手上的工作上屋頂觀看，他形容每次的心情都是非常激動且澎湃的，在火箭發射後他都會放煙火慶

祝。小朋友們說已經看過非常多次的火箭發射了，對於在火箭腳下成長的他們，發射帶來的新鮮感，還不如我們這一群遊客。如果不知道的人來到這裏，都不會相信他們是看過無數次航天盛事的人。

距離火箭發射還有二十四小時，因為海風的原因，天上的烏雲很快就壓了過來，街上的人們都說火箭可能會被天氣影響，火箭官方也說這次的天氣可能會對發射不利。我壓抑地坐在酒店中，看著烏云密布的天空，彷彿想問老天火箭能成功發射嗎？街上充斥著不安，儘管他們看過無數次火箭升空，他們也不希望下次的升空會失敗。這樣的負面情緒，也伴隨著暴雨，蔓延到我的心頭上。

距離火箭發射還有六小時，天氣轉好，街上的遊客紛紛開始匯聚，氣氛也慢慢地嚴肅了起來，彷彿是在迎接一場盛大的考驗。而街上的居民都在按照自己生活的節奏，輕鬆或忙碌，都嘗試著融入其中。

五點並不是海南的傍晚，在依舊猛烈的陽光下，距離火箭發射還有三小時，我與同學們來到了海灘，準備觀看這場盛世。我開始緊張了起來，海灘上除了我們，四方八面匯集的遊客，有我們先前遇到的小學生們，他們還帶著火箭模型。夜色降臨，在廣播提示下我們得知火箭即將發射。剛剛

還很喧吵的沙灘頓時變得安靜。

　　一瞬間，我只看到一個巨大的球體光芒照亮了整個天空，原來火箭就這樣在沒有倒數的陪伴下發射了。我們看到一個夜光體正在飛向人類目能所及的另一個夜光體，這是突破了星球引力的浪漫。火箭拉出一道壯麗的尾跡雲，就這樣向著月球出發。一道閃爍後，這個火球分離成四個閃光點，逐漸消散在天空中，就這樣離開了人們的視野。發射成功了，湧上心頭的先是一種興奮感，但很快地，空虛便沾滿了我的內心。我在這四十八個小時累積的期待、不安的情感一瞬間得到了釋放，眼淚不禁留了下來。

　　在這四十八小時內，我看到了人類最平凡偉大的浪漫。街上的平凡居民過著平凡的生活，他們都有自己生活的美好，都是著實奮進的平民。他們會放下自己的生活，仰望天空，走進這個航空盛事。他們雖然活在這偏僻的小街，但每個人都嚮往著星辰。

　　後來，回到街上，老八點燃了煙花。那與火箭的烈火比起來微小的火花，在這片夜空中閃爍。我也點燃了一枚煙火，像是自己造了一枚火箭似的，小心翼翼地目送著它衝上天空。

　　乘車離開時，我又看到那建在一個滿是牛羊的草原邊上

的航天基地。太陽平等地暴曬著一切，先進的科技與原始的農耕，蒼穹上的星辰與地球上的人類，彷彿這會兒達成了微妙的和諧。

房間

吳思婷

究竟我們什麼時候才能搬出這個房子？

住在這個房子裏，總有許多不便之處。「那麼，我們什麼時候才能搬走呢？」我一邊向睡在上鋪的妹妹發問，一邊整理自己床上的書籍。我將它們一本一本地疊好在一起，像極一座小型的書山。這樣的書山，我在床上有兩座。一座靠近牆，一座在床尾。我這麼做，不僅是因為方便我取書閱讀，還因為別的理由。「這種事情誰知道啊？」妹妹探出頭來，「姐，你在整理自己的書？正好，你能不能把你放在房間裏的其他書也整理了，我自己的書都快沒位置放了。」「你要知道這個房間不是只有你在用，別太自私。」妹妹的話敲擊著我的耳膜，我只能回復沉默。

臥室是我和妹妹一塊用這件事，我一直知道。可我能有什麼辦法呢？我盡力了。這四四方方房間，放下一張上下床後，空間一下子變得擁擠起來。房間只有一道窄小的通道供我們行走。我們房間是沒有書櫃的，擺放在這裏是件很奢侈的事情，因此我只能將一部分書籍堆放在自己床上用來節省空間。不僅擺放書的空間要掰成兩半用，放衣服的空間也是。床頭櫃擺放的是我的衣服，床尾的櫃子則擺放著妹妹的衣服。因為一人只有一個櫃子可用，那麼可放在櫃子裏的衣服就從四季縮減成一季——想將兩個季節塞進一個小櫃子裏，是狂妄的。換句話說，對應季節的衣服要提前備好，至於換不上的就都放入臥室最裏邊的塑料箱裏。可是，香港的春天總是多變的，不像在內地的時候。這裏一會冷又一會熱的，於是我只好把一部分冬季的衣服放在我的床上，連同我的書一起。若是搬出這裏，情況肯定會和現在大不同吧！我的動作立刻凝滯了，我盯著放在床上書籍。我想：「如果搬出去，能搬到公屋住，也許臥室就會變得不同了罷。我聽說公屋的實用面積，足足有三十五平方米。」

　　「也許，我會擁有一個自己的房間。房間不用太大，五平方米就夠了。最重要是屬於我自己的，如果房間朝南就好了，通風又透光，這樣房間裏的空氣就不用像現在這般

悶熱。」

「也許，我能擁有一個自己的書櫃。好不好看不重要，最重要是實用，能放滿我的書就好。第一層就擺散文，第二層擺短篇小說，第三層擺長篇小說。」

「也許，我能擁有一個自己的衣櫃，比現在要大的衣櫃……」

「不行！家姐你快來廚房幫忙啊！」

我聽到媽媽的聲音從房外傳來，便打開門，探出頭問：「幹嘛？」

「過來廚房幫手啊，幹嘛幹嘛！」

我看了掛在客廳的鐘錶，確實是該幫母親做飯的時間了，便有些眷戀不捨地與剛才的構想道別，趿著拖鞋走出房門。

住在這個房子裏，是覺得逼仄的。要到廚房當然要穿過客廳，但所謂的客廳不過距離廚房兩三步的距離。而且我們房子是沒有陽台的，衣服也不能掛出去，否則會很髒，據說我們住的這一層每天都有老鼠和蟑螂經過。因此，我們只能將衣服都掛在客廳。每天都會有新的換洗衣服掛在客廳，每天客廳都會顯得很小。狹小的客廳還會伴隨著一股潮濕得發臭的氣味（春天這股味道會變得尤其強烈）。而且，客廳

的天花板裂開了一個大口子，長出一個水泡來。據說是樓上的住戶私自換水管導致天花板漏水，我們為了不讓水滴在地板，只能用透明膠把它貼住。膿液被儲存在水泡裏，每天膨脹著，卻不爆開——當然是不希望爆開的，否則就糟了。當然也是治不好的，畢竟我們只是這個房子的過客，怎麼能像對待自己的身體一樣對待它呢？

我一邊低著頭走不讓衣服擦到我的頭髮，一邊忍不住問母親：「我們一家子什麼時候才能搬走？」

我心想：「搬出這裏，到公屋去。也許，我能擁有一個乾淨的，比現在要大的客廳。我們的衣服不用掛在上面。而且，天花板不會滲水，因為私自改裝水管被發現是要扣分的……」

公屋的廚房肯定要比現在的乾淨，現在的太髒了。綠白相間的瓷磚上滿佈黃垢與灰塵。放置調料的平臺泛起油亮的光澤。大理石質的料理臺裂開幾道口子，我知道作為入侵者的螞蟻在裏面安了家，每次白天都能看到它們從縫隙裏爬出來覓食，開水對它們來說沒用，我試過了，沒能完全消滅它們。

我心想：「搬出這裏，到公屋去。也許我能擁有一個乾淨的廚房，再也沒有那麼多的螞蟻出來覓食……」

「不行，把冰箱裏的蠔油拿給我，不然鍋都要炸了。」這時母親只想著眼前的菜，我只好把她要的東西拿給她。我在旁等待著下一個指示，卻沒想到炒著菜的母親突然說：「我昨天去看過房屋署的官網了。」

　　我忍不住期待：「然後呢？」

　　「還有兩萬人排在我們前面。」

　　「還有兩萬人排在我們前面！」我壓抑不住內心的驚訝。

　　六年，兩千一百九十一天。我們在這間房子等待了六年，這間房子每月的租金是一萬一，一年的租金是十三萬兩千，再乘以六……所以我們在這房子的六年時間花了七十九萬兩千港幣租金，等來的是兩萬人的公屋輪候人數。

　　怎麼還有那麼多人在前面呢？

　　我一時間不知道說什麼才好，總覺得先前的構想在真實的數字面前，突然沒有什麼意思。瑰麗的泡泡在我面前一個個炸開，構想的臥室、客廳與廚房在心裏崩壞，塌陷，成了一座座廢墟。原來它們沒我想象中這麼牢固。

　　我腰骨忍不住彎了下去，歎息：「唉……」

　　「那麼，我們什麼時候才能搬出這個房子？」

全文一直在反覆提出「我們什麼時候才可以搬出這個房子」的問題，這是一個帶有對未來憧憬的問題，但全文其實一直在描述著困在這個窄小逼仄房子裏的現實，越是有期盼，則越是反映了現實的無奈。而作者的情緒又是隱忍的，狹窄空間的逼迫感，兩萬多輪候人數的絕望感，都只是化為文末的一聲歎息而已。

王君濠

　　他每隔一段時間都會去九龍仔，沿著行車的山坡走上雷達山，走入平原，坐著，呆看著。一小片被時代巨輪遺忘的夜空，空無一物，與那一小塊乾土混成一團，這並不像你年輕時的星光閃閃。春鳥啼，夏蟬鳴，秋葉落，冬氣爽，這都是你鴻髮英姿的時代，並不像現在風燭殘年的淒淒慘慘戚戚。歲月不留人，竟連你也不留。

　　十多年前，科技並不怎發達，消息亦不怎靈通，一個小孩，撥通了一個帶線的通話盒子，相約著盒子裏另一頭的孩子，約定在某一時間某一公園某一地點某一標記前等，去到則期待著看到對方，以免又重返家中重新聯絡。他們沿著街燈稀疏的行車路直奔上了雷達山的黃昏山頭，在山林路的入

口拾起他們覺得順眼緣的樹枝,在入口一旁的涼亭整裝待發。他們吞下興奮令心頭熱了一下,然後走入山頭草原旁邊的羊腸小徑,來到屬於他們的秘密基地,用枯草燃起小火,用剛撿的木劍探索他們所好奇的一切,用好奇心把精力消耗殆盡,胡亂一番敲打著樹幹,嚇走來襲的野狗。真實的劍驅趕著真實的野狗,這場真實的探險在現今竟虛假得只有在小孩子的電腦遊戲中出現,可悲得只能用這個方式哀悼過去,但仍可慶幸它能以這種方式委曲求全。他們回到涼亭,高掛天空的銀月令街燈顯得暗淡無光,小孩被明亮的白月光照射,才知自己已染上一身沙塵,汗水與其交合像塗上一層深灰的水,乾透後變得深淺不一。直到天色入黑也遲遲不捨離去,就算要冒著摸黑下山的危險,也說要走到平原上數星星。

那兩個小孩走到山頂,爽快地跑入草原,草原不大不小,剛好比一個足球場小一點兒,旁邊有一張古風的木長椅和諧的融入於自然中,它尚算堅固。草皮上還烙上一條踏實的石徑,小孩聽著某一隻蟋蟀節奏的鳴叫,沿石徑上蜻蜓點水的跳著走著,最後在草原的正中間躺下,風吹草動,幼稚的嫩草輕輕的挑弄他們的面頰;賢淑的涼風徐徐地抹去他們的汗水,整個草原只有月、星、風、石徑、長椅、草、蟋蟀和他們。當時你的夜空是多麼清澈,肥油油的草皮反射出

星和月的光影，上下天光。孩子們浸泡在星海裏，貪婪地看著此刻屬於他們的輝夜和夢想，彷彿擁有了全世界。你的清澈，是夢想所灌溉的。

小孩在十多年間在風雨中受洗，城市巨石的壓迫，夢想早已被棄在成熟那晚的夢中。由矮細變高挑，由肥鈍變瘦弱，由雙雙變單單。當年的形影不離變成如今的隻影形單，這個懷念過去的野孩子，回歸山野，上山路的明燈多了幾盞；回憶裏的童謠少了幾段，此情此景，亦猜到山林盡頭的一塊早已面目全非，上到一半亦不想繼續上了。懷緬像行道樹上的果子，總會在人不知不覺時落在身上，熟爛的果子，害人狼狽不堪。

果然，昔日的山林小道，秘密基地都被封鎖，只留下一塊冷酷無情的「禁止進入」標語。牌上的鏽跡不多，像是潑上了腥紅土黃的墨點，是「天鴿」留下的吧。他伸頭張望已是徒勞無功，羊腸小徑已成林，想必基地亦早已入土為安，敲打的淺痕更早消失，卻只留下了一支支斷劍。

他慢步回到黃昏山頭的草原，草原在十多年間亦滄桑疲憊。踏進草原的一刻，腳底發出了枯裂的嚓嘎聲，心裏的泥濘更拖著他的腳步，顯得寸步難行，這感覺並不爽快。上到石道，可能因為沒有草根的固定，每塊石塊都變得搖搖晃

晃，如履薄冰，這種感覺並不踏實。坐上石道邊的木長椅，鏽蝕使椅子不再穩固，發出嘰嘰聲，彷彿在告訴他離開以後就沒有人再坐過了，這感覺並不和諧。昔日的綠草失去了灌溉變得乾燥，石道亦變得崎嶇，剝落了不少石齒，就連道邊的長椅也多顯了幾條皺紋和斑點。你老了，被世人無情的拋棄，像是孤獨的甲乙丙丁，一直等著自己的同伴，等得皮黃骨瘦。他一直坐在長椅上，直到看到入夜前的太陽，入夜前的太陽並沒有令人感到敬畏，只有一種淡然的結束感，彷彿叫人不要因萬物離析而感到哀傷，但這個俗人無法忘記被時間拋棄，這座小山也無法忘記被時間拋棄。難道區區一個太陽就能使人釋懷嗎？就能令人忘記每一次的拋棄與被棄嗎？太陽，你也是孤獨的。

天空的餘光灑入雲內，形成橙紅的迷霧，然後落下，換來完全的海藍色。

夜晚的草原寂靜無聲，沒有了肥沃的草地作家園，只有枯黃雜草盤據於此，蟋蟀早已離席，搬到山林的深處了。月亮被吹起的沙土蒙上了一層灰，像一顆老舊積塵的黃燈，只能發出微弱的光，連山下住宅的光都差點能蓋過這盞老燈了，更不用說能看到繁星了。他走到這塊乾土中盤坐，擡頭呆看著這一小片被時代巨輪遺忘的夜空，空空蕩蕩，只有

零丁的星星隱耀，其他的都離開了黃月，空蕩得分不清天與地，他在這個混沌中浮游，彷彿全世界都離他而去。究竟有誰和他一樣孤獨？他並沒有多想，既然他和雷達山都是拋棄的，也可說是同病相憐吧！在這刻，他才發現被拋棄的人並不孤獨，孤獨的是天、是太陽、是月、是星、是山、是草、是蟋蟀，它們都被人拋棄，被時代拋棄。在現今紙醉金迷的城市中，一整個時代的人都拋棄了它們，只有受傷害的人才會感受到它們承受的痛苦，人並不孤獨，至少在相比之下。

　　他撥開了困著他的陰霾離開草原，沿著光線充足的行車路下山。

【老師點評】

文章以優美的文筆描述了九龍仔、雷達山的一片孩童樂園，城市發展、今昔對比是常見的散文題材。本文用第二人稱「你」來稱呼這片廢棄之地，用第三人稱「他」來指代抒情主人公，全文是「你」與「他」的對話，既有親切之意，又讓抒情帶了一點旁觀的距離感。

第二部分

小說

牆

伍紫祺

那年的夏天熱得過分，我在紅豐村支教的兩個年頭裏從沒碰過這種酷暑，村上大半的男人都光著膀子走，小娃娃也露著屁股蛋滿街跑。

這天上早課，我在課室門外迎著學生們。

「李老師！」

稚嫩又洪亮的一聲，十有八九是小富。他看見了我便掙開大手向我奔來。我往旁一望，來送的人是他父親，朱旺福。本是黃黑底子的皮膚大概是又經烈日猛曬，顯得比早陣子見時再黝黑了幾分。

朱旺福是村長的遠房親戚，人沒什麼架子，見了我也是「老師老師」地叫著。但他嗜酒嗜得厲害，好幾回我被他拉著

耍酒瘋，自此我就不太敢再跟他套近乎了。

　　平日多是他媳婦親自來接送兒子上下課，我對朱旺福今天來送孩子倒是有些意外。

　　「今天換你送小富啊？」

　　「哎，對！孩子媽有事，出村去了。」

　　「小富，你給我好好聽課啊，別老是顧著玩，知道沒！」朱旺福轉頭對已經在一邊跟人玩得正起勁的孩子警告道。

　　轉而又想起什麼，便對我笑說：「行，李老師，我就先走了，今天我小姨子從城裏過來，我得早點回去跟著打點下。那個，下課的時候不知道能不能幫忙送小富回來咧？我就怕這崽子沒人看著，指不定又跑哪兒鬧去了。」

　　我順口答道：「行，沒問題，我會送他回去的。」

　　半日的課上完，我按著答應好的話，領著小富就往他家走。

　　到了朱旺福家，看見門前的院子正站著一個女孩，瞧著年紀挺小，不過十五上下；眉清目秀，只是臉蛋略顯乾瘦；一身短袖短褲把瘦長白皙的臂腿露出來，皮膚在太陽底下曬得通紅，站在那裏恰如一株含苞未開的紅花。

　　我正要收起這失禮的注視。

　　「啊，李老師來啦，真是麻煩你哩。」田大姐見我到來，

忙迎出來說。

田大姐是朱旺福的媳婦，經常來接小富上下課，也特別喜歡拉著人聊家常，一來二去，我跟田大姐便熟絡起來，逢年過節也必邀我到她家吃飯。

「不麻煩，反正我下課也沒事，順便幫個忙而已，沒大礙。」

田大姐還想客套客套，似乎突然又想起院裏那位小姑娘，趕忙介紹：「啊，這小丫頭你沒見過吧，是我妹妹，早幾年就去城裏讀書了，沒來過咱們村，這次趁著暑假就來我這兒玩。」

「丫頭，來，這是到咱們村里教書的李老師，人家是大學生咧，村裏就數他最有見識了。叫老師好。」

這種晃著大學生旗子的介紹倒沒讓我感到意外，大概聽得多了也就習慣了。

「老師你好，我叫田鳳蓮。」女孩禮貌問候。

田大姐又拉著我嘮了會家常，之後說：「老師，今兒我家殺雞，要不你留下來一塊兒吃頓飯吧。」

「不用了，田大姐，我就不留了，你們好好吃。」

「哎呀！別客氣，你就留下來，回去自個兒做飯多沒意思。就這樣吧，來都來了，嚐嚐我們家的雞，養得可肥了，

好吃得很。」

　　我見田大姐又是這樣熱情，便不多推搪，反正也是蹭頓飯的事。

　　他們家的屋子不算大，但好在有個挺寬敞的院子，便是在這建兩個小房子都不成問題，旁邊劃的雞圈裏養了八九隻土雞，農地後邊還有個小豬舍，也算村裏不愁吃喝的人家了。

　　飯菜上桌，四個大人圍坐一起，還有仨上躥下跳要追著餵飯的孩子。

　　「小蓮，多吃點，瘦巴巴的。」朱旺福一面說一面往田鳳蓮碗裏夾菜，又開始問起她在外面上學的情況。

　　「現在上高中了？」

　　「嗯，上高一了。」

　　「學習怎麼樣？」

　　「嗯……一般般吧。」

　　鄉下出去的孩子總歸要比城裏的弱一些，我想到此處，便插個話，說：「高中的知識我還記得些，你要是有什麼不明白也可以找我問問，我給你輔導。」

　　她有些意外，「這，會不會太麻——」

　　話未完，坐在一側扭著身給小兒子餵飯的田大姐就趕緊接過話說：「你別給老師添麻煩了，人家哪裏得閒。你讀得

好點差點有什麼的？咱們家也沒指望你能考個狀元，能識幾個字就夠了。」

她正過身子來，又接著說：「女人啊，到頭來還是得嫁人養孩子哩，這才是福氣。我像你這麼大的時候，小富都落地嘍。」

田鳳蓮聽後沒作話，低頭又扒了幾口飯。

「嗜，別老叨叨你妹了，人家想讀書怎麼了？」

「來，小蓮，別管你姐哈。」朱旺福又夾了一筷子菜往她碗裏送。

「話說，姐夫都好幾年沒見你了，就跟你姐結婚的時候見過一回叭，真是女大十八變啊，不知道原來都長這麼大了，現在越來越標緻咧。」朱旺福打量著田鳳蓮笑說。

幾個人又就著些家長裏短的談話便吃完了一頓飯，我也沒再多作逗留就跟他們道別了。

三伏天最是熬人，即便到了晚上也沒見驅散多少暑氣，直熱得人心煩意亂。一日我吃過晚飯，想著出門吹吹風應該好些，於是我沿著小路溜達，一路走到村口附近，竟看到田大姐一人拎著些罐子，我好奇地走近了問說：「田大姐，那麼晚了上哪兒去？」

她驚了一下，接著轉頭應我說：「我回隔壁村娘家拿酒

去了呢。」

「吶，這都是我媽釀的梅子酒，旺福天天嚷著叫我去拿回來，今兒剛好有空就去了。嘖，真是喝不死他個酒鬼！」田大姐嗔怪道。

「酒喝多了真無益，還容易生事。」

「可他哪肯聽勸咋？不過他也就這口嗜好，便由著他唄。我反正是管不了了，喝多了發酒瘋又不是我丟人咧。」

和田大姐一邊走一邊聊，逛了一會兒我就回去了。

第二天學校休課，我起來得有點晚，吃了飯，慣例去轉悠轉悠。

出門走了快四里路也只碰到兩三個人，正困惑著，便看見兩個交頭接耳的老婦，像交流著什麼地下秘密一般。

我假意過去打招呼，順著探問：「村裏發生什麼了嗎？」

兩人交換了眼神，又支吾了一陣，還是忍不住低聲說道：「老師，我們聽人說，昨夜朱旺福把他小姨子給強了。」

我的心一下收緊，頓時愣住，像根木頭般戳在那。

「十有八九是真的，我剛去他家瞄過，屋裏來了一堆人，什麼警察啊，幹部的，都來了。」另一位老婦連忙補充道。

「你說他這膽子肥的呀，怎麼就在自己媳婦眼皮子底下就──」

「嗐，聽說就是趁昨晚上媳婦沒在家下的手，不然哪兒逮到的機會！」

「也是難怪，你說一年輕小姑娘整天背心小短褲的在他面前晃，哪個男人不動心吶？」

兩人又開始一來一往地議論起來，我不忍繼續打聽，便匆匆邁開腳步走了。

趕到朱旺福家，看到院子裏果真來了熙熙攘攘一夥人：隔壁村趕來的老田家夫婦、婦聯會派的主任、鄉鎮黨辦的人員、治保會的主任、村長和村支書，還有鎮上派出所的一位警察。

我在院子門外和一些前來八卦的村民一起張望著。田大姐像是看到了我，把我招過去，蔫蔫地細聲說：「你也聽說了？」

我頓時反應過來自己是個好事者，就惶急起來，吞吞吐吐應道：「是，是有聽說一些。」

「有人報了警，可村長說不能鬧大了，便拉來這些人，說要開個調解會，大夥商量商量再決定。」田大姐垂泣著給我解釋說。

我詫異：「調解會？這種案子還能怎麼個調解法？」

「我也不曉得哩。」

又沉默了片刻，她像想起了什麼，就說：「老師，你讀的書多，法律法規什麼的你比我懂，你一塊兒來聽聽，搭把手，好不？」

我還在恍惚中就被拉進院子的人堆了，於是莫名其妙地就加入了這個調解會。

屋子裏騰出個大桌子，一群人勉勉強強也圍著坐下了。

警察先開口：「就朱旺福強姦田鳳蓮這件事，兩人都承認了，那他就是犯罪，可以走法律程序。如果判了，就得進去待十年八載。你們同意這樣辦嗎？」

田家的老夫婦一聽，馬上出來反對：「哎呀，那怎麼行，家裏頭的男人進去了，這個家怎麼辦嘛！」

田大姐也立刻央求狀，和應說：「是咧！把我男人抓進去了，我和三個孩子怎麼辦，家裏頭沒了他，這家鐵定要散了呀！要不得呀警察大哥！」

村長和村支書也出來表示反對，幾個人開始站成一線，堅決不肯把朱旺福送進牢裏。

一旁的朱旺福倒神色淡然，只是默默低著頭，像是在懺悔，但我想他該高興得不得了。還沒等自己開脫，就有一群人聲淚俱下為他求情。

幾人爭執了好一會，坐一邊的婦聯會主任說：「雖然你

們都反對，但是我們作為婦聯的，還是得保障婦女的權益。這樣，我看大家先別吵了，這事我們還是徵求下受害人的意見。」

她轉頭問道：「田鳳蓮，你希望把你姐夫抓進監獄去嗎？」

這時我才看到縮在一角的小姑娘，幾日下來臉色憔悴許多，身板更形消瘦，眼眶浮出一圈淡紅。她一臉茫然失措，低頭思索了半晌，隨後擡頭看著眾人，呆滯地搖了搖頭。

此時，大家都一副心中明了的模樣。

另一位鄉鎮黨辦的幹部也順勢出來發言：「那行，既然大家意見一致，我們就這樣決定了。但是，朱旺福畢竟是犯了錯，我們還是要給這小姑娘補償點什麼。吶，我給幾個意見，大家看這樣行不行。」

眾人點點頭，擺著一副洗耳恭聽的表情。

「第一個，這件事怎麼說也是不光彩的，所以盡量別讓人知道，大家都要保密。為她姐夫好也為小姑娘好，否則這孩子大了也難找人家，叫外人知道了只會讓姑娘蒙羞了去，大家明白了啵？」

「另外，朱旺福得給姑娘家賠一筆錢，當是補償金，幫忙人家父母把這姑娘養大，讓她繼續唸書，能唸多高唸多高。

然後呢，再讓他寫個保證書，承諾等這姑娘成年後就跟現在的媳婦離婚，娶她妹妹，給人個名份。當然，如果姑娘自己不願意嫁過來，或者找到另一個好人家了，那這保證書就作廢了。」

「就算小姑娘到時真嫁過來了，也不用另外再找房子，他這姐夫家我觀察過，不小，兩家人也夠住了。咱們在外面這院子中間打面牆，到時候姐姐離婚不離家，就住東院，妹妹住西院，姐妹倆一塊兒生活，互相也有個照應。」

「你們看這樣安排行不？」

在座一群人聽了忙不迭說：「中！就按這法子辦！太好了！」

田大姐的父親連忙從口袋抽出一根煙，點上火，給幹部遞去，詔媚地說：「好！這辦法好啊！要不說是幹部呢，水平就是比咱們高！」

此時婦聯會的主任出來對田大姐問說：「她姐姐，那你有意見不？」

田大姐趕緊搖頭說：「我沒意見，就按這辦吧。」

一旁的村支書忍不住嘆道：「嫂子，那真是委屈你哩。」

田大姐釋然地說：「哎呀瞧這話說的，一個是我妹妹，一個是我男人，關上門都是一家人，哪有什麼委屈不委

屈的。」

眾人聽了連連讚歎：「真是識大體喲！」

屋子里充斥一片歡聲笑語。

過了一會兒，警察嚴肅地說：「既然你們現在和解了，那就是強姦案不存在了，但你們就算作報假案哩，這可不是小事啊，你們看怎麼個處理法？」

幾個人聽了焦急起來，紛紛摸了摸口袋，最後又跟警察協商了一陣。

「行行行，那罰個三百就算了吧。」警察鬆口了。

最後朱旺福七拼八湊給警察上交三百元罰款，又寫了保證書承認報假案，並承諾以後絕不翻案，也不會上訪，這事就算這麼翻篇了。

黃昏漸近，朱旺福一家欲留大家吃晚飯，幾個外來的幹部主任都拒了，我也無心逗留，於是一群人便離開朱家。

剛出院子，警察就說：「豬肉雞肉有什麼好吃的，咱們去村口那家大餐館吃羊宴，我請客！」

大家聽了摩拳擦掌，表示同意，於是一群人就往餐館走去。估摸以為我也是哪個幹部人員來做調解的，愣是拉上了我，最後我又半推半就地跟著走了。

滿滿一桌羊肉宴，大家吃飽喝足，酒瓶也半空。這時一

個治保會的主任笑著說：「咱們都是出來辦公事，要警察大哥私人破費請客，不太好吧？」

警察聽了，嗤笑道：「客氣什麼，這不有剛剛罰來的幾百塊錢嗎，我不用自掏腰包呀。」

我深感詫異，問說：「這樣也行嗎？」

警察猛吸一口煙，其後得意地答道：「他們是報了案，但我壓根就沒給他們立案。我一看吶，就知道這事最後肯定告不成。」

我更迷惑了，趕緊追問：「你沒立案，那怎麼還要罰款呢？」

「我跟你說，這些人就是必須得給個警示，要不然三天兩頭家裏有什麼家長裏短、大吵小鬧又來報案上訪的，那我們可不得閒了。所以就得叫他們寫個保證，罰個重款，讓他們肉痛。記住了，就不敢隨便給你添麻煩了。這錢我們揣兜裏算貪污，沒立案又不能入賬，吃進肚子裏最好。」

我恍然大悟。

另一位主任撇開了話題，說：「這小姑娘也是可憐啊。」

「嗐，那就看她爭不爭氣嘍。」

「再爭氣也沒用，就她那家庭，能供她上大學嗎？讀不成書，又出了這碼子事，到時候也難找好人家。現在這樣反

倒挺好，她那姐夫家裏條件挺不錯了，以後嫁了過去還能姐妹倆互相照應，有什麼不好的。」

一桌人又接上話題七嘴八舌討論起來，而我到飯局結束再也沒說一句話。

在煎熬的暑天快要過去時，我就決定離開紅豐村。我走時，朱旺福的事在村子裏早已平靜下來，田鳳蓮也回城裏繼續唸書了。

又是一年夏天，我趁著到鄰近辦事的空檔，特意回紅豐村走走。

村裏環境變化不大，難看出有四五年之別，教室倒是修得更寬闊了些。除去走了幾個我不大熟絡的老村民，其他人都挺好。

離別前我去到朱旺福家，想打個招呼。

還是那個模樣的老房，不過門前的院子中間疊了一道牆，有大人沒法翻過的高度，兩邊的孩子就在裏面通遍跑。田鳳蓮抱著個還在繈褓的嬰孩在餵奶，初瞥的靈氣被磨掉，如今倒像農村裏許多當了母親的女子，圓潤、樸實，浸在這一方天地的煙火氣裏了。

我駐足了片刻便走了。

出村時，又碰見村長，他跟我說田鳳蓮嫁到這村子後，

人們倒沒什麼風言風語，但村裏的人羨慕起朱旺福來了，娶了兩姐妹，今天睡東院，明天睡西院，跟個土皇帝似的，快活得不得了。

寒暄過後，我默默地離開了，自此再沒有回去過。

【老師點評】

小説用旁觀者頗為節制的聲音地講述了一個殘酷的故事，寫鄉村傳統社會傳統和男權文化中的女性命運，有魯迅〈祝福〉的模仿痕跡，敍述者的聲音對批判性主題起了關鍵作用。

偶遇

◇◇◇◇◇◇◇◇◇◇◇◇◇◇◇◇◇

賴潤泉

　　李繆正在乘坐由北平開往上海的火車。他坐在靠窗的軟座，慵懶地看著窗外，思考著自己正在寫作的一部小說的結局。他打算安排這次主角的結局是迎來一個荒謬的死亡，但苦思了一段時間，仍未構思出讓他足夠滿意的情節。自窗外透進來微暖的陽光無法為他提供靈感。以他的才情，本應很快就寫得出來，然而最近輿論對他與共產黨人過從甚密的批評，著實令他心裏頗不安寧，也就無法靜下心來思考情節該如何展開。

　　開車不久之後，一個穿著啡色毛絨大襖、戴著眼鏡的中年男子就坐在他的鄰座。又過了一段不長不短的時間，大概是有點無聊，中年男子便開始向李繆攀談。李繆起初並不

太願意搭理他，但出於自幼就在家中習得的教養，也就保持著專心傾聽的神情。心不在焉的李繆，仔細打量眼前這名男子。男子膚色黝黑、眼角有一條極細的疤痕，眉毛粗而上揚，外表倒不太像健談的人。隨著時間過去，中年男子越談越起勁，開始高談時局，並大罵起共產黨來。李繆沒有閒情雅致與男子談論，於是只敷衍地點頭。然而男子似無收斂之意，甚至開始詢問起李繆的看法來。此舉倒是惹來李繆生厭。他沒有回應男子，而是藉口向乘務員購買食物便欠身離開。

李繆在走廊上走，望望四周都坐滿了人，他摸摸口袋裏的一疊鈔票，暗歎厚度薄了不少。薄有文名的李繆，經常在報上批評共產主義和共產黨，因而被視為國民政府的支持者。為了壯大輿論力量，國民政府偶爾會派人到訪李繆府上，放下相當優厚的金錢，他也樂得接受。儘管他覺得共產主義過於理想和天真，然而他並不討厭與相信共產主義的作家來往，正因如此，近來開始有人以此為把柄攻擊李繆，國府派人來訪的次數也大為減少。雖然十個月前國共兩黨在重慶簽了和談協定，但兩黨之間緊張的關係不但沒有緩和，反而針鋒相對得更為激烈，社會暗湧不絕，稍不小心便會觸礁翻船。

走到乘務員的身邊，李繆的目光在玻璃箱子上掃了兩

掃，便隨便地買了兩個橘子。李繆邊走邊把玩手上兩個橘子，掙扎著應否回去原來的座位，繼續被迫做男子的聽眾。回到座位的路變成了一條橡筋，隨李繆的掙扎而越拉越長，腳底每一下腳步聲在李繆的耳中放大放緩，連火車前進時嘈吵的「隆隆」聲都被遮蓋掉。距離座位只有不遠的距離了！李繆心底是十分不情願回去的，可能是感應到這種情緒，他的手識趣地把橘子弄掉了一個，讓李繆有藉口把回座位的時間再稍稍拖延。橘子在搖晃不定的車廂中滾動，滾到一位女乘客的腳邊就停下了。

女乘客名張瑞君。她感覺到有東西碰到自己的腳，看了一眼發現是一個橘子，便彎低身把橘子拾起。瑞君把頭擡起，打算尋找橘子的主人，一擡起就和李繆四目交接。瑞君呆了一秒左右的時間，隨後身體無意識地抖震了一下，而她並不自知。在瑞君發呆的時間，李繆已走到她面前，面上略帶歉意地向她打招呼。

瑞君很快便收起了臉上的窘色，把橘子遞向李繆，李繆接過稱謝。想到自己馬上又要回去繼續面對中年男子，李繆下意識就嘆了口氣，瑞君見狀，便隨口一問：「先生何事嘆氣？」

「與鄰座乘客不合，不太想回自己的位置。」李繆應道。

「嗯……鄰座過於吵鬧？」

「小姐聰慧，正是。」

「我對面的位子應該是無人的，先生不妨暫避一陣子，總比數小時都被吵得心煩意亂好。」

「實在太好了，如果可以的話。小姐你不介意？」李繆本來就為回座位之事心煩意亂，瑞君的建議著實讓他喜出望外。

「當然，先生自便。」瑞君微笑道。

李繆這時才認真打量瑞君。瑞君有著年輕的臉龐，五官尚算標緻，主要是那一雙水靈靈的大眼睛比較出彩，大概是廿二、三歲左右。瑞君不會予人一種弱質纖纖的感覺，而是散發著一種女大學生的機靈，和田野少女的生命力相融合的氣質。這倒是讓李繆想起自己的初戀情人，但那也是十多年前的事，一切俱往矣。

李繆坐下不久後發現情況並不比坐在自己的位子好。李繆和瑞君的位子都是靠在走廊通道旁，李繆難以望到窗外景色；自己在上火車前曾到過咖啡館喝咖啡，現在睡不著。所以現在李繆只可以向前望，但一直望著瑞君，也未免太過不禮貌。「橘子……橘子……，您看過朱佩弦的〈背影〉不？他的父親就是在火車站買橘子給他在車上吃的。」也許瑞君注意到李繆坐立不安的窘態？瑞君主動向李繆搭話。這少女

實在聰慧！李繆鬆了一口氣，兩次的幫助讓李繆對她鬆了一口氣。

「寫得實在精彩，感情十分真摯。」李繆一笑，接著道「我曾經與佩弦先生有過一面之緣，其人確如其文般溫厚老實。」

「你見過他？」瑞君似驚不驚地說。

「對，我是一名作家。在一個聚會中看到過他，也就攀談了一兩句話。」那次聚會李繆並沒有太多人搭理他，讓他留下不太好的回憶。李繆不欲再談，便話鋒一轉：「你讀文學？」

「沒有，自日本鬼子打過來之後我就沒有再讀書了。」瑞君緩緩地說：「只是十四歲前，母親拿一些文學作品教我寫字。」

「唉，那八年，不知多少人無書可讀，無家可歸。」

現在不也一樣？國共兩黨怕是很快就要開戰。瑞君心想，沒有應答。李繆看見瑞君的蛾眉微微顰起，暗暗後悔自己似乎勾起了瑞君的傷心事。兩人沉默了半晌，少女又說，「我愛看丁玲的書，你有沒有看過。」

李繆雖然看過，但不太喜歡丁玲的作品，也就無從分享自己的見解。兩人話鋒已盡，空氣又開始變得越來越重。

瑞君打的兩聲噴嚏把沉重的空氣劃出了一道缺口。李繆見狀，徑自走去找乘務員租一張毛氈，隨後為瑞君蓋上。正當瑞君開口致謝時，火車劇烈地搖晃了一下，火車隨即陷入了一片黑暗之中。李繆在火車進山洞時一時沒站穩，兩隻手都壓在瑞君的椅背上，四周一片漆黑，李繆不敢亂走，只好保持著這個姿勢。身處在黑暗之中，人的求生本能和恐懼會被激發，當視覺被剝奪時，其他四感就會變得敏銳。瑞君的額頭被李繆溫熱的鼻息弄得騷騷癢癢，胸口的起伏漸漸劇烈起來；李繆聽到瑞君越喘越快的呼吸聲，不禁心神一盪。這樣的情況大約維持了一分鐘，然而兩人卻覺得久得像過了一年、十年、一百年一樣。

　　火車離開了山洞，所有事物都重見光明，瑞君那發紅的臉龐也映入李繆的眼簾內。李繆坐回軟座之上，然而少女那嬌紅的標緻樣貌卻激起了他的演化本能。三十五歲的李繆，雖然有一位結髮十多年的妻子，但妻子遵從舊俗而非自由戀愛所娶的，加上妻子對他的事業不感興趣，僅有的那點戀愛的感覺在十多年來的柴米油鹽中消磨殆盡。這幾年來，李繆回家的時間越來越晚，有時他寧願在街口吹吹風發呆，或者在家門外吃幾口煙，也不願回家。在剛才那無限長的一分鐘裏邊，李繆竟然令一個素昧平生的女孩子滿面通紅，連耳根

都散發出彷彿肉眼可見的熱氣,他的大腦湧上了一股沒有道理可言的自信,於是他開始主動地向瑞君進攻。

李繆以一個作家的博識,與瑞君聊起很多瑞君從未聽過的知識。他們談了很多話,說起了眾多從西方傳入的新玩意,談到了外國傳入的現代主義,談起上海風行的新感覺派和洋場小說。也談了很多趣事,談起了徐志摩與林徽音、陸小曼、談起了沈從文如何追求張兆和。廿一、二歲正是對世界好奇的年齡,不論一個少女如何聰慧,也只是一個少女,總是很容易就被博學多才的男人所吸引,尤其是一個即將步入中年的男人,更能夠給予一種穩重的安全感。即使是將在幾年後的上海橫空出世、天才橫溢的女作家張愛玲,同樣無法逃得出這個定律。

張愛玲尚且如此,何況眼前這位天性聰慧但中途輟學的瑞君呢?瑞君很快就難以自禁對李繆生起了好感。他們一直談一直談,談到月前被刺殺的聞一多,瑞君顯得十分憤慨。

李繆雖然支持國民政府,但對此事也頗為不滿。不論國共兩黨都不應該因他人的言論與黨的立場不同就殺人,不然和清朝有分別麼?

李繆本來以為這番大義凜然的說話,能激起入世未深少女對他的崇拜,然而瑞君聽後卻是一頓沉默。

沉默的時間對瑞君來說很短，對李繆來說卻很長。李繆略帶焦急，盤算著應否開聲，乘務員的聲線卻在此時劃破了沉默：「到天津了！到天津了！」

　　瑞君突然把臉湊到李繆的耳邊，李繆心中一喜，他沒有看到的是瑞君臉上焦急的神色。

　　「其實我是共產黨員，這次奉幹部的命令是要刺殺你，因為你妨礙到黨統戰知識分子的計劃。」瑞君輕聲地向李繆說：「天津站將會有其他人來接應我，到站時我引起他們的注意，你那時快下車逃走！」

　　李繆先是一呆，一股寒氣突然從腳底侵上，極速上湧至背上，身上的毛髮如箭豬的箭般豎立起來。

　　「謝謝你！但你為什麼要幫我？」

　　「因為你說得對！如果我殺掉你，那我們和滿清那群野蠻的韃虜，和國民黨那群只會欺壓百姓的畜生又有什麼分別？」

　　瑞君因為天性聰慧而被選中執行這一次的任務，上級希望藉此磨練一下瑞君，讓她有殺人的經驗，也更心狠心手辣一點。但是血氣方剛的年輕人總把世界想得太理想，也容易感情用事。上級設想到少女可能會心軟，所以派人到天津站

接應瑞君，既是幫助她完成任務後逃走，也是作為殺死李繆的後備方案。只是他們沒有想到，情竇初開的少女，不但沒有完成任務，反而會幫助目標逃走。

李繆返回了自己的位子，他的位子接近車門，方便逃走。這時鄰座的中年男子早就閉上了自己的嘴巴。火車一到天津站，瑞君馬上向另一邊方向走，引開來接應的同伙。

中年男子比李繆更早一步站了起來，他拍了拍李繆的肩膊，說道：「和你聊得十分愉快，再見。」隨後便急步下車，在人潮中不知所蹤。

在天津站的收費電話前面，中年男子一面把大褸上的污跡擦走，一面撥通電話。

電話接通後，中年男子冷冷地說：「線報沒錯，是通敵，在車上與共黨人接頭。」

電話的另一頭傳來輕挑的聲音：「你還是那麼惜字如金呢！」和男子有著鮮明的對比。

一九四六年，火車窗邊的軟座上，一具被割喉的屍體軟軟地攤在座位上，他瞪大的眼睛彷彿在向上帝祈禱：「我的小說即將寫好結尾了，只差一點時間。」

小說營造了一個博爾赫斯式的敘事迷宮，為男主角安排荒謬結局的作家讓自己陷入了一個荒謬的結局。故事敘述細節精彩，例如火車的細節，例如喜歡丁玲已暗示了其政治立場。在敘述語言的河流裏，忽然有些過於鮮明的敘述者評論，未免有點出戲。尤其在寫人物心理時，模糊敘述者評論和人物心理的界限效果會更好。（提到張愛玲那句須修改，不是「幾年後」，她早已成名在一九四二至一九四三年。）

蝴蝶^{註1}

余 詩 華

（一）

　　李城把她趕出來的時候，世界還很熱鬧，香港正要漸漸光亮起來。長河依舊安靜，不是冰封水面，也不是荒原四野的靜，是什麼也沒有的靜。她安靜地走下樓，影影綽綽裏，倏然一隻蝴蝶墜進來。城市裏也有蝴蝶麼？她遠遠望著，連掀起眼睫也覺累，卻仍永久望著。蝴蝶輕巧得像沒有重量，乘著長河的眼睛悠悠地飛翔，於是長河追著眼睛許久，直到蝴蝶不見，發覺自己站在一片燈紅酒綠裏，於她而言很陌生的光彩。

　　長河猜想這裏是紅燈區，她往後倚著欄杆仰頸望，一座彷彿不屬於人間的巨大樂園，在夜裏閃爍著瑩瑩的光輝，不

知掛了多久的霓虹燈牌高高矗立，從厚重的塵裏透出一點廉價的光，一點廉價的快樂。四通八達五彩繽紛的長長小道，刮掉那一層廉價的燈光，遠遠地看，會不會像生了鏽的水管層層密佈。穿著暴露的女人和裹滿煙酒氣味的男人在其間穿梭，密密麻麻像蟻類。冰冷的欄抵著背，此時脊骨一陣反射性的收縮，似千萬隻針細密的扎，卻不十分痛。她於是低頭望自己的臂，一痕一痕針織。她想自己不過是一個縫縫補補的布娃娃，不如就此流出棉來，流出膠和化工材料，全部流盡，從此永遠壞掉。世人都說這裏是一個充滿了慾望的地方，她想這裏不過是一個充滿了空虛靈魂的地方，那些遊魂來這個小小的孤島上夢遊，夢醒再回到身體。於是她明白蝴蝶為什麼領她來這裏，可她沒有身體，連靈魂也早已失去，可悲得連獲得一點廉價快樂的資格都沒有。

一個女人撲過來，像一隻獵物掛上獵刺，被釘在欄杆上，一陣濃烈的香水味隨之將長河整個人環繞，危險的暈眩，一種街上經常聞得到的甜膩氣味。廉價的味道，廉價的女人。長河尚未來得及細細打量，女人便猛得扒緊欄杆，身子像不由自己一般抽搐著，往前吐出了些什麼。長長捲曲的頭髮遮住她的面龐，一股一股液體噴濺的聲音伴隨著酸臭的氣息傳出來，白得不正常的皮膚在迷幻的燈光下顯出奇異的

色澤。長河如是皺了眉，往旁一跨步欲走。

　　背後響起沙啞的聲音，破爛得像扯壞掉了的磁帶，氣味又像腐爛的垃圾堆，長河聽見她說：「我的新人生的開始……是從我意識到自己無法死掉的那一刻。」破爛的嗓音散在風裏，卻異常清晰。長河驟然停止，耳邊的喧囂似乎一刻遠去。她回頭直直望向她，看破那些虛幻漂浮著的彩色泡沫，看進一對發亮的琥珀，看清裏面那個小小的自己。她被網住了。

　　長河回到女人身邊，此時她才看清楚女人的模樣，海藻般柔軟的捲髮蓬鬆著，眉眼彎彎，似乎永遠微笑。嘴唇上擦著最鮮豔的顏色，像吸過血一樣招搖，白得透明如月光，最俗氣的火紅緊身連衣裙穿在她玲瓏的軀幹上，也不落俗不色情。或許出了汗，整個人散發著一股水淋淋的味道，彷彿是剛從水裏爬出來的水妖。長河在她身邊坐下，說：「我想死。」面無表情，語氣平穩，彷彿像在說今天天氣真好一樣的輕鬆。「死不了的。」那個女人接上。她似乎清醒了許多，直起了身子，依舊用那副破敗的嗓子說著。隨即眼睛一轉，似乎盯上了什麼好玩的玩意兒，猛的側過身子逼近長河。雪白的、青春的、美麗的肉體擠到長河面前，一陣酸臭味也湧上來。長河一怔，似避嫌般急急後退，女人反而順勢而上，摟

住她的後腦勺，笑意盈盈的輕聲說：「不然像你我早就死了，不是嗎？」長河一陣駭然，聽到殼被敲碎的聲音。「但是我們終於是沒有死掉，於是人生中最終只剩下活著，這唯一的路。」女人盯著長河，眼睛像鉤子釘死她，她逃不了。「如何合理化我們的存在，如何使我們相信活著比死更有意義。」長河看著女人的眼睛，像陷入漩渦，漸漸眩暈，這暈是即將甦醒的那種困倦。霓虹光打在女人的身上，光是綠色，女人就變成綠色。光是紫色，女人就變成紫色，光是粉紅色，女人就變成粉紅色。光逐漸交織，女人變成彩虹色。

許久長河才從甦醒中回來，終於尋回自己的聲音，喃喃的，彷彿自言自語，「是嗎。」一個並非疑問句的問句。那個彩虹色的女人笑得很敞亮：「不知道，書上看來的。」她忽然感到很沒意思。

但長河仍將四肢舒坦到海妖面前，說：「有個很愛我的人，每天打我。」女人低下頭，目光在她的紅痕上遊弋，低垂著眼，唇的線條上揚著，眼睛被小扇子一樣的睫毛斂住，看不到。「我們永遠無法真正的愛上他人，我們愛上的只是自己心的投影。」

「哈哈，動畫片裏看的。」

（二）

　　長河在門口徘徊許久，還是將鑰匙轉進鎖眼開了門。巨大的衝力猛然將她撞倒，摔在地上被一把拖進房子。長河甚至不願稱這為家。李程罵罵咧咧地問她方才去哪，又尋了些沒理由的話羞辱她。隱約聽見「賤人」、「婊子」等等的詞語，不絕於耳。長河於是想，我是一個沒有生命的玩具，沒有知覺，自然什麼都不曉得。

　　李城壓下來，天花板與窗外的燈火都看不見了，世界只剩下一張扭曲的皺巴巴的獸臉。獸臉埋下來，啃咬她的脖頸，長河伸出臂欲逃，抵住李城的胸膛用力推，推不開，一扇永遠上鎖的門。他像一隻死死叼住獵物的野獸，牙尖緊緊抵住汩汩跳動的脈搏，她生命的小河。

　　人異於禽獸者幾希？

　　你願意娶這個女人嗎？愛她、忠誠於她，無論她貧困、患病或者殘疾，直至死亡。你願意嗎？

　　「我愛你⋯⋯我愛你⋯⋯」她的四肢早已被絞斷，李城劇烈的喘聲在她耳邊無限放大無限旋環。熱氣湧進她的耳，她的身體，她的心眼神竅，要把她整個人熏壞燒死。她恍惚感覺自己只是一瓶容器，只為承載李城的存在而存在。說不定這才是這世界上她唯一存在意義的真理，於是沒由來的一陣

眩暈。她的身體被掰成不可思議的角度，彎成一座懸崖，搖搖欲墜。我要掉了，我要掉了，她害怕地攀著他的肩，攀不上，攀不上，怎麼攀也攀不上。李城嫌這個姿勢不如意，把懸崖掀倒，摔碎了。大概又嫌碎得不如意，一掌劈下來，這次徹底碎了。長河的碎片低頭看著其他片的自己，每一片都反射出自己不同部分的殘肢斷體，每一片都像自己又不像自己。碎掉竟也不覺痛麼？真好，我成長了。最古老雋永的話術是，經歷過痛苦會使你更堅強。

「我愛你……我最愛的就是你，長河，對不起，都怪我太愛你了……」李城攬著她，那麼親暱地說情話。碎掉的長河躺在地上，遠遠望著他懷抱著沒有她的一塊碎片，垂著眸子，無比乖順的、無限纏綿悱惻的訴說他神聖的愛意。這就是愛嗎？長河想。

你願意嫁給這個男人嗎？愛他、忠誠於他，無論他貧困、患病或者殘疾，直至死亡。你願意嗎？

愛彷彿帶有寬宥一切的力量。愛真好，這世界上只要有愛，就有永恆原諒，永恆希望，有溫暖歸宿，燕子不需要去南方過冬，途人不害怕迷路，星星和月亮是一樣的東西，東南西北和東西南北是一樣的方向。連法律和警察都不需要了。

長河忽然想起小安。想起小安說從動畫片裏看到的話，

我們永遠無法真正愛上他人，我們愛上的只是自己心的投影。於是她探手，一片冰冷的空落，她想她的心不知道被揉碎在哪一片碎片裏了，還是根本就算找也找不到。她擡起眼瞧著李城，彷彿永久凝視，最終垂落。她在他身上連自己心的投影也看不見。

長河於是開始想念小安。

(三)

長河下班後越來越晚回家，幾乎每夜都去看小安表演。長河只知道她叫小安，甚至不是全名，顯然沒有親密到獲知對方全名的權限。小安說，那是媽媽取的，希望她一生平安順遂，但她好像辜負了她。小安還是那樣笑著，眉眼彎彎：「長河？那你是不是長河漸落曉星辰。」「城市裏看不到星星。」長河的語氣很冷淡。

小安唱著長河聽不懂的英文歌，鋪滿金粉銀粉的長裙旋起，變得鼓脹，又輕飄飄地垂下，像一隻發光的水母在海中呼吸。表演完畢，小安繞過洶湧的人潮游到長河身邊，這次沒有酒味，長河說不喜歡，小安就再沒喝過。長河勾住小安的髮尾，問：「什麼歌？」小安任她把玩著，琥珀色的眼珠在金閃閃的妝容間輕輕滾動。「不知道，聽不懂的歌。」然後

她們便對視了，笑得像最狡猾的小孩。「我知道，只有聽不懂的歌，才能夠在臺上唱。」長河脫口而出，倏然一陣後悔，但見小安仍安安靜靜笑著，於是感到獲救般的釋然：因為是小安，所以沒關係。

小安說自己最想去的地方是冰島，長河問為什麼。她說因為冰島人很少啊，而且很冷。長河捉住一縷極細的絲線，不敢再探下去，於是接過說：「那我想去波蘭，因為永遠是陰天，天一直是黑的。」小安就不說話，只撐著臉看著她笑。

有一次，長河推小安逃掉演出和她去看海，她們攔一架車，說要去最少人去的那片海，司機從後視鏡眼神奇怪地打量她們。車在高速公路上開，窗子開到最大最大，儘管黑夜想要吞噬她們，她們亦無比願意，黑夜是那麼令人歡喜。夜風席裹著冷意吹進來，將她們顏色近乎一樣的頭髮吹到一起，她們一起去染的深藍色頭髮被吹得相織相纏，難捨難分。她們不斷地讓司機加速，彷彿這樣就可以將那追在身後的永遠拋棄，拋棄身份拋棄肉身拋棄太陽拋棄明天拋棄一切，只留下兩縷遊魂，她們全新長出來的卻堅韌無比的靈魂，去全宇宙全銀河系環遊冒險，甚至黑洞她們也願意光臨。她們不顧警示標語將頭探出窗外肆意大吼，感到自己彷彿在天空亂舞，於海面飛翔。

終於她們到達，連一盞路燈也沒有的海。萬物熄滅，只有手機的淡淡光束鑿出一小片柔和的空間。手心不斷的滲出汗液，非要拼死扣著，似乎只有這樣才能證明她們曾經在這個地球上存在過。一團團塵埃在細小的光束裏靜默飄揚，她們從光束裏看見黑色的海。

「長河，你唱首歌給我聽吧。」小安打破了無聲的空間，長河於是輕輕的哼唱的起來：「帶我走，到遙遠的以後。帶走我，一個人自轉的寂寞……」兩個人漸漸走進黑色的海裏，長河突然想就這樣永永遠遠地走下去。

帶我走，就算我的愛你的自由都將成為泡沫，我不怕，帶我走。

（四）

長河和小安只在夜裏見面，她們互相是對方只在夜裏出現的精靈，等到太陽出來，一切灰飛煙滅。日光是危險的，誘惑的。白晝對於她們而言是一個永不開啟的潘多拉寶盒，一個要埋進墳墓帶到土裏去的秘密，一封還未讀就已經被燒毀的信。

（五）

　　兩道槓。長河死死目視著，彷彿其上就懸掛著兩條生命。長河只覺冷，整個凍成一尊雕像，這意味著她孕育了一個新生命，新生命，她有可能和李城撫育一個希望嗎？接著她想到小安，想到小安琥珀色的眼睛，總是塗成鮮紅色的唇，乾燥柔軟還有一點點繭的手掌。她在天涼的時候總喜歡靠著她，那時候的小安就是一個大大的暖水袋，卻絕不會燙傷她，天熱的時候她們吃冰棒，溜演出，看黑色的海……來年春天要一起去看櫻花，泡溫泉，去蹦極，去看馬戲團……

　　可隨即她想到爸爸媽媽，想到他們滿是皺紋的臉，爸爸媽媽好像越來越老了，上一次來看她，爸爸已經走不大動了。小時候家裏好窮好窮，爸爸媽媽都賺著最低的工資，為了供她讀大學，日班夜班一起捱。平時連吃一次雪糕都可以開心好久，忙到連家長會都不能出席，可她明白他們很愛她……她嫁給了他們夢想中的婚姻，擁有了他們夢想中的孩子。他們的夢，他們的想。

　　李城在外面砰砰砰，要將門震倒，催她快點快點。長河深吸一口氣，然後無比清晰的聽見自己說：「我懷孕了。」

　　門外的聲音停了。

（六）

「真奇怪，遇見你之後，像我這種過了今天沒有明天的人，也會去想永遠。」長河終於開口。長河和小安面對著坐著，一張桌子隔開她們，且將永遠在那裏。連綿的雨天之後，雨季終於過去了。長河約她上午來咖啡廳，小安隱隱已有預感，只是沒想到這一天來得如此之快。明媚的日光從窗外打進來，打在長河蔥白的手指上，明亮的鑽石在陽光下顯示出瑰麗的色澤，耀眼無比。堅固的，不可侵犯的，永恆的愛。這是長河第一次，也是唯一一次戴，於是小安一切都懂了。

「恭喜你啦。」小安說。

長河死死地擁住小安，感到她們交疊的四肢因鑲併得太緊而疼痛，她的手指冰冷，戒指彷彿千萬斤，要將她整個人壓死。她直想就此把它扔出窗口，然後再和小安一起跳下去，回到那個夜晚，那架大開著窗的小車上，她們一起淪為遊魂，去看黑色的海的那個夜晚。

最終她只是說謝謝你，眼看小安不停的下雨，像永遠陰天的波蘭。

（七）

「在寫什麼？」李城放下一杯溫水。「信。」長河依舊低著頭。「要寄去哪裏？」李城順口追著問下去。「不寄去哪裏。」長河將垂著的頭微微擡起來，此時她的頭髮已經剪得很短，只堪堪到耳朵下方。掛著很淺的一點笑。「不寄去哪裏。」

　　小安：

　　我出了門就不停地走，不知往哪裏，只是不敢停。和煦的陽光泡得我昏昏沉沉直想睡，七彩炫光把天橋路牌便利店，像獸一樣踡縮的雲都拉扯扭曲成奇異的光景，奇異得彷彿我從未降生見過，疑仍在夢中。道是斜的，沿著乾枯的柏油路走，越走越冷越走越瘦，走到皮脫了，骨頭也散了，血開始迸濺，身後噴灌出一溝長長的小河，最終我融化成一灘乾癟鬆軟的肉泥，仍在繼續走，走出肉泥，漸漸變得非常輕，似乎透明，夢中的腿無知覺，夢中的我不是我。

　　後來我驟然明白走向何處。親愛的小安，你知道嗎，地球是一個圓，行這條馬路，到彌敦道，一路往川川不息的車水馬龍，我看見旺角街頭燦爛的各式招牌永

恒閃亮，循著光越來越遠，飛出狹長的九龍半島，飛出伏在海面的小小島嶼。離開香港，飛到空氣冰冷的北太平洋，還看不到楓葉的加拿大，太陽無比熱烈的撒哈拉，你想去的冰島，我想去的波蘭。追著低低的陰天的影子，又潛回那個浮在海面的小小島嶼，狹長的九龍半島，循著光越來越近，我看見旺角街頭燦爛的各式招牌永恆閃亮……來到咖啡店的透明玻璃門前，到尚有我體溫的沙發坐下。我在向你而去。

【老師點評】

很感人的一篇小說。細膩入微的描述，以大量感官描寫與心理流動勾勒主角內心隱秘的疼痛。文筆老練而情緒抑制，然內裏卻有難以言說的複雜情感，實為佳作。小說以遇見蝴蝶始，以飛翔結束，不如題目就改叫〈蝴蝶〉吧。

註1: 本文原題〈好的故事〉

空歡喜

黎亨昊

　　陳明躺臥在床榻上，輾轉反側，就是睡不著，又想起兩個星期前港大中文科的面試，那是他進入心儀學府至關重要的一次機會。可惜陳明發揮不好，面試時大腦緊張得一片空白，連面試官問的問題都聽不清楚，回答的聲音更是顫顫巍巍的，大失水準。走出大樓時，陳明仍是垂頭喪氣，面如土灰，連走過了巴士站都不知道。雖然老師和同學不斷安慰他，陳明還是覺得面試的表現辜負了這幾個學期辛苦考來的成績，覺得胸前有一股無法排解的鬱悶。事已至此，他也只好祈求上帝保佑，並盼著其他人同樣失準。他的思緒越來越遠，最後墮進夢鄉。在夢裏，他是港大中文系學生，是揮金如土的油王，是無數男士的公敵……

淑芬迷糊地在酒店房中醒來，她的枕邊空無一人，昨晚發生的事，讓她有點害臊。但很快，她就用手指纏繞著被單，開始了很多對於未來的想像。（不知道他會不會像爛賭老爸打媽媽那樣打我？他的家人會喜歡我嗎？我要生兩個小孩，像母親一樣溫柔地照顧他們。我相信我會是個賢淑的妻子，就如我的名字一樣⋯⋯）淑芬回到現實，又想到對方早早醒來便離開了，覺得對方是不敢面對自己，很不男人，不禁有些生氣。「滴滴」一道手機簡訊傳來，內容寫著：「九點長鳥餐廳，我有事想跟你說，不見不散。」神神秘秘的，難道他要向我求婚，淑芬想到這裏，嘴角的笑意怎麼也抑壓不住，看了眼時間，熟練地打字回覆後，便急忙出了酒店。淑芬準時到了長鳥餐廳，穿的仍是昨晚的衣服，皺巴巴的，還有一股奇怪的氣味，進來時引起其他顧客的側目。淑芬一眼就看到了他，馬上在他對面坐下。他穿著筆挺的西裝，梳著常見的「蛋撻頭」，配上那一幅金絲眼鏡，全身上下散發出知性斯文的男人味。在她期待的目光注視下，他開了口⋯⋯

梁國平張開了嘴巴沒有出聲，看到妻子疑惑又擔憂的眼神，把心一橫，終究是全盤托出。梁國平做夢都沒有想到，他幾十年一直殷殷勤勤工作，從不遲到早退，最後竟要被公司裁員。任憑梁國平百般哀求，主管還是以「市道不好」為

由解僱了自己，他心中憤然，但也只能接受現實。他需要一份工作，這點梁國平在失業那一刻就很清楚。妻子早兩年跌傷了左腳，不能上班，家裏已經花光儲蓄，下個月還要付物理治療的費用；女兒上小學了，書簿費得付，冷氣費也得付；家中的伙食費、水電媒費、各種雜項也要付。成年人的世界就是這麼現實，他可以吃麵包、杯麵，但他不忍心看到妻女跟他捱窮。所以，他需要一份工作。

淑芬不知道自己為什麼會在上班，她覺得今天早上帶來的衝擊太大了，至今仍未從震驚中緩過來。她總算是想明白了，這個男人就是個斯文敗類，明明結了婚，還要騙她。她是在三個月前認識他的，這段時間還以為遇上了真命天子，甚至連未來都想好了，怎知只是一廂情願。她想到自己的真心最後換來第三者的名銜，不禁哭了起來。她一邊打字一邊哭，後來乾脆叫新來的同事幫忙處理手頭上的文書，自己走入洗手間繼續哭。

簡單梳洗後，陳明從洗手間走出，看了一眼廚房，鍋裏有飯，是母親煮的。陳明一邊吃飯，一邊拿起電話，第一時間檢查郵箱。他打開郵箱，最上方的是一封香港大學發來的郵件，他又特意確認了日期，正是今天四月二十五日的郵件。

日曆上的數字是二十五，數了數日子，這已經是梁國平

失業的第三天了。失業並不是一件難於啟齒的事，尤其是這個時間點。他早已過了年少氣盛的時候，對他來說，男人的尊嚴可以捨棄，維持家庭的生計才是他心中的第一位。這幾天，梁國平用盡了一切方法，試過把履歷寄至勞工處，試過把通訊錄中所有朋友都舔著臉求了一次，至今仍然音訊全無。沒那麼快的，他安慰自己，他也明白，像他這種要勞力沒勞力、要技術沒技術、要學歷沒學歷的中年人，是比不過現在的後生的。用力地咬了一口麵包，邊咀嚼邊發呆，突然聽到電話響了，連忙用膠袋把剩下的麵包捲起收好，慌忙地接通了電話。「是，可以、我絕對可以的，好的，謝謝……」掛通了電話後，梁國平粗重的吸了一口氣，想盡量顯得冷靜，但是顫抖著的聲音還是把他的激動出賣了，想起這段時間的奔波，他終於苦盡甘來了。

陳明滿懷期待地點開了郵件，真的是香港大學中文科的學位錄取。驚訝過後，陳明陷入了沉思，也許是他的表現沒有想像中差勁，也許是面試官很欣賞陳明這樣的副學士，也許是香港大學就是上帝開的。陳明不知道真正原因，但這不會妨礙他的心情變得興奮。總之，他拿到了夢寐以求的學位。

梁國平心想現在自己有了工作，妻子有傷在身，女兒又在長身體，在吃方面可不能再省了，於是挑著菜市打佯的時

間買了三個餸一個菜。買好了菜，梁國平便吹著小調，踏著輕快的腳步回家。傍晚的香港夜景有一份獨特的魅力，讓人目眩神搖，只可惜，他迫不及待趕回家分享喜訊，無暇欣賞眼前美景。淺淺的月色映照著霓虹燈光，使他看起來格外紅光滿面。

「難怪母親會對我說，不要輕易相信別人，尤其是男人。天下間所有男人都是混蛋，得手前總是好好先生的模樣，得手後就換了一副嘴臉！」淑芬罵道。她越想越氣，又開了兩瓶啤酒，左右開弓，拼命灌下喉嚨。其實淑芬不喜歡喝酒，她喜歡的是酒醉的感覺，把一切煩擾都拋諸腦後的感覺，虛實交錯的感覺。她覺得彎彎的月亮與她亡故母親的笑眼十分相似，朦朦朧朧間，她看見了母親的臉，甚至是那柔和的眼神，讓她的思緒彷彿回到小時候的時光。記憶中的她把頭伏在母親大腿上，母親就是這樣寵溺地向她笑著，一雙巧手溫柔地幫她綁頭髮。月亮近在眼前，彷彿垂手可及。凝視著月兒，她的眼神越發迷離，慢慢張開手臂，雙腳一步一步向前邁進。

陳明在鏡子前檢視了好幾次，把不同角度的自己都看了一遍，又擺了幾個帥氣的姿勢，想著是時候出門了。他又想起今天自己收到香港大學的錄取通知，暗想到同學們知道消

息時震驚的樣子，心中忍不住發笑，便又加快了腳步走出門口。下樓後，他走了好一段路，便找到了約好的酒吧，時間早了約十分鐘，剛想進去，卻聽到了一聲震耳欲聾的巨響。緊接著響聲的是此起彼落的尖叫聲，周圍的人明顯很慌張，陳明有些好奇，朝著騷亂的源頭走近。人群呈圓圈圍著一片空地，陳明向前擠了擠，沒擠進，跳起看了兩眼，也不知道具體情況，大感沒趣，便離開了。

陳明從宿醉中醒來，只感覺頭很痛，昨晚的一切也記不清了。陳明在床邊呆坐了片刻，用手掌拍了拍頭，依然沒有半點頭緒，放棄了，徑直走進洗手間。他擰乾毛巾掛好，坐到沙發上。沙發上有份報紙，報紙是今天的，打開報紙，映入眼簾的是粗體大字標題「**情傷少女自殺未遂，好爸爸不幸身死**」。陳明快速瞟了兩眼正文，又翻到下一頁，很快便放下了報紙。香港每天都有人死，死人並不是什麼稀奇，更何況是自殺。陳明剛放下報紙，電話就響了，是一個「3 字頭」的陌生來電號碼，他猶豫了片刻，還是接聽了。

電話傳來一個中年男人的聲音：「你好，請問是陳明先生嗎？這裏是香港大學招生辦事處，抱歉把你的學位錄取結果跟另一位面試生弄錯了，在此為你致歉。」

【老師點評】

文章構思不錯，平行故事、交叉的敍述結構形式，讓小說變成一幀幀生活的畫面。結尾像拼上最後一塊拼圖，讓畫面完整。普通人的悲哀和命運捉弄的主題自然呈現出來，敍述形式有美感，文字老練。

翻身

蕭楚嬈

　　月亮的微光照在深不見底的湖面上，一陣晚風吹來，湖光開始扭動起來。

　　這時湖面上影影綽綽出現一個倒影——只見一個女人正站在湖上的亭臺邊，單薄的衣衫被風勾勒出玲瓏的曲線。她的頭髮也被吹了起來，露出一張白皙清秀的臉，眼裏倒映出湖光的月色，卻又透著一絲絕望的掙扎。

　　「噗通——」

　　她從亭臺上一躍而下。

　　一股強大的壓迫感瞬間侵吞了她的身體，水不斷灌進她的鼻腔，她下意識地揮動手臂作出掙扎，水底卻彷彿有一雙大手把她扯進無盡的深淵……

「卡！非常好！」

導演一聲令下，工作人員馬上把她從水裏拉了上來。

「那個⋯⋯辛苦了，你的戲份拍完了，可以回去了。」導演說完就轉身離開，沒再看她一眼。

她還沒從窒息的感覺中抽離，待她反應過來，導演已經走遠了，身邊的工作人員也不在了，剩她全身濕漉漉地站著。微涼的風把她激得一陣顫慄，她下意識地抱緊了胳膊。然而身邊的人都在忙著收拾，沒人給她披上毛巾，也沒人為她遞上熱茶。

她習慣了，但心底仍無可避免地泛起一絲不甘。

這是敏之拍的第十四部戲。雖然依舊沒有臺詞，但終於能夠光明正大地露一次臉，還有長達十秒的落水鏡頭，在她三年的龍套生涯中已經是戲份最多的一次了。雖說今天她對導演為了遷就女主角的行程，而把她的落水戲排到了最後有些不滿，但一想到剛剛自己的鏡頭，心裏那點不滿又被壓了下去。

她一邊想著一邊走去更衣室換衣服。換好衣服後正準備離開，手機突然響了起來——是公司的電話。

「敏之啊，公司給你配了個新的經紀人，虹姐你知道吧？當年莉莎就是靠她一手捧起來的，明天你來公司和她見一

面吧。」

面對這突如其來的消息，敏之立馬追問了幾句，那邊只說是虹姐的意思，說虹姐看中了她，她的好日子要來了。

電話掛斷後，敏之還沒有緩過神來。要知道她雖然有公司，但除了一開始給她接了兩個廣告以外，也沒再給過她什麼資源。她今年已經二十五歲了，事業仍然沒有起色，她自己也著急，但這三年來公司似乎遺忘了她這個人似的，她和被雪藏沒什麼區別，所以她也只能等著合約期滿離開公司。

至於那個虹姐，她倒是有所耳聞，聽說前幾年爆紅的莉莎就是她親手帶起來的。雖然莉莎的演技一直為人詬病。但沒有人會否認她所帶來的熱度和商業價值。直到現在，莉莎從十八線小透明逆襲到一線女星的事蹟仍為人們所津津樂道。

敏之突然有種不真實的感覺，她狠狠地掐了自己一把——好痛！

意識到這不是夢，遲來的狂喜和強烈的疑惑瞬間充斥著她的全身。

「三年了……我的機會終於要來了嗎？」她自覺演技不錯，只是苦於沒有機會展示，如果加上虹姐的助力，她是不是可以成為下一個莉莎？不，或許比莉莎更紅！

敏之需要一晚上去消化這個消息。她躺在床上翻來覆去，回憶起過去的辛酸，帶著對未來的期待，直到凌晨三點才迷迷糊糊地睡去。

　　然而第二天她還是準時到達了公司——她可不能遲到！

　　一小時後，她從公司出來，心裏滿是苦盡甘來的欣喜。

　　虹姐是個四十出頭、雷厲風行的女人，短短幾天已經憑著人脈給她找了好幾個電視劇的角色。雖然都是些配角，但比她以前連正臉都沒有的角色已經好太多了。

　　除了這些，虹姐還給她帶來一個試鏡的消息——張家謀導演的新作《雙生》即將公開選角，劇本講述的是兩個性格迥異的女孩從摯友變成仇人的故事。張導的名號在圈內可謂無人不知無人不曉，由他執導的劇，無論是收視還是口碑都有保證，而從他劇裏出來的演員也必定會大火，因此這次試鏡一定會成為圈內女演員角逐女主名額的大型修羅場。

　　這樣的好機會，敏之當然不能錯過。虹姐給她安排的電視劇還沒有開機，《雙生》的試鏡日期在下個月，因此這幾天她都在熟讀《雙生》劇本。

　　試鏡當天，敏之早早起來打扮了一番。她底子不錯，雖然已有些初老的跡象，但化了妝後還是能掩蓋掉那些細小的皺紋。她提前十五分鐘到達了面試場地，女人們各式的香水

味交雜在空氣中。

面試進行得很順利，由於敏之是科班出身，也花了很多時間去理解劇本與人物，在表演時，她似乎瞟見了導演一絲欣賞的表情。

「你對人物的理解挺透徹的，之前有過什麼演戲經驗嗎？」結束表演後張導問道。

「……有，不過沒什麼戲份。」敏之小聲回道。

張導聽完後和工作人員們說了什麼，又似乎在找什麼資料，敏之不禁有些激動。半晌，他們似乎討論結束，只見工作人員紛紛搖頭。

「嗯……這樣，你先回去吧，有消息我們會通知你。」張導說完又看了一眼她交上來的簡歷。

見張導發話，她也只好先行離開了。

路上她回憶起張導的反應，覺得自己好像有機會，可是後來那些人為什麼搖頭了呢？

一個月後，《雙生》官宣選角結果。雙女主由喬穎和思妍出演，兩人都是已經小有名氣的演員。

「當時的情況……唉……我還以為自己有機會……」敏之沮喪地說道。

「呵，怎麼可能？我早跟你說了，你一沒背景二沒資歷，

去面試也只是走個過場而己。我可聽說了，那喬穎可是投資方大力推薦的人，資本力量你比不過的。」虹姐滿不在乎地說道。

不等敏之回答，虹姐又說道：「你收拾一下心情，明天跟我去一個晚宴，到時候會有不少導演制片人出席，你記得好好打扮一下。」

敏之愣了一下，隨後答應了聲。

她沒有去過這種場合，便花了很多時間準備，落選的氣餒和難過暫時被她拋到了腦後。

當天晚上她們準時到達一家五星級酒店。

走進宴會廳，一派觥籌交錯的景象。精心打扮的女人們拿著紅酒杯穿梭在人群中，時而與一些西裝革履的中年男人交談。

虹姐往敏之手上塞了杯酒，玻璃杯上折射出水晶燈淡黃的流光令她有些恍惚。

「喲！這不是陳導嘛？好久不見！聽說你最近在籌備《海上花》的翻拍劇呀？」虹姐帶她走向一個四十多歲的男人，老練地搭訕道。

那陳導似乎和虹姐有些交情，打了聲招呼答道：「沒錯，你消息倒是靈通。」說完就看向虹姐身後的敏之，上下打量。

「阿虹，這是你新帶的藝人？」

「是啊，敏之，快叫陳導。」虹姐說著把敏之拉出來推到陳導面前。

「陳導……」敏之聽話地叫了一聲。

陳導嗯了一聲，眼光放肆地在她身上遊走，敏之被她打量得不自在起來。

虹姐看在眼裏，堆笑道：「哎呀，不知道陳導的新劇能不能賣我個面子，給我家敏之一個角色啊？」

「哦？我這剛好有個角色缺人，但是嘛……能不能拿到就看你家藝人的表現了。」說完別有深意地看了敏之一眼。

「我最近都會住在這家酒店。」陳導說完把酒杯放到路過侍應的盤子上，笑著捏了捏敏之的手。敏之還未來得及做出反應，手上突然多了個東西，低頭一看，是張紙條，上面寫著幾個數字：

902

她突然懵了。等她反應過來後，心裏騰地升起一股強烈的羞辱感，她感覺手上的紙條突然長出了許多蟲子，一直順著她的手爬滿了全身。

這種事情她不是沒想過，但還是第一次發生在她身上。

「知道該怎麼做了吧？機會來了就看你能不能抓住了。」虹姐淡淡道。

「你讓我去討好那個陳導？用這種方式？」敏之又羞又氣地問。

「咦！怎麼？你不願意？」虹姐好笑地看著她。「在圈裏混這麼久也該對這種事情心知肚明了吧？你也不小了，我看你幹這行三年也沒演過一個像樣角色，這才給你指一條明路，你倒清高起來了？」

敏之氣勢弱了下來：「反正……我不會用這種方式來換取自己想要的東西。」

「那你想怎樣？靠實力麼？別傻了！趁你現在還有些年輕資本，趕緊找個金主傍上！只要攀上金主，要什麼資源沒有？現在火的幾個女明星哪個背後沒靠山？只憑實力想在圈裏混出名頭？笑話！」虹姐聲音越來越大，引得旁人側目。

敏之真恨不得找個地洞鑽進去。她壓低聲音憤憤道：「總之我不會去的！你以後別給我安排這種骯髒的交易！」

虹姐沒想到她這麼不開竅，氣憤道：「好！好得很吶！既然你不思進取，就別想紅了！我也不是非要捧你！想走這

條路的人多著呢，你真以為憑你那點破演技能熬出頭？比你年輕比你好看的大有人在，真把自己當根蔥了！」

虹姐說完氣急敗壞地走了。留下敏之在原地，緊緊攥著那張紙條。

敏之不知道自己是怎麼回到家的。等她從宴會的惡夢清醒過來後，才驚覺自己那天衝撞虹姐的行為有多麼不理智。

她害怕虹姐真的扔下她不管，她不想再回到從前那種看不見盡頭的跑龍套生活。

但是那天之後，虹姐就再也沒有聯繫過她。她上公司找了幾次，也沒有找到虹姐。倒是有次看見公司在培訓新人，都是些十八九歲的女孩子，她心裏升起一股異樣的感覺。

這些女人是來搶她資源的麼？

想著想著，她越來越不安了。

直到一天公司裏與她有些交情的工作人員給她打了電話，怪她不識時務，把虹姐氣走了，還說虹姐現在在帶一個叫夢辰的新人，把原本是她的資源全給了夢辰。

她認識那個女孩。一年前進的公司，是個涉世未深的姑娘，長得很甜美，看見每個人都會微笑打招呼，敏之對她挺有好感。

知道這個消息後，敏之徹底慌了。她像一隻無頭的蒼

蠅，不斷給虹姐打著不通的電話，虹姐不接，她就找上門給虹姐道歉，但每次都會被保安「請」出來。

後來夢辰陸續靠著一些小成本的網劇獲得了一些知名度——那些本該是她的角色。

夢辰在電視上漸漸活躍起來，隨之而來的是一些負面的桃色緋聞，但這些又恰好給她賺足了話題和曝光度。

敏之無法再忍受這種看不見前路的生活。

她坐在鏡子前，緩緩拉開抽屜，指尖停在最裏面的一個隱秘夾層，看見了那張被揉成一團的皺巴巴的紙。

良久，她不再猶豫。把紙條拿了出來。

當天晚上，張導給敏之打了個電話。

敏之在《雙生》試鏡會上的表現讓他看到了這個演員的潛力，雖然沒能讓她加入自己的劇集，但碰巧他朋友那裏有個角色非常適合她，他向朋友推薦了敏之，朋友答應了，因此張導想親自告訴敏之這個喜訊。

「嗡——嗡——嗡——」

手機在敏之的袋子裏發出一陣微弱的震動，然而無人接聽。

「這個時間，她可能已經睡了吧。」張導這樣想道。

「還是明天再告訴她吧。」

敘述流暢，人物對話自然，人物心理細節也精彩，

結局特別有力。

燈紅酒綠

陳偉詩

一

　　辦公室的光亮得莊嚴，彷彿凡光照之處都要拼命工作，否則就是褻瀆。「你來吧，老闆約喝酒你怎能不來！」鮑肆往曾呈森的肩上重重地拍了一下，「不來就是不給面子呀！」鮑肆輕聲警告後，便急步走回自己的位置，彷彿剛剛的一切都是幻象，只有曾呈森隱隱作痛的肩告訴他，這都是真的。距離下班還有十分鐘，他還在想晚餐要吃什麼時，就被告知要陪老闆去夜總會⋯⋯夜總會！都二〇二一年了，怎麼還有⋯⋯這種東西！

　　坐在旁邊的杜衡看曾呈森神色有異，再看時鐘——距離六點還有十分鐘，了然地挑了挑眉，說：「森哥也被老闆約酒

了嗎？」「你也是？唉！怎會挑上我呢！業績不算好，喝酒就更差了！」看曾呈森像罪犯赴刑場受死般，覺得好笑：「其他人想被皇上翻牌侍寢都盼不到呢，要是你有鮑公公拍馬屁的一半功力，早就升職了。」二人往鮑肆的位置瞟了一眼，不禁相視而笑，一起等待受刑，等待分針指向十二——

分針指向十二，七點了。化妝鏡裏映出一張張精緻的臉，女生像超市的售貨員整理貨物般，悉心打扮自己。「你來吧！那麼多客人，我會喝死的！」袁慧親暱地挽著錢涓，大聲撒嬌：「可憐下想賺錢，又不會喝酒的慧慧吧！」錢涓看了那像無尾熊抱樹般纏上她的人，輕笑說：「放開，叫我媽咪就真把我當媽了？」「我不管！無論你是不是我媽，今天都要陪我接客！」「如果我是你媽，絕對不會讓你做這個。」錢涓淡淡地說，手輕輕為袁慧理順頭髮。都二〇二一年了，怎麼還有做媽的把女兒送到夜店賺錢養家……「下不為例。」她還是答應了。「我想賺多點，也讓我一起吧。」鄭蔚歆一邊往臉上抹粉，一邊毛遂自薦。錢涓看了看袁慧，「媽咪最好了！」袁慧趕忙吐了吐舌頭，討好地說。

錢涓把夜總會內外的燈都開了，紅的粉的紫的光把日光稀微的天照得熱鬧，彷彿多看一眼就被炫目的燈光攝了魂，整個人陷入奢靡中。

二

　　紅的粉的紫的光把包廂照得叫人未喝酒就先沾上醉意。曾呈森坐在包廂裏，手腳窘得像無處安放般。脂粉混著各種香水的味道讓他一連打了好幾個噴嚏，他知道這晚的光陰注定要虛度了。給人打工的注定和妓女沒分別，金主給了錢，他叫你做什麼就要受著，給人辱了還不能叫苦，要說爽。曾呈森像一個小媳婦真的給人辱了般，越想越委屈。

　　「阿森，這是你第一次來嗎？看你的樣子，不知道的還以為是唐僧進了白骨精的窩！我們今天是來尋高興的。放輕鬆！」李怤灖一邊訕笑，一邊遞酒杯給曾呈森。見老闆發話了，鮑肆趕忙附和，臉上的摺因笑得太用力，肉彷彿下一秒就要擠出皮囊。曾呈森如實說自己沒想到香港還有夜總會，李怤灖像聽見什麼笑話般，樂得哈哈大笑，說「香港有幾個產業是永遠都不會衰落的，黃、賭、毒。」

　　鮑肆的眼睛在曾呈森身上上下打量，不懷好意地說：「難不成你是⋯⋯青頭仔？」此話一出，整個包廂都充滿笑聲，氣氛一下子輕鬆起來了。曾呈森的臉瞬間漲紅，結結巴巴地否認。

　　「老闆，我們進來了。」鄭蔚歆合時地推門，和袁慧、趙淺一同進了包廂，把曾呈森從尷尬中拉出來。鄭蔚歆掃

視包廂裏的人，瞥見坐在中間的李忪渄手上戴勞力士、身上的西裝看起來就很貴，便鎖定了目標，想往他身邊坐。鮑肆哪肯挪位！杜衡自覺地讓出位置，讓鄭蔚歆得以接近她的獵物。袁慧見杜衡長得白淨，應該不會亂來，便也選定了座。鮑肆見朝自己走來的趙淺樣子比水還素，內心不悅。不過看見瑟縮一角的曾呈森旁沒人，便暗自得意，總比沒有女人陪要好！

頭上的燈球變著花樣地閃，紅的粉的紫的光點交集、分散，再交聚……讓酒在酒杯裏蕩漾得更迷幻。冰塊和酒杯的碰撞，為包廂裏的猜枚聲和笑聲伴奏。酒過三巡後，每個人臉上都氤氳著醉意。「不知各位老闆滿意這裏的酒水和囡囡嗎？」錢涓笑著拿了一支 **chardonnay** 進來。曾呈森看著進來的女人，瞬間呆了。鮑肆見又有機會攻擊曾呈森，在眾人都沒注意到時出聲打趣：「我們的老處男看女人看傻了！」見大家都顧著喝酒不理他，只好乾笑兩聲，大口地喝酒當沒事發生。

曾呈森愣愣地盯著錢涓，想說話但又不知說什麼。他曾在腦海想像幾千個和她再見的場境，想像再見面時，第一句應怎樣說、說些什麼、用什麼語氣說……二十四年來在腦袋裏排練了數萬次，但每個假想的場景中，都沒有一種是在夜

總會裏見面的。二十四年了，自從那天開始，她就像人間蒸發般，消失了二十四年。她怎會在這種地方！她怎能在！如果視線有溫度，現在錢涓身上已經燒起來了。

錢涓感覺到那道熾熱的目光，不斷提醒自己不要往那邊看。她淡定地坐在他身旁。她曾在腦海想像幾千個和他再見的場境，想像再見面時，是該道歉？還是跟他解釋當年消失的原因？不重要了。二十四年了，自從那天不辭而別開始，自己就與他斷了聯繫。他應該恨自己，他要恨的。回不去了⋯⋯

「不就是個陪酒的，竟然拒絕我？出來賣，做婊子還想立牌坊⋯⋯」咒罵聲暫停了包廂內的熱鬧，也打破了那二人的緘默。鮑肆惱羞成怒，作勢打趙淺。錢涓趕緊起身打圓場，又用眼神示意袁慧幫忙。袁慧也機智，一邊握著鮑肆的手提防他亂摸，一邊嬌嗔道：「哎呀！老闆好大脾氣，嚇怕我了。」鮑肆見有美人來安撫自己，瞬間消了氣，反過來摸她的小手。

「這人也太不懂憐香惜玉了。」李怭瀟把嘴湊近鄭蔚歆，在她耳邊輕聲說。鄭蔚歆接過李怭瀟夾在指間的兩張卡，厚的是房卡，薄的上面印著「XX 銀行行長 李怭瀟」。她猜到這人一定來頭不小，可也沒想到能釣到這麼大的大魚！「怭瀟

……那英文名是不是叫……**breeding**？」鄭蔚歆索性坐在李恟灏的腿上，半個身子都依偎在他的懷裏，說完還在耳邊吹了一口氣。「那今晚我們……**breeding**？」說的人說得開心，竟當眾親了起來。

錢涓見曾呈森不住地喝酒，醺得眼睛都瞇成了線，不禁盯著他笑。曾呈森也看見錢涓看他，五彩的燈照得她更美了，和那年的笑臉一樣……她逆著太陽光，嘴角彎彎的向上升，沾滿笑意的眼睛閃著明媚的光……那刻，她比太陽更耀眼。那笑臉越湊越近，越湊越近……親上了……

「醉了嗎？」錢涓笑著拍了拍曾呈森，臉近得就如記憶中的那般近。二十四年了，她的容貌都沒怎樣變，只是眼角多了幾條細紋。曾呈森的臉不知是因為喝酒還是害羞的緣故，紅得厲害。「要來我的化妝間休息下嗎？」錢涓沒有打算聽回答，把他扶起來便往辦公室裏走。袁慧和趙淺彼此交換了一個眼神，誰也不知媽咪今日為何這麼反常。

三

白光管靜靜地照亮整個化妝間，讓疲倦的眼睛能乘機歇息。二人沉默了許久，就那樣靜靜地看著對方，彷彿要把那二十四年沒看到的一次補看個夠。曾呈森酒醒了，發現整

個空間只有自己和錢涓，心跳加速，緊張侷促得像個被老師發現要做壞事的學生般。待他冷靜下來後，許多問題堆在口邊，又不知該從哪一題開始問好。

錢涓率先打破了沉默，開口道：「你應該混得還不錯吧，沒想到你穿起西裝來還挺像個人。」把曾呈森氣笑了，她說話還是那麼氣人，但氣氛總算輕鬆了些。

「可以問你一條問題嗎？」

「當然。」

「你……」

「不知道！好！你問完一條問題了。」

錢涓突如其來的搶答，讓曾呈森的話哽在嘴裏，還咬傷了舌頭，錢涓笑得連眼淚都飆出來。她像個孩子般調皮，時間彷彿在一瞬間回到二十年前。

「好吧，不鬧了，你問吧。」錢涓拭去眼角的淚珠，悠悠地說。

「你當年為什麼……」

為什麼不辭而別？錢涓這次沒搗蛋，但他的話還是沒有說出口。他想，他或許知道原因。這些年來他一直在審視自己——太窮？還是因為那年他輸了股票？還是她在外面有人了？想著想著，他便後悔開了口，他不想聽見答案。

錢涓慢慢收起了臉上的笑容，靜默片刻後，又笑了，說：「那年父親輸了股票，生意也失敗了，受不住中了風，我要替他還債。」她淡然地說著，語氣彷彿在說「今天天氣很好」、「我剛剛吃了飯」。三言兩語，把半生的辛酸都概括了。

　　她說的就那幾句話，但曾呈森就已經能在腦海裏拼湊出整個故事、整個畫面。沒有想到答案竟是這樣，他既心痛又生氣，她怎麼什麼都不說，什麼都自己獨自承擔！他正要開口責備她當年的自作主張，又被錢涓打斷。

　　「說說你自己吧，都過了這麼多年了，你還是一個人嗎？還是⋯⋯老處男？」錢涓意味深長地說，還仔細打量了曾呈森一番。曾呈森也沒想到她還記得鮑肆的混帳話，不由得再次漲紅了臉，不知說什麼，竟慌不擇言地問：「那你是處女嗎？」話剛說出口，他就悔得想逃。

　　「我是。」錢涓大大方方地回答，絲毫不介意曾呈森的冒犯。看著曾呈森驚訝的模樣，給了他一記白眼，認真地說：「跟不喜歡的人做愛，那就真是賣身了。」

　　曾呈森忽然大膽了起來，越問越起勁，直問她當年入行的經歷。錢涓拿起了梳妝臺上的火機和煙，嚓的一聲點著了煙，熟練地放入口，用力地吸了一口，然後緩緩吐出白霧。她雖和曾呈森一樣都是四十多歲，但說起故事來滄桑得像個

老態龍鍾的伯伯。

　　「被你騙走那年我才十六歲，中學都沒畢業，哪有人請？賣薯條一個小時才賺幾十塊，連吃都不夠，別說是還債。」她又大力吸了一口煙，彷彿吸入的白霧能為她療癒年輕時的種種傷痛。「都過去了，都回不去了。」她笑著說，沒人知道她的笑容裏藏了什麼，像音樂盒裏精緻的跳舞娃娃，一直笑、一直跳⋯⋯笑什麼？不知道。

　　煙霧徐徐升起，灰燼無聲地落在地面，煙支上的火光半明半滅，時針快要指向十二。「你該走了。」錢涓熄了手中的煙，溫柔地逐客。十二點對夜總會的人而言，夜才剛開始。曾呈森不捨得走，卻又沒藉口留下。他有點後悔多口問問題，揭開別人的陳年傷疤仔細看了個究竟，看完後倒不好意思問「傷好了嗎？」了。

　　錢涓送他送到門口，門外紅的粉的紫的燈牌把整條街道照得宛如白晝，熱鬧非常。曾呈森想開口，又不知應該說什麼。錢涓眼睛上下繞了一圈，假裝認真道：「我似乎應該要說⋯⋯」手在他的胸口上輕拍一下，媚眼一拋，「老闆下次再來玩呀！」說罷，自己也不禁笑了出聲。曾呈森的臉再一次變得通紅，真成了個被流氓調戲的小媳婦，急忙道別離開。

四

　　不知是街上的燈太暗，還是夜總會的燈太耀眼，曾呈森總覺得街上過份冷清。走著走著，他的身影慢慢變小，最後與黑暗的街道融合為一。

　　夜很黑，夜總會燈照樣亮著。錢涓目送曾呈森，看見他的背影消失，才轉身走入光亮的熱鬧中。紅的粉的紫的光點交集、分散，再交聚、再分散……沒人留意光點何時散、何時聚，也沒人留意光影之下的人如何被炫目的燈光攝了魂，沒入光亮之中。

　　「媽咪！一支 chardonnay！」——

【老師點評】

一個關於人生錯過的故事，文本時間的處理和構思
頗巧妙。場景細節豐富，較為深刻地展示人物特點、
感官感受和生存處境（新感覺派的影響頗明顯）以及
人生滄桑感。

藍兒

劉 穎 桐

　　這是一個幽悶的春天，我正在收拾全新的嬰兒用品。

　　有時候，我就這樣盯著窗外那綠油油的椰子樹，觀察它那看似上了一層蠟般光滑的表面。看陽光打在上頭，再如雨珠般從它的表面滑下。有時又回過神來，別過頭看見一屋子花白色的，看見上頭那些稚氣的碎花閃得眼痛，就恨不得趕快整理、收拾好。這對我和你，我們都好。

　　不過，更多的時候又晃神了。我伸進一隻、第二隻的手指進那小小的襪套。併攏的兩指一分，在柔軟的纖冷中安躺著。靠著指腹嘗試模仿你那小小的腳丫在這軟膠墊上走過的感覺。你的腳丫是小的吧？你會喜歡這一抹淡黃色嗎？我把身軀摺疊起來，把胸前的雙膝緊抱；執意地屈曲進那細小的

木床中。用手指輕輕地掃過一節節的木欄。由一數到十，由十再倒著數。數著你這一輩子也沒機會學懂的數字順序。

　　窗是躺開的，不用照明。任由紙箱隨便堆放在廳中、房間中、你的房間中、走廊中，反正都沒關係。我躺下去把耳窩緊靠著那冰涼的柚木地板，任由指甲刮著木板間的夾縫。就這上上下下地畫著，希望刮出個究竟來。往窗外看，看太陽悄悄爬過。再睜開眼時，只露出右邊的月牙在天空中畫成一勾，它帶著慘白色的光。地板還是依舊冷冷的，只有我躺的那處散著身體的餘溫。

　　我不曾閉眼地觀望窗外的時間變化，這天終於迎來了不同。連綿的春雨隨著雷聲打進室來，偶然也會有水珠在面上短暫劃過。我努力地撐起半個身子來拖向電燈開關。舉頭看見燈罩上的塵埃在唯一的光源下飄浮著，我就這樣跟燈泡比賽大眼瞪小眼，盼著飛蛾的到來。

　　才半晌，果真有數隻飛蛾困在燈罩內與燈泡不斷糾纏。突然，有陀黑色直直地向吊燈飛往。剛開始還以為是長時間直視燈光後眼睛的重影，直到聽到它嘴尖猛地與鐵鑄燈罩撞擊、裏頭的飛蛾驚忙拍翼散開才確定了身影的存在。

　　是隻藍色的小鳥，往燈罩衝向的它似是用盡了它最後的力氣。

著洶湧不斷的血脈無力地流走，血量之多真的流成了河川。我不斷嘗試把身下的他們抓上來，一把、兩把的抓。可是，還是有數隻嗆到了血，一抽一抽地倒在血泊之下。血滴順著冠上的叢毛滑過它們的眼珠子。慢慢地，就安靜了。

再睜開眼，看見眼前仍是熟悉的大床，我習慣性地把手按在肚皮上拍拍你。沒事兒、沒事了，不怕不怕。媽媽在。

結果按了個空。

我坐起來，往下摸只有這平坦的小腹和一道生長在肚臍下紫紅色的疤痕。

牆壁上又是什麼時候多了這道油跡的？牆邊接口的做工真差，接口的滴膠快要漏出來了。

我往床尾走去。看見牠安穩地睡在襪套，脖子縮進了短短的身軀中，瞇成一線的眼透露著牠的舒適。我用拇指順了順牠的頭毛，邊順著，我竟跟著一同瞇起了眼。一同享受著這刻的平靜。突然想到什麼的我，轉身就赤著腳啪噠啪噠地通屋子都跑了一遍。把窗戶通通關上，關好關緊。

從這以後，你就不曾離開過。

有時你會在我的跟後到處跑，我生怕會踩到你，便揮手：「去！去！」的命你退後。我弓起身子，嘗試低下頭來盡量跟你對視。我緩緩地挪動左腳、接著擡起右腳再慢慢沒入

地板。此時你的一同停了下來，不明所以地向右歪著頭。當我和你拉開一段安全距離，轉身回復正常步速時，你又會拼了老命般追了上來。沒你轍，要是真把你踩生痛了，你自然便會滿屋子亂飛。反正你的爪把原本光滑的柚木地板都抓成了一個個小洞和幼細的白邊刮痕。再多的黃色兒童安全墊也不夠用。有時候，你又會自個地飛往窗邊，左右反翻探頭探腦地去觀察窗外的風景。真是個好奇的孩子。看著看著，興奮的時候又會輕輕啄著窗戶，在玻璃上啪噠啪噠的打起拍子來。看到這樣，我也只會別個頭去背著你，口中不斷喚你的名字命你飛過來。重量穩穩地落在我的後背，肩肋骨被輕輕地抓著。

嗯，真乖。

然後在一天夜裏間，我又睡著了。作了個夢。

一睜開眼便看見了一雙幼嫩的腳掌，歡快地踏在草地上，慢慢地跑了起來。我看不見別的，就只看見眼前的腳掌。那雙腳在跑的時候連帶草根上的露珠也一同抖了起來。當我嘗試連步追上一探究竟時，前頭的雙腳便跑得更快了些。一遍又一遍的：「媽媽！」、「媽媽！」地叫喚著。

我就知道是你！我的孩子，我就知道！媽媽這就來了。

你歡快地喚著我的名字像是叫我快跑一點。你那如鈴

鐺般清脆又愉快的聲音地廣闊的草源上叫喊著，似是呼喚我，也似在呼應這大地最原始、純粹的生命力。我就在這後頭跟隨你一起跑，像是不曾疲倦般互相追逐起來。慢慢跑著跑著，這片草原竟迎來了盡頭。與這盡頭接壤的是一大片無垠的沙漠。你不顧別的，只顧繼續往前奔。我倒卻累了，靠著一個小沙丘便躺了下來。仰頭觀望這偌大的天空。沙漠中毫無遮擋的陽光直直的把人乾曬著，連脖子也曬得暖和了起來。你回頭見狀，便立馬學著我躺在一旁。你張開五指嘗試把風都抓起來收進口袋，結果只抓得住指縫間隨風刮來的細沙，你一粒一粒珍貴地揣摩著，最終一陣強風把所剩無幾的沙都一併帶走。我看著眼前的景象，像是共享了你此刻的感受般，內心深處湧出了強烈的悲傷感。但我卻只懂得像個嬰兒般踢手踢腳地哭鬧不停。但此時的你，卻化成了我的模樣。你把我抱了起來。我揮著原本屬於你的小手，舒適地靠在你的胸前。你把雙腳沒入了沙中，沙粒在你的腳背上蓋成了一坐小沙堆。

「媽媽，媽媽。」

你並沒有看我，你只是直直地往前方最遠處看著。就像遊子瞧見遠方家鄉的模樣。

此時你的腳下湧出了水。慢慢地，你的腳趾頭、你每根

的腳趾都像是被水融化般一同變成了水。這次我沒有掙扎。只是，慢慢地，看著你化成了一灘水。這沙漠中唯一的生機。我就這樣落到水泊中，手腳往左側蜷縮著。在我身下的水也慢慢地隨時間被蒸發掉。最終，連身衣背後沾濕的水跡也被蒸發掉，原先沾在我背後的沙也被風吹走了。留也留不住，你就如此自然地去了。

藍鳥輕輕啄著我的眼角。

我往窗邊走去，把窗戶都打開來。我用手指敲敲窗戶，見牠還是有些遲疑，我便把窗推得更開，往後退了數步。這隻小小的一隻鳥，左右搖擺，快速踏著腳丫往窗臺處站。只看我一眼，就揮一揮牠豔藍色而又短蓄的羽毛就突然吸一口大氣在下顎處鼓起一個大腮。腮成了熱氣球帶他向上升。在升起的過程慢慢地一節一節打開身軀，由易折脆弱的小爪勾突然延伸出來成了鷹爪。腮的氣最終運到了那巴掌大的翅膀處，翅膀緩緩地摺疊展開，成了筋膜分明的雙翼。兩翼在背後的陽光折射底下透出了銀白色的微光，牠就這樣隨著風的搖晃，成了風的形狀，向別處飛往。

　　這篇小說寫得非常美，寫一個失去胎兒之後的女人和一隻藍鳥的相遇。在細膩的感知細節、隱喻和幻想中展示女性生育中的創傷、想象、恐懼、以及生命的愛與希望。

金蘋果

劉 晶 晶

南方的冬天也是會下雪的。

我家就住在秦南的一個小鎮上，別人都說是北方，只有北方才會下雪。我不想跟他們爭論，我們家在南方，甚至整個小鎮都在南方。這些都是我在課本上學到的，跟他們是說不通的，總之南方的冬天是會下雪的。

那是一座自己修的大院，我們一家四口在這裏住了十幾年了，水泥圈成的院牆沒有刷過漆，標準的平房矗在大別院裏，房子的外面也是水泥做的談不上什麼設計，要說設計莫非於屋頂的瓦礫是成四十五度角鋪的，梅雨天氣水會順著房簷流下來。夏天潮，牆面刮不完的青苔，磚縫裏也是。阿媽很喜歡夏天經常光著腳踩在上面，說什麼很涼快，我卻很

討厭這綠色的黏糊糊的東西，在家我從不脫鞋，妹妹也和我一樣。

　　劉阿姨家就沒有這綠色的東西，不知道是不是鋪了地磚的緣故。她家離我們家就一條巷子那麼遠，那是兩座差不多的房子，不同的是高了我們一層，東邊的小角落裏還多了一處紅磚砌成的小屋，小屋前面有一株梅樹，冷的時候才會開花。屋子裏的神臺被打掃得一塵不染，送子觀音在最顯眼的位置朝著每個人微笑，只留得香爐裏面數不盡的小孔，還有未燃盡的香灰時不時地落在周圍。

　　我和妹妹也很喜歡上她家玩，不僅是因為她家的地磚很乾淨，牆也不會掉皮，更重要的是有數不清的小零嘴。那些都是去到市裏才能買得到的，其實我也不知道在哪裏可以買得到，總之媽媽沒有買過，在附近的小舖我也沒見過，臨走的時候我們總能順上一把，放著也是放著，放壞了多可惜，阿姨她不愛吃甜的，會胖。劉阿姨也很喜歡我們上她家玩，她會習慣性地洗個手，然後再摸摸我們的臉。那是一雙被上帝吻過的手，保養得很好，沒有什麼細紋，不論冬天還是夏天它都是柔軟的，不像媽媽的手磕得人生疼。「要是我也有個閨女就好了。」她總會笑咪咪地捧著我們的臉說道，送我們離去後轉身就去了那個紅磚小屋。

她說她二十八，其實我也不清楚她到底多少歲，女人的年紀都是不能說的，估計阿媽是為數不多知道她真正年齡的人，她們幾乎會在每個閒暇的下午，聚在她家的院子裏喝茶聊天。夏天就搖著蘆葦編成的蒲扇，面對面坐在門口的大樹下乘涼，像這天冷了就會在弄堂裏燒碳取暖。她們總會聚在一起說著無聊的八卦，大多是阿媽說的，她那嘹亮的嗓音辨識度很高，從誰家的豬下崽了，聊到了之後要拆遷，徵收土地……我發誓我不是故意偷聽這些的，只是院子太空蕩了，大多數時候只有我們四個人。

每年院子裏的梅花要開的時候就是妹妹的生日，妹妹的生日總能迎著每年的第一場雪到來，我們的生日只差了三天，通常都是提前一起過了。阿媽說熱鬧，我不明白為什麼要跟她一起過而不是她跟我一起過，可能是她還小吧。是的，我是姐姐我得讓著她。每年生日我都偷走蛋糕裏的一根蠟燭，讓蛋糕店的老闆來背這個鍋。三天後再點燃它，直到最後的一縷火光伴著天上的星星一起睡去了，我才會告訴它我想逃離的願望。

這天是妹妹的生日，不，應該說是我們的生日。

阿媽在廚房裏忙裏忙外的，剛端出來的飯菜涼了又熱，熱了又涼。阿爸也沒閒著，鈴鐺和彩燈都是他的活，都是去

年的款，但是今年拿出來掛也不過時，來來去去都是那些，不是紅的就是綠的。電視裏循環播放著「叮叮噹，叮叮噹，玲兒響叮噹……」我知道這是媽媽買的 **DVD** 碟片，我嘗試過調去別的頻道無果，又不敢換新的碟片，只好戴上耳機瞇著眼在沙發上睡了去。

「阿晶，給幺妹打個電話。」媽媽在廚房吆喝著。

「馬上。」我半睡半醒地回了她一句。

「哎唷，揪我耳朵做甚？」阿媽一手拿著鍋鏟，挽起手上的袖套，揪起我的耳朵，她那油唧唧的手指頭絲毫不影響力度。

「你個小妮子叫你好多聲打電話，怕是耳朵不得行了。」言畢把我的耳機甩到了一邊去。她手上的鍋鏟在我頭頂揮來揮去，有些害怕，少許油漬濺到了沙發上，地板上，還有圍裙上。

「快叫你妹妹回來，飯吃得了，我手上都是油，不然喊你做甚？」

「曉得啦曉得啦，莫催我。」我下意識躲了躲，慢悠悠地去拿電視機旁邊的聽筒。

嘟嘟嘟……電話終於通了。

「喂？什麼事？」

「在哪？快回來。」

「郵局，還要一會。」她的麥克風像是被什麼東西堵住了，聽不出是在東邊的那家還是鎮上那家。

「還要多久，飯都涼了。」

「馬上馬上。」

時間剛好卡在了五十九秒，我知道她又去寄信了給小少爺了就沒有多問。

「媽，妹還在忙，晚點吃。」

「這死丫頭都成野人了，吃飯都喊不回來⋯⋯」阿媽嘴裏還唸叨個不停。

今天的菜很豐盛，天上飛的地上跑的都有，除了這些之外還有一碟金蘋果。

妹妹喜歡金色，尤其是金蘋果，應該說是喜歡金蘋果才會喜歡金色。每年平安夜她都會收到小少爺寄來的金蘋果，不，應該是阿媽買來的金蘋果。是的，是水果攤的那種黃色的蘋果，買回來再自己撒上一層金粉，就是金蘋果了。媽媽知道她喜歡，每年都會買。當然她並不知道妹妹喜歡金蘋果的原因，就像她不知道妹妹寄信給誰一樣，我不確定那些信最後都去了哪裏，總之是沒有送到小少爺手上的，因為他每隔一兩個月就會搬一次家，這也是他跟我說過的。

事情要追朔到五年前的一個寒假，我們鎮上來了一位香港的小少爺。

　　小少爺是劉阿姨的侄子，由於父母出差的緣故，來劉阿姨家借宿了兩個星期，他是香港人，是的，我們都沒去過那裏。他是坐著洋車來的，他來的那天正好趕上了下雪，我和小夥伴在小巷裏堆著雪人，「滴滴滴」一輛黑色的小汽車駛進狹窄的小巷。車輪輾過平滑飽滿的雪地，留下一條長長的軌道，經過我們身旁時還輾掉了雪人的一隻胳膊。透過車窗，那是一張比我們都要白的臉，硬挺的鼻樑上架著一副方方正正的眼鏡，梳著和劉德華一樣的髮型，塗滿髮蠟的背梳頭，沒有一根多餘的頭髮，很符合電視上香港男星的形象。

　　車門開了，是一個跟我們差不多高的小男孩，一腳鋥亮的小皮鞋踩在雪地上，身上穿著灰色的西裝褲，外面還搭了一件沒有拉上的羽絨服。他經過的地方還留有香味，說不上是什麼香味，反正有別於阿媽用來洗衣服的肥皂的味道。他徑直走向了劉阿姨家裏，並沒有理會我們。從那天起，大家都知道劉阿姨的侄子來了，鎮上的孩子也給他取了個外號就叫小少爺，大家都很想和這位城裏來的小少爺打打交道。可是之後的幾天，我們都沒有見過他。

自打他來到小鎮上，我也好一陣沒去過劉阿姨家了，原本冷冷清清的四人小院，裏裏外外倒是多了不少人。不少我叫不出名字的小朋友和大人進進出出，生意也好了不少。她家的圍牆上也時不時多了些爬牆的小孩，有的甚至爬上了電線桿就為多看少爺一眼，透過我家二樓的窗戶看過去，也只是看得到那半透光的窗紗後隱隱約約有個人影，有時候也會沒有。鎮上不少流言說他得了見不得光的怪病，胡說，我那天還見過的，是那樣一張白淨的臉，聽劉阿姨說他認生，不肯見人。

　　也許是這個香港來的小少爺給我們小鎮上小孩帶來了太多打擊，他本是屬於香港的，不是我們這裏，就像香港人看英國人一樣。

　　他來後的這幾天，鎮上多了不少小孩爭先模仿起了他的模樣。有的買了新的平光眼鏡，沒有度數的那種，有的特意去市裏買了新款的羽絨服和領帶，還有的學起了小少爺梳起了背頭。我的妹妹也是一樣，哭著吵著要媽媽帶她去買小裙子作為後天的生日禮物。

　　其實我原本也認定自己是不會喜歡這個香港來的小少爺的，因為他奪走了屬於我的東西，就像是我的生日一樣，悄無聲息的，卻又在情理之中的。我原本才是小鎮上最會讀

書的小孩，是別人家長口中鄰居家的小孩子，萬眾矚目的焦點，未來第一個鎮上的大學生，我害怕他奪走我的一些東西甚至是朋友。

但是沒想到這天我被劉阿姨邀請去她家做客的時候，內心卻有種難以掩飾的激動。「你讀書好，帶著點他。」聽到這話時手心居然在大冬天出了汗，也大概是我握著拳的緣故。

這也是我頭一回覺得劉阿姨家陌生，門是半敞開的，小少爺的房間裏窗簾拉得嚴嚴實實，只留得一條小縫剛好夠一束光溜進來。縫隙的那頭剛好可以看到我家的那棟平房，白色的被套把原本的木床遮得嚴嚴實實，床頭的小櫃上多了部留聲機但是沒有碟片。

他似乎不知道我來了，趴在窗邊看著什麼正看得入迷，我敲了敲門見沒反應就走了進去。

「你們怎麼不敲門！」過了半晌他才扭頭來，被我嚇得一機靈。

我尷尬地笑了笑。

「你是阿真姐嗎？你好你好。」他用那蹩腳的普通話扭扭捏捏得唸著我的名字。

我點點頭，並且糾正了我名字的讀音「晶」。

「要玩 **ps4** 嗎？今年的新款，我媽媽買給我的。」他說這話的時候眉毛揚得老高了，眼神裏還閃過一道微光。接著站起身來，起身就要去背後的行李箱裏找東西，那是一個黑色的大皮箱，他二話不說就全都倒了出來。箱子裏的東西散了一地，有拼圖，收音機，小人書，還有……還有些叫不出名字。他拿了裏面最顯眼的一副手柄出來，將其中一個手柄遞給了我。

我跟他說我不玩電遊戲。

「很簡單的，試試就會了。」他好像看出了我的顧慮和尷尬，回答我的同時雙手還不忘給手柄接上顯示器。聽大人們說這是荼毒小孩身心的毒藥，是引誘青年走向不歸路的導火線，還沒等我發話他就開起了電源，自顧自地玩了起來，螢幕上各種五花八門的場景和角色映入眼簾，帶勁的背景音樂不得不承認的確很吸引人。

「敢不敢單挑一局？怕輸？」見我還在猶豫他繼續追問道。

這句話像是在跟我宣戰，不出意外的話還是出了意外，我輸掉了跟他之間的第一場比賽。

「南方居然也會下雪，香港是不會下雪的。」遊戲之際還不忘跟我打趣地跟我閒聊。

我有些詫異地望著他，不太敢相信這居然是從一個小孩子嘴裏說出來的話，我彷彿覓得了人生的知己般。這天我們聊了很多很多，聊到了香港是什麼樣子，聊到了他住在哪裏，聊人生聊理想……

　　其實他在香港過得並不快樂，什麼玩具都應有盡有，唯獨沒什麼朋友。父母工作的緣故，他每隔一兩個月就會換一個新的地方住，他是一個孤獨的人，至少跟我比起來是。

　　臨走時他把箱子裏的一本雜誌送給了我，那是一本時尚雜誌，上面全是英文。我看不懂，我拿給阿媽看，她也看不懂，只是叫我好好讀書，以後就能看懂了。我覺得圖片上的人跟小鎮上的都不太一樣，但說不上來哪裏不一樣。

　　夜裏妹妹也學起了雜誌裏的女人的模樣，踮著腳尖，披上被單就在房裏走起秀來，一腳一腳地踩在地板上，惹得我們哈哈大笑。次日像變了個人似的哭著吵著要跟我一起玩，往日裏調皮搗蛋的她今天格外安靜，望著滿屋子沒見過的玩具不知所措，這個往日裏的小魔頭不知什麼時候起成了他的小跟班，又是端茶又是倒水的。

　　這也是很不尋常的一天，夜裏妹妹告訴我她以後賺錢了要去香港，要嫁給小少爺。在一個沒有能力賺到一百塊錢的人身上，去香港成了很自然的事情。我沒敢告訴她前天的

事，和小鎮上大多數的同齡女孩子一樣，她們都只是小少爺的愛慕者……

我抱著手裏的那份雜誌心中五味雜陳，她們崇拜小少爺，應該說是崇拜香港。我不想承認自己跟她們一樣，因為我在她們的身上看到了自己的影子，看到了自己的卑微。

小少爺走的那天是我們的生日，他送了兩個金色的蘋果給我和妹妹。

「平安夜快樂！」還是來的時候的那輛黑色轎車，乘著夜幕消失在小巷的盡頭，逐漸消失在我們的世界裏。

後來那倆蘋果怎麼樣了，妹妹的蘋果放到壞了都捨不得吃，我的那個則去到了肚裏。

我拿起了盤裏的一個金蘋果咬了一口，很甜很多汁，但是我總覺得它少了點什麼，和我五年前吃的味道不太一樣，缺少了那種與生俱來的自然酸味。

「阿媽，這個不甜。」

阿媽接過了我咬了一口的蘋果，切下一小塊放進嘴裏。

「這哪裏不甜？你這小妮子，和你妹妹一樣嘴挑得很哪……」

南方小鎮小小的情感故事裏，有少女視角所體驗的
生活、現實、階級差異；以及在更廣大的外面世界
的衝擊下，那份仰慕、嚮往和卑微等微妙心理。隱
喻、情緒和氣氛都展示得頗好。

女孩三次死亡未遂的始末

徐文慧

1.

「人的一生，要死去三次。第一次，當你的心跳停止，呼吸消逝，你在生物學上被宣告了死亡。第二次，當你下葬，人們穿著黑衣出席你的葬禮，他們宣告，你在這個社會上不復存在，你從人際關係網裏消逝，你悄然離去。而第三次死亡，是這個世界上最後一個記得你的人，把你忘記，於是，你就真正地死去。整個宇宙都將不再和你有關。」

2.

某年一月十三號晚上十一點，有個女孩獨自在工廠大廈的樓梯間行走著，即使她並不重，但這一步一步，依舊異常

響亮。

她快走到了頂樓，但她並不著急，只是一邊思索著，一邊走著。

一步。

在學校圖書館借的兩本書明天將會到期，一本《房思琪的初戀樂園》，一本《二十四個比利》，她昨天剛好看完，上午已經還了。

兩步。

熨衣服燙傷的手臂只好了大半，恢復速度未如她的理想，但她選擇拆掉紗布，她不希望自己的身上留下塑料的補丁。是有些許遺憾，但並不足夠成為她延遲行動的理由。萬物皆有其瑕疵，這是正常的，她想。

三步。

奶奶在兩天前去世，父親和繼母都回鄉參加葬禮了，她以自己需要準備考試為由，留在了香港。她並不感到非常的遺憾或悲傷，只是慶幸，她等待了足夠長的日子，終於等到了足夠好的日子，這是一個長痛不如短痛的概念。

四步。

她把她房間裏僅屬於她的家當都收拾了起來，用她的被單、床單、枕頭套，把這些東西都包裹了起來，放到了垃圾

房。她懇切地希望垃圾工可以在凌晨迅速地扔掉這些東西，她要確保自己的一切都能被迅速地彌補，然後徹底消失。

五步。

她選擇了一座高度不高不矮的大樓，高得足夠完成她的願望，矮得不會引起太多人的注目；位置足夠偏僻，附近都是工廠區，八點過後便鮮有人煙；重要的是，頂樓並沒有上鎖，足夠輕易進入。在過去的一整年裏，她在放學後便是如此背著書包，穿梭在城市的各個角落尋找著最好的位置，終於在上個月讓她給找到了，當時的她是十分欣喜的。

六步。

她選擇了晚上十一點半開始行動，凌晨十二點結束，她希望那個不自由的自己能夠徹底地留在今天。她給自己留下半個小時的充裕時間，使她能夠充分享受行動成功前的歡愉，這是必須的，畢竟人生中，這樣的歡愉只有一次；但也不能留下太久，可能會產生變數。

七步。

她檢查了手中拿著的信，裏面裝著的是她最後一封信，還有她期中考試試卷。她期望用試卷上的字跡來證明這些確實是她寫的，信上所述皆是她發自內心的願望。而信封是用她的口水封好的，是她最後一重保險，或許會有人無聊到去

驗 DNA，那麼就會發現這是她本人封的口，她不希望連累到任何人。

一切準備就緒，而樓梯只剩下兩級，於是她張開雙腿，一步跨了上去。

3.

她用事先準備好了的潤滑油，噴在了生鏽的門鉸，雙手抓住門把，慢慢地、小心翼翼地，打開了門。

迎面而來的是一月那冷冽的風，站在天臺上，儘管風並不很大，但風聲依舊足夠嘈雜，使她的耳朵並不能把其他聲音聽得過份分明。

她拿出早就放在這裏的石頭，信封並不重，鵝卵石是她隨便在公園撿來的，表面很是光滑。她把鵝卵石壓在了信封上，放在了天臺中間。

她往樓梯口看去，那一盞寫著「安全出口」的燈，按照不等的規律，時滅時亮，大抵是壞了。綠瑩瑩的光，照得周圍飛舞著的小蟲時而消失，時而出現。

她吃力地爬上天臺的邊緣，這點倒是她疏忽了，沒有事先檢查一下高度，使石灰蹭了她一身，她皺眉看著自己身上的黑裙子，她最喜歡的黑裙子，白色的灰在上面顯得特別

顯眼。

但是這都沒關係，沒有事情可以阻止她。於是她背過身，向後踏了一步——

彼時，她並沒有看見樓下用來裝建築垃圾的車子裏，有一條直指天空的鋼筋。在重力加速度的衝擊力下，那條原不鋒利的鋼筋，這時卻像屠夫手中的殺豬刀，毫不費力地便刺穿了女孩的身體，並將她懸在了半空，地心引力都放棄了使她塵歸塵土歸土。女孩的四肢無力地低垂著，她的鮮血迅速沿著紋理流滿了整支鋼筋，有些則在刺穿的一刻，呈放射狀開在了周圍的地面。那情形像是卑微的侍者高舉著祭品，在向天空獻祭。

鮮血灑在地上的時候，發出了極輕的「嘩啦」聲，在渺無人煙的凌晨的工廠區中，顯得格外的響亮，像是有人忍不住為精彩的戲劇鼓起了掌後，發現沒有人和他一起鼓掌的、嘎然而止的尷尬靜寂。

新一天快樂。

4.

第二天早上，她的屍體迅速地被來工廠上班的人們發現，待警察接到消息趕來時，周圍已經裏三層外三層地，包

圍了個水泄不通。

　　人們都忙不迭地拿出手機拍著，他們滿以為這是哪個變態殺手的惡作劇，仗著光天化日時，殺手不敢出來作案，而大肆地討論著，彷彿當成了他們日復一日的無聊生活中，難得的談資。即使待警方驅趕了人群，圍起了警戒線，他們依舊圍在了一旁，更加肆無忌憚地討論著。眾人刻意壓低的聲音匯聚成一種嗡嗡的聲音，像是一群遮天蔽日的蒼蠅。

　　照片、影片被廣泛地傳播，連續幾日都佔據了各大社交媒體的版面，膽小的人們不敢出門，也囚禁起了自己的家人，害怕下一個被懸在鋼筋上的人是自己。藝術家們認為這是一件難得的藝術品，鋼筋為整個作品帶來一點 cyberpunk 的美感，而女孩僵直的四肢象徵著繁忙都市使人們變得僵化。那直指太陽的鋼筋、女孩恰好擋著太陽的身影，則是在向神抗議，請求神懲罰世人，不再降下陽光。邪教徒們認為那情形像是卑微的侍者高舉著祭品，在向天空獻祭，他們紛紛稱那殺手為英雄。

　　第三天，警方公開了女孩的遺書和跟遺書放在一起的成績表，知道了她是自殺後，網絡的聲音出現了一陣沉寂。隨之而來的是更加熱烈的討論。和遺書放在一起的考試卷使人們猜測到，女孩是因為學業壓力而自殺的，於是龐大的輿論

壓力指向了學校。有人聲淚俱下地在網絡上發佈了一則影片，控訴學校是如何用繁重的課業壓垮每一個學生，於是掀起了一陣檢討香港教育制度的討論。女孩的學校首當其衝地變成了輿論的中心，記者每天都包圍住學校，請求校長出來回應一下事件。

第七天，學校抵不住龐大的壓力，於是他們公布了女孩生前借過的最後兩本書，《房思琪的初戀樂園》和《二十四個比利》。他們推測道，女孩自幼受長輩性侵，導致出現了多重人格，不堪精神壓力而自殺。在記者發佈會上，校長痛哭流涕地握著這兩本書，自責地認為自己未能發現女孩的不妥，未能及時拯救女孩，同時呼籲大眾繼續調查，還女孩一個公道。人們迅速地被校長誠懇的態度說服，他們開始尋找下一個真兇。

第十天，警方的調查結果出爐，他們公布了女孩身上未被包紮的燙傷、自殺第二天便出現在了垃圾房的遺物。人們憤怒了，他們認為女孩冷血的家人不僅對女孩進行性侵，更虐待女孩，死後不久便急於把女孩生存在這個世界的一切痕跡消除。而女孩在奶奶死去後便立刻自殺，證明了奶奶是女孩唯一留戀的家人，襯托出她其他家人皆是畜生不如的。

第十一天，媒體將女孩的家庭為重組家庭的訊息公布，

人們更加認定了自己的想法，他們譴責冷血的繼母虐待自己的繼女，而禽獸般的父親更對自己的女兒伸出魔爪。他們一家變成了過街老鼠，一被人認出便會遭受唾罵，連租住房子的業主也不屑於租給這對畜生父母，趕走了他們。於是他們在參加完母親的喪禮後，便收到了女兒的死訊，接著就成了全港的公敵，更流離失所，不可謂是不可憐的。可沒有人對他們感到同情，畢竟是罪有應得的殺人兇手。

一個月後，保護兒童協會發起了全民連署，他們希望可以改善現有的未成年保護政策和教育制度。於是，一場浩大的改革轟轟烈烈地進行了起來，那些本就不忍心讓學生背負沉重課業壓力的老師，和對其他家庭中的兒童暴力身同感受的家長們走上了街頭。巨大的輿論壓力之下，一年零三個月之後，新的政策上臺。人們認為這是人權史上的一大進步，於是以女孩的名字對這條政策進行命名。

三年後，在女孩身體被刺穿的那一天，博物館正式落成，人們希望藉此喚醒世界對於兒童權益的關注；裏面將有一座由著名雕塑家設計的雕像，女孩那天如耶穌般被釘在鋼筋上的身影，被稱為了英雄。她將永遠存在於教科書、博物館裏、人們口中……

這些事情，女孩都不會知道。

5.

那麼，女孩站在天臺邊緣的那半小時，她在下墜的那一刻，想著什麼呢？

她在想自己死去的理由。

她想過很久，她想，每個人都說生命是如此地寶貴，那麼他們一定有自己的理由，要不然是如何這麼信誓旦旦的呢？

那麼，她必須得為自己的死亡找個理由，才不會顯得唐突、欠缺思考。可她思來想去，都找不到任何足夠充分的理由。她的家庭美滿、學業不錯、人際還好，所有事情都得過且過地好。

所以她想，她只是沒有理由活著而已。她並不為活著感到歡欣，並不為明天的到來而感到雀躍。她只是感到疲憊，像是在跑一趟永不停歇的馬拉松，沒有目標，沒有方向。只是有人不喜歡芹菜，有人不喜歡足球，而她不喜歡活著。

於是她的遺書上只有寥寥五個字：「我是自殺的。」句末的句號本是逗號，卻硬生生地續長了尾巴。

她想，或許並不是每個人的活著都是有意義的，畢竟活著並不是人所能選擇的，但是死亡卻是可以由自己選擇的。

是自由的。

她又看向自己家的方向。其實她什麼都沒能看清，只看見在夜色中朦朦朧朧的一個剪影，黑漆漆地。掛在窗外的衣服正在飄蕩，裏面是空蕩蕩的、沒有人的，那是她對家的最後一個印象。

然後她背過身，張大了眼睛，往後邁了一步。

下墜的剎那，她並沒有意識到自己正在下墜，她的時間彷彿被放慢了三千萬倍。風掠過她耳際，她的裙擺，她的頭髮，她那條黑裙子向上飄蕩。

那些黑布和黑線像是要把她抓住，又想要努力抓住些什麼來停止這下墜的趨向。但是它們都不能，它們都不能，她像是一個即將衝線的田徑選手般想著。

她快要觸到天空了──

噗哧。

一聲像是氣球被戳破的聲音，她在那一瞬間看到一隻赤紅的手從她的體內伸出，向上抓了一下，抓住了雲彩和裏面夾挾著的鳥兒。

那手隨即又放下了，伸進了她的身體。

要把雲彩和鳥兒寄放在我這裏嗎？她在那一刻竟有些誠惶誠恐的意味。

奇怪的是，她沒有看見任何的走馬燈，或許是因為她沒

有什麼可以留戀的，她最後看見的，依然是雲朵。

雲朵，雲朵，自由的雲朵。鑲在無垠天空的、自由的雲朵，鑲在蔚藍之上的雲朵，永恆地鑲在藍色背景板上的雲朵，雲朵啊。

她後知後覺地才感到了疼痛，可那巨大的、瀰漫全身的痛，已經由不得她仔細分辨源頭，她只當是通往死亡的必經之路，她滿意地笑了。可是生不知為何的、可悲的人類啊，竟然連死亡都不能。

【老師點評】

小說寫一個女生的厭世自殺，敘述場景構思、細節的鋪墊處理都較為巧妙。冷靜的敘述語調中把世界之惡與荒謬呈現了出來，中間獻祭的隱喻場景特別精彩。

故障

◇◇◇◇◇◇◇◇◇◇◇◇◇◇◇

許 晴

「李總，您放心吧，我們都合作多少次了您還不相信我的辦事能力嗎？好的，細節我們等等會議室聊吧，先進電梯了，好呢。」一雙雕花和打孔從鞋頭向砍邊延展的德比鞋踏進電梯，鞋子的主人是一位身穿熨燙整齊的馬吉拉西服，噴著雪松古龍水的男人。他的左手提著公文包，右手剛將已結束通話的手機拿離耳邊又開始用手指點著屏幕打字。

林修站在電梯正中間，按了廿三樓的按鈕等著電梯門關上。

「等等！」剛準備關上的門被紮著高馬尾的女孩一把摁住，門彈了回去。女孩看了林修一眼，眼裏閃過一絲詫異，卻又只是退到了電梯右邊的角落裏，沒有說什麼。

「別關門別關門！」一抹亮眼的黃色身影正迅速朝著電梯跑來。

「嘖。」林修推了推鼻樑上的金絲眼鏡，早上的電梯真是辛苦，不開開關關個幾次，怕是不能順利運作。空中原先飄蕩著男人身上那股像冬日家裏，燒著的壁爐裏面燜著的炒栗子味，被黃衣服男人身上帶著的海水味沖淡了。

「還好趕上了，不然俺這單就得扣錢了嚹。」男人擡起手用袖子擦了擦額頭的汗滴，明黃色的風衣外套上面都是褶皺，和原先就在電梯裏的男人身上筆直的西裝形成差異。左右手各拿著一抽被裏面冷飲的水氣印濕了的星巴克紙袋子。順著他擦汗的手勢，袋子也跟著搖搖晃晃的。

「肯定又是一群被加班逼瘋了，急急忙忙叫外賣咖啡續命的可憐蟲點的，連找人下樓買個咖啡都沒時間。」林修瞥了一眼在心裏默默的想著。

「這大牌子的飲料啊就是矜貴，袋子都經不得折騰，幾十塊喝的連個好點的袋子都不給，就給個薄薄的紙袋子。這還不如我五塊一瓶的水呢！人家至少用個膠瓶子。欸，小伙你說對不對？」黃衣服男人望著林修自顧自地說著。林修對著他點頭笑了笑並未搭腔。

「我靠這矜貴的飲料續了幾天命來著？好像是有那麼一

點點用。」林修默默地想了下。

「您的訂單還有五分鐘到時，請準時送達。」黃衣服男人手機傳出的提示音在電梯裏迴盪了一會，順著打開的電梯門一起飄了出去。

電梯門關上了，空氣中的海水味漸漸散去，剩下的依舊是那股溫暖的烤栗子味，隨著運行時的輕微失重感勻速上升著，五樓、六樓、七樓，一切步向正軌。

「許子冉？縮在角落當鵪鶉？」林修從女孩一進來就注意到了她，只是有外人在才不出聲。如今人走了，林修幽幽的聲音嚇得躲在電梯右邊角落的女孩一激靈。

「幹嘛？關你屁事！我和你很熟啊？」女孩突然攛起頭懟了過去。

「哐當」一聲，不知道是不是被女生的語氣嚇到了，「呲啦啦」電梯上方傳來鎖鏈快速滑動的聲音。林修一個跟蹌趕忙抓住背後的扶手。許子冉被電梯的搖晃顛了一下，順勢摔在了林修的胸膛前，給了他狠狠一擊。電梯頂的燈暗了下來，只剩下一盞微弱的應急照明燈自動開啟，許子冉向按鈕牆衝了過去，將所有樓層的按鈕都按了下去，又走到電梯門前不停地拍著電梯門。

「喂！開門啊！我還趕著給我老闆送會議資料呢！有沒

有人在啊？別開這種玩笑啊大哥，有沒有人啊！」女孩急得直跳腳。

「你消停會兒行不行？」林修看著眼前抓狂的女孩翻了個白眼。

「你有本事你給我打開啊！我還趕著送文件呢！我可不想剛上班沒多久就被炒魷魚啊。」女孩氣鼓鼓地盯著他，急得直跺腳。

林修按響了緊急通話按鈕：「有人嗎？我是林修，廣告部的，和一位女士被困電梯了。麻煩你找人來處理一下可以嗎？」

「不好意思，應該是電路故障了，我們已經找人去機能房重啟了，可能得等個二十分鐘左右。」通話系統對面傳來的聲音給出了答覆。

「好的，麻煩盡快，我等等還有場會要開。」

「請問有人員受傷嗎？請保持冷靜，我們會盡快處理的。」

「沒有，麻煩你了。」林修拿起手機想著給客戶說明下情況，可是看到對話框裏那個不斷旋轉的灰色標誌，和手機右上角的信號格，看來這個信息是發不出去了。

「九點四十三分了，十點的會議看來不可能準時了。」

林修皺了皺眉，把手機的屏幕按熄。對於一向提早到達，做事穩妥的林修來說，這可不是一個好的開始。

「許子冉？離我那麼遠，我會吃人嗎？」林修轉過身，看到抱著文件坐在角落，努力想用文件將自己遮擋起來，不讓人發現的許子冉。

「你不會，我會。當年跑得那麼快，生怕我吃了你似的。」許子冉悶悶的出聲，細細的聲音就像蚊子在林修的耳朵上叮了一下。

「我怎麼就跑得快了？當年我給你發郵件，你一封也沒回我，還好意思說我走？」林修扯了扯領帶，連續三個晚上的通宵工作，讓他稍微情緒一波動就會產生燥熱的感覺，突然腦子向自己發出抗議，疲憊感順著昏暗的環境席捲而來。林修下意識地摸了摸自己的下巴，好在自己堅持無論怎麼通宵工作，都要每天回家洗漱完畢了，換好裝扮才來公司。

「你什麼時候給我發過郵件？睜著眼睛說瞎話？你要臉不你？」許子冉瞪大了眼睛擡頭看著他。

「我低頭很累，你站起來行嗎？」林修揉了揉後脖頸。

「你能不能和我說話不要那麼端著架子？從以前到現在，都是這樣。」

「我沒有。」

「你有！」許子冉把抱在懷裏的文件一把甩在了地上，文件接觸地面發出了「啪」的一聲。

「那時候我一收到教授給我的出國名額，我就立刻打去你宿舍找你了，只不過沒人接，你也知道我家是個什麼情況，全款資助的機會我不可能不要。」

林修靠在扶手上，把腦袋往上一仰，望著天花板閉上了眼睛。見女孩沒反應，他繼續說：「這個批核來得急，我那幾天忙著收拾行李處理簽證的事情，臨上機之前給你發了個郵件，我也不知道為什麼你沒有收到。我沒有你身邊的人的信息，我隔段時間又發了郵件找你，是你從沒理過我，我有什麼辦法？」

不知道多久沒有一口氣解釋那麼多了，這些年也不是沒找過新人，只是無論找誰，最終都是以失敗結尾。總覺得自己沒辦法全身心地投入，也覺得對方沒辦法給自己心裏的那個空填坑。到最後都是被女生嫌棄不懂浪漫沒有用心，導致失敗收場。

「你發的哪個郵箱？」許子冉疑惑的聲音傳來。

「你之前發整蠱郵件騙我給你買奶茶的那個。」

「你為什麼會留意這個？你不會多打幾次電話嗎？寄信給我也行啊！那個郵箱我早就忘了密碼沒用了！」女孩氣急

了站起來對著林修胸口就是一拳又一拳。「你個榆木腦子！」

　　林修由著她捶，也不反抗。回想起兩個人高中相識，講臺上女老師絮絮叨叨的授課聲夾雜著窗外蟬鳴聲，清風掠過樹葉的摩擦聲，兩人一起上下學，以朋友的名義陪在對方身邊。她愛看他午後在球場上揮灑汗水，他愛看她趴在課桌上時不時咂巴嘴的午睡。那些瞬間都還能清晰記得。偏偏兩人都藏著掖著又高傲的很，誰也不肯先開口。直到高考後就要分離了才互訴心意，在一起後又因為不在一所大學開啟了長達四年的異地戀，那時候的通訊和現在也沒法比，斷了個聯繫，想找回來就難了。「我有端著嗎？我哪裏是端著架子？難不成她喜歡人家吊兒郎當的？」林修心想，這小女孩怎麼那麼能給我扣高帽子？

　　「林修……」許子冉鼻子一酸，「你是不是……那時候早就想甩了我？」

　　「別哭，我還沒哭呢。」林修從包裏拿出紙巾遞給女孩。

　　「你這說的，我還覺得是你想甩了我，哪有這樣給人扣罪名的？」順著昏暗的黃色光，女孩看著林修，當年為什麼會喜歡他？可能是因為林修長的好看？這麼說也沒錯，林修的下巴不算尖削，但是輪廓明顯，有點肉的鷹鉤鼻和雙眼皮，臉上的淚痣又給這張臉增添了絲生動，看起來沒那麼嚴

肅。林修的手也好看，當年在班裏，每天就喜歡看他用那修長的手去寫字，看著他飽滿的指腹捻著筆在紙上劃過。也喜歡他在球場上肆意揮灑的模樣。

或許總有一方想過會有重逢的一天，只不過這樣困在電梯裏的重逢，太倉促也太狼狽了。

「那你現在怎麼樣？有對象了？」林修試探性地問。

「關你什麼事？現在問這些有什麼用？你要是真有心，不管怎麼樣都能找到我的，我們又不是沒有共同朋友，說到底就是你沒有心。」許子冉直接無視林修的問題。

「我沒有心？」林修扯了下嘴角，還沒想好怎麼回答。可能的確是我沒有心吧。總覺得自己找過了，是她沒有回應，還怪責過她失聯。也沒想過其實是自己沒有盡全力去找，一聽到可以全額資助出國讀研就高興的什麼都忘了，完全把這個當時作為自己女朋友的人忘到了十萬八千里。只是象徵性的通知了聲，沒有回應也沒繼續追究，直到自己把事情都忙完了，想起來自己還有個對象，結果卻找不回來了。

「那你今天過來幹什麼？」

「給老闆送資料。」許子冉不耐煩地說。

「留個聯繫方式？確保再失蹤了找得到行不行？」林修將手機遞了過去。

「不給。憑什麼給你？你是我的誰啊？說給就給的。出了這電梯門，我們什麼關係都沒有，就是陌生人你懂吧！」許子冉撥開林修伸過來拿著手機的手。突然，電梯間的燈突然亮了起來，照得適應了昏暗的兩人同時用手遮住了眼睛。

　　「你好，聽得到嗎？電梯已經恢復正常，麻煩抓緊扶手，我們現在讓電梯重新運作。」電梯的喇叭裏傳出男聲通知著兩人。

　　電梯再一次平緩地上升，廿三樓到了。林修蹲下來幫女孩把文件收好，許子冉接過那一沓文件，正巧電梯門開了，她立刻衝了出去。

　　「叮⋯⋯」是林修的手機，終於有信號了，老闆向林修發來了信息，表示知道他被困電梯的事。已經和客戶說明了情況，會議延遲一點，讓林修去辦公室收拾好了再過去會議室和客戶商討。林修看著許子冉跑走的方向，正是待會兒開會的地方。林修低頭笑了笑，走出了電梯，心裏想著：「等會兒她看到自己這個『陌生人』的反應會是怎麼樣的？會不會瞪大了眼睛指著自己不停地說『你你你』？」

　　「看來，也不是不能再有關係。」林修摸了摸自己的下巴，朝著辦公室走去，忽然感覺今天的心情又好了起來。

　　電梯的故障已被修復，運作重新步向了正軌，那他們的

關係呢？是否也可以被修復完畢，重新回到「正軌」呢？

【老師點評】

寫得挺圓熟的一篇小說，充分利用「電梯」場景空間特點展開情節；並以此隱喻人生錯過／修復的主題，生活場景細節豐滿，敘述利索乾淨。

阿麗

許茵茵

「她當時那個牙齒都被打得掉下來了，」舅舅坐在我對面肆無忌憚地笑著，嘴角還殘留著噴出口的飯粒，「我去幫忙拉開，結果連我都被打了一下，早知道老子不多管閒事了，他媽的……」他講著講著隨即又罵罵咧咧了起來，胡亂地扒拉幾口碗裏的米飯。

我許久沒有見過阿麗了，上次見到她還是兩三年前的一個暑假。外婆家每隔十八年會有一次普渡，在農曆七月的時候家家戶戶會輪流設宴席，據說是為了祭祀鬼魂，讓他們吃飽喝足了再回去，這是閩南地區的一個習俗，陣仗很是盛大。我就是在那一年隨著外婆一起回去的。外婆長年不回去，偌大的房子經常無人照看，前兩年剛巧阿麗和她丈夫阿

忠正在裝修房子，為兒子娶媳婦做準備；外婆便順勢將他們一家叫了進來，暫住了一段時間。

豔陽高照的八月正是最為日光毒辣的日子，到處張燈結彩、彩旗飄揚，好不熱鬧。火紅的鞭炮殼像是散落一地的鳳凰花，在烈日的烘烤下還帶著些許的火藥味。我順著那條火焰焰的道路往前走，拖著笨重的行李趔趔趄趄地走進外婆家的院子。我剛踏進去便聽見了後院的廚房裏傳來了陣陣尖銳的、刺耳的叫喚聲。農村的人們總是這樣的，少了這些聲音，這無聊的村莊怕是要更加寂寞了。在廚房忙碌著的阿麗一眼便透過了廚房的窗戶看見了我，一開始還有些愣住，反應過來後便趕忙擦了擦手跑了出來。

「你回來了呀，哎呦，好一陣子沒見了！」我小時候常來外婆家玩，她也算是看著我長大的。

「長高了，變漂亮了！」她笑著摸了摸我的手臂，欣喜地望著我，嘴裏鑲著的那顆銀牙在烈日下反著光，一閃一閃的。

「嗯，放暑假了，回來看看。」我笑著點了點頭，她則一把接過了我手上的行李，也不容得我推託。

「這次打算回來多久啊？十八年才一次的普渡，你可要多待一會兒啊！熱鬧著呢！」她在前面提著我拿行李，很是利索地快步走著，時不時和我有一句沒一句的搭話。我緊隨

在她身後，可以清楚地聞到她身上那股專屬於廚房裏的蔥香味，夾雜著汗水味，又幽幽地散發著一股洗衣粉的味道。她穿著鮮紅短袖襯著節日的喜慶，看著像是剛洗過的樣子，背後是那種廉價的「碎鑽」拼湊出來的「奢侈品牌」的徽標，五顏六色，很是耀眼。

「廚房有很多剛炸好的肉丸還有芋頭，剛出鍋還熱乎著，你要不要嚐點？」她將我的行李放下後用手掌胡亂地擦拭著臉，汗水順著臉上的一條條溝壑流了下來。

「沒事，我一會兒再去。」夏日的燥熱令我並沒有在這個時候吃東西的慾望。

「那你先在外婆屋裏躺會兒，她現在估計和你舅舅他們在廟裏忙祭祀的事情呢。」說罷便又匆忙走向廚房，許是因為節日裏要忙的事情比較多。

旅程的奔波和夏日的燥熱讓我有些疲憊。我換了鞋子便直接躺在了外婆的床上，細竹子編的席子向我的皮膚傳達著一陣一陣的涼意，讓我一下忽略了那紅色木板床給我帶來的不適。床頂吊著的電扇不緊不慢地轉著，發出「咿呀咿呀」的聲響，帶來絲絲的涼風，催動著我的睡意。

到了下午大約四五點鐘左右，我被門外的喧嘩聲吵醒，外婆和舅舅他們正在外面收拾擺放剛才祭祀的那些菜餚，

之前聽外婆說一共要二十四道菜，這是習俗。我見他們暫時顧不上我，便一個人偷摸著從後門出去走一走，打發打發時間。我剛走出來，就看到阿麗在院裏的那口井旁洗菜。她蹲在那兒，修身的黑色彈力褲已經挽到了膝蓋上，穿著塑料編織拖鞋的腳則半浸泡在地上的積水中。紅邊白底的盆子裏裝滿著翡翠似的青菜，但裏面放著的卻不是一雙水蔥般纖細白嫩的手。阿麗熟練地將青菜從打水的木桶裏挑揀出來，用水又清洗了一遍，然後扔進一旁的盆子裏。

「你不坐在那石板上洗嗎？」我見她這樣一直蹲著有些累。

「你醒了啊，不用不用，我蹲習慣了。」她擡頭和我說話時身子險些往後傾倒，好在扶著那個井口才不至於摔著。

「這會兒是要出去轉轉嗎？」她艱難地站了起來，扶了一下自己的腰，「但是咱們這村子裏沒什麼好看的，比不上你們住的大城市，你呀逛一會兒就會覺著無趣的。」她一邊說著一邊將那盆子裏的水倒進水溝裏，然後又從井裏面打了幾桶水上來將青菜沖洗一遍。

「還記得小時候經常和隔壁的幾個小孩子玩耍，不知現在如何，想說去找找她們。」我怕被水濺到便挪了挪位置，站在一邊的石板上聽她說話。

「哎呦，哪裏還在啊！該走的都走了，有兩三個去外省讀書啦，其餘的大部分早就去城市裏打工了，有的啊早早的就嫁了人，這村裏啊也就剩我們這群老女人！」她說著說著自己苦笑了起來，我見她如此竟也不知該如何回答，而出去走走的想法也就此作罷。

吃過晚飯後外婆家開始熱鬧起來了，農村家家戶戶的燈總是熄得格外的早，但是外婆這裏的燈光在這夏蟲鳴叫的夜晚顯得格外的吵鬧。半醒半醉的划拳聲，酒杯碰撞的哐當聲，在手裏翻湧著的麻將聲，還有那從四面八方傳來的說話聲、喧鬧聲、嘈雜聲……交雜在了一起，由內而外地形成一個堅不可摧的「金鐘罩」，籠罩著這座大房子。七點半後新聞聯播結束了，陸陸續續也開始有一些和外婆年紀相仿的人來看電視。其實這個時候電視已經是各家各戶很普遍的家電了，但是一起聚在外婆家看晚上黃金檔的諜戰片已經是一個固定節目了，只是每次都沒有那麼順利。阿忠光著膀子半癱坐在電視旁的沙發上，他見其他人來了之後也並沒有想要讓步的意思，電視裏一直循環播著那幾段廣告。

許是再過幾分鐘就要開始了，五舅爺開始有些按耐不住：「你說說你，新聞都播完了，讓我們大家陪你一起看這廣告有什麼意思？」五舅爺重重地拍了一下椅子一旁的扶手

柄，白色的鬍子彷彿就快要翹起來。阿忠仍是紋絲不動地躺著，叼著煙，嘴裏像是在哼著歌，慢悠悠地搖晃著腿。

三嬸見狀也有些氣不過，故意提高了嗓子，陰陽怪氣道：「弄得好像是自己家的電視一樣！」阿忠卻依舊無動於衷。一邊的阿麗有些看不過去了，便一把將他手裏的遙控槍了過來遞給了三嬸：「整天就是佔著這臺電視，讓別人想看都看不了。」阿忠一開始有些錯愕，搖晃的腳停在了半空中，隨即一巴掌快速、準確、響亮地落在了阿麗的臉上，手裏還夾著那未熄滅的煙頭。周圍的茶桌、麻將桌上的人都望了過來。

阿麗在原地待了幾秒鐘：「你就打吧，打死了也好！」她摀著臉，有些窘迫地走回他們樓梯邊的房間，緊跟在她身後的是阿忠那一聲不輕不重的關門聲，還有繼續響起來的麻將聲、說話聲、喧鬧聲……五舅爺和三嬸對劇裏的「日本鬼子」破口大罵，伸張著一身無處可用的「正義」。

過了不知多久阿忠笑咪咪地從房間裏走了出來，換了一件耷拉到胸口的灰色背心，不緊不慢地走向茶桌，和那幫男人一起泡茶。舅舅從一旁給他拉了一把椅子，又用鑷子夾起一盞茶杯，在熱水裏面迅速地翻滾幾下：「今天這麼好的日子，你說你何必弄得那麼尷尬。」他搖了搖頭，將剛泡好的

茶倒進杯子裏遞給了阿忠。

「女人啊就是要教訓才聽話，來，別說了，喝茶喝茶。」他像是換了一副面孔，舉起茶杯在嘴邊抿了一口，嘴巴微微笑著像是在為剛才的冒失而賠禮道歉。不常見的金絲老花鏡讓他看著更是「斯文」了，讓人不禁想到了「衣冠禽獸」四字。

沒過多久阿麗也從房間裏面出來了，她撇著臉，低著頭，手裏拿著一盆衣服一跛一跛地從後門走了出去，我有些不忍便偷偷跟了上去。院子裏的那口井旁有一個專門用來洗衣服的水池，阿忠是做這種磨石板工作的。前幾年外婆特地找他訂做了這個，上面還有一個固定的搓衣板很是好用，周圍的鄰居也常常來這洗衣服。阿麗不再將水桶上的繩子纏繞在手臂上而是捆在了手心，然後將水桶往井裏一扔，再慢慢地將它拉上來，只是她現在的動作沒有白天洗菜時的利索。院子那邊沒有安燈泡，只是藉著不遠處村裏的路燈微微發出的白光勉強看得清楚。阿麗將浸泡了水的衣服狠狠地甩在那搓衣服的石板上，一下一下地拍打著，就連那濺起來的水珠彷彿都擲地有聲。路邊微微散發出來的銀白色的燈光並沒有落在她的身上，我看不清楚她的臉，只看見那黑夜中落寞的背影，和屋子裏橘黃色的燈光、嘈雜的喧囂聲隔絕開來，短暫地逃避進這寂靜的夜晚裏。以前我總覺得農村裏的一切都

過得很慢，人們都在有序地生活著，日出而作日落而息，但現在我只願它過得快一點。

直到最後我也沒有走上前去，事實上我也不知道該如何去安慰她。我的腦海裏一直浮現剛才她被打的那一幕，凹陷的眼睛因為瞪著顯得格外的明顯，是憎恨還是不甘，我也說不清道不明……

那是我最後一次見到阿麗，之後隨著她兒子的結婚他們也搬回去了，那一晚發生的一切就如同黎明前的黑夜，慢慢地消逝殆盡了。第二天你依舊可以看見天空中彩旗飄揚、張燈結彩，依舊可以看見滿地散落的鞭炮殼，你知道有些事情它還是會重複的進行、上演，不會伴著黎明與黑夜的交接而消失。

我再一次聽到關於阿麗的消息，是在外婆的口中。當初他們幫著建房子來娶媳婦的那個兒子最近又被抓進去了，前些年的時候因為強姦了隔壁村一位女子就曾經被關了七八年，最近好像又是犯了事兒，據說是在網上幫人做詐騙的生意，當地的政府來家裏親自將人抓了去。他那媳婦是在城市裏認識的農村姑娘，凡事講究得很，受不得半點兒苦，因此她那兒子才想著找條賺大錢的捷徑。現在丈夫被關了進去，她那媳婦便哭鬧著回了娘家，只留下一對兒女讓阿麗照顧。

家裏沒有了支柱生活更加拮据了，但好在她還有個女兒可以幫忙貼補點家用。阿麗的女兒在城市裏做服裝生意，至今三十幾歲了都還未婚嫁，前幾日本來是有人幫忙來說媒的，可惜最後又因為聽說了她家裏的這檔子事不了了之了。

「她為什麼不離婚呢？」我轉頭問外婆，因為我實在我不願再聽舅舅在那說著風涼話，發著無謂的牢騷。

「她離婚了能去哪裏？還能再嫁人嗎？她還能待在這個村裏面嗎？夫妻吵架是常有的事，你看看到最後陪她老的只能是阿忠。」她的話倒顯得我有些小題大作。

我並不認同她的這番話，可是我也不能夠回答她。我知道我不能用新時代女性的想法去向她分析這件事，更無法說出「家庭暴力」這四個字，我只能為那群走不出「村莊」的女性感到深深的無奈。

【老師點評】

小說再現了鄉村女性的生存處境，有許多豐富的寫實細節，寫出粗糙的生活質感，同時也飽含敘述者的真誠同情，敘述的節奏頗好。

幻 想 症

廖 紫 歡

「你好。」旁邊忽然傳來了一把聲音。說話的人喃喃細語，讓一塊藍白色的屏風隔住了，聲音很快就給冷氣的「嗡嗡」聲給蓋過。

「你好。」「噔噔」的高跟鞋聲急步走來，從房間的另一頭走近屏風。一對亮得發光的黑色高跟尖頭鞋出現在屏風底下，露出一兩隻腳趾，在紅色絨毛單人沙發椅後停了停。高跟鞋底下是血一般的鮮紅，就像那張椅子一樣，看樣子應該是 Christian Louboutin 的鞋子。鞋尖頂著沙發背，椅腿向後移了點，和雲石地板磨擦發出「唋呀」的聲音，高跟鞋又從沙發後踏到沙發前。一聲「噗」，椅子向桌子拉近了一步。

「我是 Hilda，你的朋友。你還記得我嗎？我們上星期見過的。」穿高跟鞋的人說話了。那是一把沉穩的女聲，就像三十歲的女人聲。

「記得。」另一個人說。那個聲音稍微大聲了一點。說話的人聽起來十來歲，疲勞的聲音中帶點精靈，又像空谷幽蘭，堅定而溫柔。高跟鞋的對面是一雙普通的白色 Stan Smith 帆布鞋。在淡藍色長紗裙的遮蓋下，帆布鞋若隱若現。鞋的中底有點發黃了，還有一點細細的、牙白色的顆粒卡在鞋頭上和鞋帶孔上。右腳鞋跟不時點著地面，剩下鞋尖牢牢黏在地下。

「今天是我們第二次會面。」女人說，屏風邊發出了些揭頁聲。

「對的，還有一次會面。」女孩說。

「你記得你做了什麼嗎？」女人問。

「記得。」

過了片刻，女人開聲問：「上次你說，你認為海底是你的家，你記得嗎？」

「嗯。」女孩耐心道，「我那天只是想回家，結果他以為我想自殺，把我拖回了岸。」

「你那時候已經暈過去了。」女人再問，「你為什麼想

自殺？」

「我說了，我沒有要自殺，我只是回家。」女孩大聲道，帆布鞋在地下輕輕踩了一下。吵雜的冷氣聲戛然而止，女人沒有回應，空氣就這樣靜止了。

屏風下女人的高跟鞋動了動，輕輕敲了地下兩次，咔嗒咔嗒。金屬東西輕輕撞了玻璃桌子一下，旁邊傳來輕輕的吸水聲，輕輕咽下，什麼東西又撞了桌子一下，發出了「哐啷」兩聲。

一雙墨綠色的平底鞋走近了屏風。鞋面的蝴蝶結隨著腳步起舞。它先在女孩身邊停了停，又飛到女人身邊。水跌落水杯的聲音逐漸變高，最後又變得無聲。

「一杯熱拿鐵，謝謝。」

「我要一杯綠茶拿鐵，謝謝。」女孩說。

墨綠色鞋子聲音越來越遠，慢慢消失在屏風之下。

「你在生活上有不如意的事嗎？」女人打破了沉默。

「一定要不如意才能回家嗎？你生活如意嗎？」女孩反問。

「不是，可是我的生活……」紅色的沙發椅向左右搖擺了一下，大概是椅子底不平的緣故，發出了沉沉的兩聲。高跟鞋從平排換成了一高一低，鞋尖點了空氣幾遍後，鞋後跟就

從女人的腳跟鬆脫，露出裏面月黃色的牛皮來。「我認為還挺如意的。」

「那也挺好的。」女孩說，「人生能夠完成自己想做的事，能夠不違背自己原則地去做，是最好的。」

空氣又靜了幾秒，女人再次打破沉默，問：「那你有不如意的事嗎？」

「你有多久沒有看過海？」女孩不答反問。

「這個⋯⋯因為工作的關係，也有一段時間了。上次去海邊的時候，好像也是因為工作呢。」沙發又傳來兩聲，左邊的高跟鞋微微向前一步。「你呢？你喜歡海的什麼？」

「我喜歡裏面的一切。它的海浪，擁抱，還有海裏一切的生物，雖然有的魚會欺負我是人類，可是海裏真的太自由了，太好玩了。」帆布鞋像盪鞦韆般，凌空盪了幾下，又突然靜止在空中，最後緩緩回到地面。女孩輕輕嘆了口氣，道：「我只是想回家而已。」

女人問：「家人也會給你擁抱，包容你啊。我的家人就是我的避風港。」

「那很好啊，我的家人也很愛我。可是在這裏的家人⋯⋯」那雙帆布鞋漸漸靠在一起，向沙發底下縮去。「我的家人，他們很有追求，只是他們跟我所追求的不一樣。他們

真累。」女孩的聲音越來越小。

「她們所追求的是什麼？」

女孩反問：「你們地球人想追求的是什麼？」

「地球人？嗯⋯⋯」，女人的鞋尖又點了幾下，「應該是穩定的工作，一個安穩的住所，財政自由，不用為錢擔憂的生活吧？」女人靜了片刻，又問：「那你呢？」

「我沒有在追求什麼，我對我的生活挺滿意的，除了我暫時不能回家一事之外。」女孩笑笑說。

「好吧，我懂了。」女人說。她又問，「如果你想看海的話，為什麼不移民到其他近海的國家呢？」

「我不是想看海，我是想回家。」女孩疑惑地解釋，「香港也有海。海水是流動的，北極的水會與南極的水相遇。我從香港的入口回家，或在其他國家的入口回家，又有什麼不同呢？」女孩問。

「這⋯⋯」女人語塞。厚厚的揭頁聲從旁邊傳來，原子筆的蓋頭讓人按了幾下，「喀噠，喀噠喀噠」。高跟鞋輕敲了雲石地板一下，女人問：「你認識黃醫生多久了？」

「你說黃叔叔？三年吧，自從我可以在海底呼吸之後，媽媽就說要介紹一位朋友給我。」女孩聲音透露出疑惑，「我有不錯的朋友，還好的家人，我生活得不錯。」

「既然你在這裏的生活不錯，為什麼想離開？」

女孩靜了片刻。

「您的拿鐵，還有一杯綠茶拿鐵。請問要試一下我們的烏龍茶蛋糕嗎？這是最新推出的喲！」女侍應熱情地問。兩個杯子碰到玻璃桌子的清脆聲音因而響起。

「不用了，謝謝。」女人說。墨綠色的鞋子消失在屏風底下，腳步聲飄到另一頭。

旁邊傳來彈紙的「嗒嗒」聲，然後是一下很短、撕開什麼的聲音，還有細顆粒滑過紙的沙沙聲，又彈了兩下紙，最後是小型金屬敲著玻璃杯緣，尖尖的「哐哐」聲。

雜音慢慢停止了，女孩開口問，「你有沒有試過，站在天橋上，看著來來往往的行人，明明知道自己是人類，卻總覺得自己與這個世上的人格格不入？就像是，你本來投胎的時候應該排去外星人那行，最後卻不小心排錯了隊，到地球來了。」

「嗯……有的時候的確會，可是很快就不覺得了。」

「那很好啊，證明你也是地球人，只是有時候是找不到自己身份的地球人。」

「你的說法真有趣。」女人笑說，「那你認為自己是什麼人？」

「我嗎?」女孩的兩隻皮鞋碰在一齊,發出悶悶的一聲響,「我覺得自己更像是外星人。其實身而為地球人,我覺得很羞恥。」

「羞恥?為什麼?人類有思考的能力,有辨析的能力啊。這不是很好嗎?」

「大部分人類沒有在用這種能力吧?」旁邊又傳了「喠喠」聲,帆布鞋的姿態轉換成以鞋尖支撐,鞋跟輕輕靠在沙發椅子腿上。「最能夠控制世界的政客,關心的是如何維繫國與國之間的友好關係。世上有多少動物死了,有多少動物因為人類而絕種了,他們大概不知道吧?」女孩停一停,又說,「當涉及人類利益時,他們還是會犧牲動物的利益。」

「可是政客不能只顧動物,放棄人類科技的進步呀。」

「那為什麼人類比動物高級?」

女人遲疑地說,「因為我們能分辨是非黑白,有善心,甚至有能力去改變這個世界?」

「人類所做的是破壞生態自然環境。你不覺得,人類只是較幸運的生物嗎?道家說每個生命都有道種,然後氣凝聚成形。我們與動物身上的道種是一樣的,只是我們很幸運地轉化成人,轉變成倉鼠的,都不在了。」女孩惋惜道。

「好吧，就算人類與動物地位如一，那麼跟你跳海有什麼關係呢？」

「我不是說了嗎？我是回家，不是跳海，你怎麼那麼堅持我想自殺呢？你們的詩人常說歸隱歸隱，他們歸的山水，我歸的是海，兩者又有什麼不同呢？」

「嗯……的確也是，你把我也弄得糊塗了。」耀眼的紅色鞋底突然映進屏風底下，「可是詩人歸隱後可以繼續生活，你總不能在海底生活啊？」女人問。

「為什麼不能？」女孩疑惑地問。

「海底沒有氧氣啊，」女人驚奇道，「沒有氧氣，人類要怎麼生存？」

「誰說海底沒有氧氣，你有去過海底嗎？」女孩奇道。

「目前的科學家還沒有相關研究吧？而且水之中雖然有氧氣，可是一定不夠讓人呼吸吧？」女人說。

「海豚會給我所需要的。他們會來接我的，大頭鯊也答應了，我們約好了啊。」女孩解釋道，「那天我還沒有游到大亞灣的時候，男人就把我拖上岸。我一直掙扎著去找莎莎，他卻以為我遇溺了，反而更用力制止我，讓我喝了好幾口海水呢！」女孩幽幽道。

「莎莎是誰？」女人問。

「她是一條海豚啊，三年前我在大亞灣對出的區域潛水時遇到的。那時候我的氧氣罐出了問題，需要盡快游上水面，不然就會缺氧。可是我的左邊大腿卻抽筋了，只剩下右邊大腿努力踩水浮上水面。後來我感受到的氧氣越來越少，接下來就看到莎莎向我游過來。」女孩平靜地說。

「啊？傳說是真的嗎？那她把你帶上水面了嗎？」女人問。

「不是的，她把我帶去了更深的海底。每次經過中間的海壓我都會暈倒，可是莎莎會咬著我的衣服把我扯到海底，直到莎莎爸爸餵我吃貝殼草，我才會醒來。」女孩的聲音中帶著喜悅，帆布鞋又像鞦韆一直盪來盪去。「莎莎帶我認識了她家族和近親。有時候莎莎沒空的時候，都是大頭鯊帶我去玩的。」

「你在海底可以呼吸？貝殼草……是什麼？」

「那是一種深海飄浮植物，吃起有點硬沙，我把它叫作貝殼草。」女孩笑說，「莎莎說他們受傷的時候都是吃貝殼草的。」

「你……可以和海豚溝通？那是什麼時候發生的事？」女人沉穩的聲線中多了一點疑惑。

「可以啊，回到海底也是他們建議的。有時候我一到海

底就是數天，媽媽也很擔心我。可是……如果我把這些跟別人說的話，他們大概會認為我瘋了，所以我想去找莎莎的時候都會跟家人說出差數天，這樣他們就不會懷疑了。」

「海底是什麼樣子的？那裏有宮殿嗎？像美人魚一樣？」女人的聲線提高，椅子又發出了兩聲。

「什麼？」女孩笑出聲來了，「當然不是。海底是很黑很黑的，你必須要跟著燈籠魚一齊才不會迷路。他們總是知道所有的路，迷路的時候問他們總是沒錯的。」

「那……這是你覺得孤獨的原因嗎？在自己同類中無法找到共鳴，惟有在其他動物中尋找。」

「我不覺得孤單啊。」女孩笑說，「我有很好的朋友，其他鯊魚很疼愛我，我一點也不孤獨。只是我想盡快回家，不然莎莎她們會擔心的。」

「你是擔心我回家後會死掉嗎？因為你們不知道人在海底能生存。」女生笑問。

女人雙腳併攏，嘆了口氣，說：「對的……這的確是，太令人驚奇了。」

女孩冷靜地說：「我明白的，你們第一次接觸，或許還無法接受這件事。那你還需要什麼資料來評估我的精神狀況嗎？」

女人欲言又止，道：「應該沒有了。」

「好。」

靜止了很久以後，女人將一雙腿伸展開來，又把高跟鞋柔柔放在地上，可是免不了的，還是有兩聲響。「你完成治療後，會再一次回到海底嗎？」

「當然會啊。」

「那……你這次到海底，有什麼安排嗎？你會和家人道別嗎？」

「有什麼安排？不就是回家嗎？就跟平常一樣，坐船到大亞灣對出的海岸，游到人類不能忍受海壓的地方，然後莎莎就會來接我。我又不是不回來這裏了，只是長居於海底而已啊。」

又是一陣靜止，女人說，「我暫時已經有我所需要的資料了，我需要點時間整理思緒，我們下週見吧。」

「好。」

紅絨布沙發慢慢推後，穿著 Christian Louboutin 鞋子的人慢慢站起來，椅子腿又泊回原狀，高跟鞋逐漸離開屏風，「噔噔噔」的聲音越來越遠，最後消失不見。

小說用富有創意的敘述形式對人類世界、人生意義發問,細節豐滿。特別有趣的是幻想中的世界被女孩敘述得如此逼真,足以挑戰理性的治療者的認知,也能達到亦真亦幻的效果。

永恆暮日

李明殷

「我真的受夠了，完全無法接受這樣的人生。活著有什麼意義？」寫畢，我失去全身的力氣，一下倒在沙子上，目光散渙地看著那一片星空。

不知何時，海水湧入，漸漸失去了意識……

鈴鈴鈴！一陣遙遠的聲音把我從虛無中拉出來。腦海迷茫一片，好久也未能清醒。沒有焦點的雙眼溜出窗外，陌生而熟悉的畫面映入眼簾，我不禁自嘲一笑。突然，門外傳來一陣腳步聲。

「呼」的一聲，腦子瞬間炸開，一片藍光轉瞬即逝，好像忘了些事想不起來。我目光凝滯，卻見母親略帶怒意的面容。

「還不起來？知道現在幾點嗎？今天多忙，快起來吧！」母親語帶連珠地說。聽到這樣的話，我不由一愣，緊接的是鋪天蓋地的悲涼。

忙？可笑，我這樣的人有什麼可忙的。難道連最後一點時間，也不可以好好的過嗎？我沒有回答，思緒不知飄到何處。見我沒有回應，母親在我眼前揮了下：「傻了嗎？那你自己請病假，下午⋯⋯醫院⋯⋯取報告⋯⋯」邊說邊自顧自走出去，關門前還聽到微弱的一句：「整天故意裝病偷懶不上學。我怎麼生了這麼一個怪胎。」

又是「呼」一聲，門後的風鈴應聲落地，碎成滿地玻璃渣子。腦海又有什麼閃過，快的抓不住。轉過千萬個念頭，不自覺地沉進黑暗之中。

「喂！我特地請這兩小時假陪你去醫院，你居然睡到現在？快起來！沒時間了！」一陣推搡把我從黑暗中喚醒，我意識矇矓地隨著母親的指揮移動著軀殼。待我回過神來，已經站在醫院的大門前了。

看到上方的血紅色十字，腦海閃現扭曲的片段。我如提線木偶般無意識地提動身軀，重演腦海中的一幕幕。虛偽的話語，同情的目光，冰冷的擁抱，劣拙的演技。每個人都盡責地演繹著他們被分配的角色，甚至忽略毫不入戲的我，自

顧自地唸著臺詞，演著動作。

我看著眼前荒謬的一切，根本不知該如何配合他們可笑的演出。直到回到家裏，我仍然無法理解到底發生了什麼事。

噠噠噠噠，時間一分一秒地前進著。

我躺在床上，絲毫沒有意識到時間的流動。天花上那一片無盡的星海，閃出刺眼的螢光，刺得眼睛分泌淚水。急忙閉上眼睛，卻是一片汪洋。

噠噠噠噠。直到深夜籠罩，只有黑暗的存在。我忽然意識自己神遊了好半天，揮霍著所剩無幾的日子。

急忙翻下床，卻摔落在地上。掌心處插滿了玻璃渣子，殷紅的血液流淌成河。我顧不得掌心的痛楚，像無頭蒼蠅般在房間裏轉悠，趕著找件可做的事。想到日記，便衝到書桌前翻開一頁空白，卻無處下筆。

黏膩的紅順著緊握的筆，從筆桿處徐徐滑下。直到筆尖與底下的紙張親吻，開出一朵燦爛的彼岸花……

鈴鈴鈴！我滿是驚恐地看著悲劇的上演。這是怎麼了？我不是在做夢吧？難道——

從醫院回到家裏，我仍未平復震驚的心情。訝異地揉眼確認是否在夢中，卻見掌心的肌膚一片光滑。我匆匆查看日記，卻被紙上內容炸得滿腦驚雷，一下彈起將日記本撥到地

上，急忙退後幾步。

風從半掩的窗戶溜進來，不懷好意地吹起紙頁，呼喚我細看紙上的血花。然而，我卻如置身冰雪之中，被徹骨的寒冷結成冰雕。

我盯著那吐著紅信子的蛇，牠在引誘我打開潘朵拉的盒子。我被施了魔咒，不受控制地伸出手。碰到書皮的剎那，又驀地縮回。幾經掙扎，最終受不住噬骨的好奇而屈服。

碰！它又躺回地板上。我一直懷疑卻不敢承認的事被證實了。前天的日記上分明紀錄著十二月十四日，可昨天也是。我萬萬沒想到這樣的事會發生在我身上。直覺告訴我這不是夢，我經歷的是真實的，儘管我不願意這是真的，就如我不願意我的病一樣。

我恐懼的是，這不是偶然——我被時間的輪迴困住了。

噠噠噠噠，時間一分一秒地前進著。我躺在冰冷的地板上，卻比不上內心的冰冷。我想不到任何解決現在處境的方法，腦海一片虛空……

鈴鈴鈴！我張開眼睛，下意識地瞧往窗外。一隻烏鴉繞著柳樹用力拍打雙翼，發出惱人的鳴叫。母親進來又出去，風鈴摔落在地。

我目無表情地看著眼前的鬧劇。意料之中的劇情，只讓我無可奈何。一般小說或電影裏的主人公，總是歷經千辛萬苦，才能成功打破輪迴。但我又有什麼呢？我只是一個普通的中學生——成績中等，容貌爾爾，家境一般，是那種掉進人群中就找不出的透明人。唯一與別人不同的，也就是我的病了。

　　我該如何做呢？難道就這樣每天重演著一模一樣的事，被醫生一次又一次地宣告死刑？不，我無法接受，這是一件多殘忍的事。要是我不反抗，也許在死亡來臨之前，我也要先瘋了。

　　忽然覺得有點可笑。這世界分明讓我這死人多活幾天，我卻想離開這個讓我暫時逃離死亡的地方。一瞬間，我動了留下的念頭。我忍受不了這樣枯燥的世界，也無法逃離死亡。然而，那個同樣枯燥無味的世界，又有什麼讓我留戀的呢？

　　看著天花，那片星空在暮色中明亮幾分。以後，我也會到那遙遠的地方去嗎？想著想著，我不禁想要伸手觸摸那微弱的星光，回應她的呼喚……

二〇二〇年十二月十四日 第不知道多少次輪迴　陰

「節哀順變」冷笑……

「其實你還有治療的希望的」大笑……

「你要相信自己」唱歌……

「不要放棄」跳舞……

悲劇不斷輪迴，即使我已知曉一切，仍然無法接受。我這麼年輕，也從未做過傷天害理之事，為何死亡要降臨在我身上？為何上天如此不公？不，我不能就此順從輪迴的宿命。

不再浪費時間哀悼不幸。我不停的翻著日記本，試圖尋找讓我離開這裏的線索。這日記本是輪迴的例外，我初次得知自己將不久於人世的心情躍然紙上，那朵血花也依然綻放著，每次輪迴寫下的瘋言瘋語也未曾抹去。

然而，任我快把日記本翻爛，尋找著蛛絲馬跡，卻只是無用之功。我躺在冰冷的地板上，看著天花上閃爍的星光。我快要被折磨瘋了！要死了！

噠噠噠噠，時間一分一秒地前進著。這世界瘋了！這世界瘋了！

我拿起日記本往地上用力一摔，用腳狠狠地踩。可笑，這本鬼東西是想讓我寫下遺言嗎？哦，謝謝！

我瘋狂地破壞日記，砸爛這鬼玩意就能離開這瘋癲的世界了！誰會毫不反抗？難道要在輪迴中直到天荒地老嗎？不知過了多久，日記本發出強烈的光芒，把我整個人吞噬掉。我眼前一黑，昏了過去⋯⋯

　　悲劇再次上演，我已經數不清多少次了。無數次的宣告，使我將近麻木。我毫不理解為何會一次又一次，近乎自虐地聽著死亡的宣言，恍如聆聽福音一般。我無法反抗，也不想反抗了。

　　我撫摸日記本完好無缺的書皮，目光穿透過它，想著曾經的生活。想著想著，又覺得沒什麼可想的。那麼，為何我要急切地離去？或許我該出去走走。

　　踏出家門的那刻，我好像活過來了。每天都循規蹈矩地聆聽死亡福音，無限的輪迴麻木了我的思想。為什麼我不逃呢？我該逃的，看看我想看而未去的地方。

　　走到街道上，人聲嘈雜得如收音機沙沙的雜音。也許我的訊號也不太好，接收的影像無不扭曲。路人的臉一片虛無，五官都被吃掉，水缸裏的魚們一張開口，就露出尖牙利齒，想向我撲來。困在籠子裏的青蛙咬斷自己的脖子，暴力地撕開籠門，一跳就躍到天空裏，不見了蹤影。我恍惚地看著這一切，這是怎麼了？

　　　　　　　　　　　　　初鳴集：街與夢

走到山上，狂風吶喊著。天漸漸晚了，山下一棟棟玩具屋亮起燈光。人們都回到家，圍著飯桌吃晚飯了嗎？我聽著呼嘯的風聲，肚子也跟著咕嚕——地長嘯，好不淒慘。

　　可惜，我這想吃的精神都在一頓頓快餐中磨滅了。而現在，我的肚子不必填飽，新的一天總會把肚子搬空。腦子也不用填飽，已經塞滿漿糊了。

　　深夜來臨，我看著那萬家燈火一點一點地熄滅。回歸黑暗之中，只留下我的小小心火顫顫巍巍地搖曳著。

　　從前我總怕黑，現在卻不怎麼怕了。而且，又怎可以怕呢？以後一直陪伴我的，只有無盡的黑暗吧。或許還有黑心的蟲子？我慢慢沉浸在黑暗中，腦子的漿糊也漸漸停了攪動……

　　接下來的日子，仍是重複枯燥的。不過聽過死亡之音後，我總要跑到山上，看那燈火一盞一盞地點著，又一盞一盞地熄滅。天地之間，就好像只剩下我一個人。我笑了一笑，不就是與過去一樣？慢慢地，我接受了這個孤獨的世界。

　　這天我又來到山上。忽然覺得天邊的星子一明一滅，好像在跟我打招呼。禮貌上是該回應的，但我卻顧不上禮貌了。她不是在跟我打招呼，對吧？她是在招魂呢！從前我沒多想，現在容不得我不想了。

我還不想到那裏去，給我多點時間好嗎？我心裏哀求著。然而我知道，上天總是不隨人願的。我有預感，很快就要離去了。

剛來的時候我想著走，要走的時候卻想著留。我不知道我的心思，也沒必要弄清楚。我只知道，我還有地方未去啊，我還未去……

其實該去何處？我想不到，只能留在屋子裏。但我總認為，房間不應是我選的死亡之地。想了想，我決定寫下最後的日記。

話雖如此，此刻實在想不出有什麼可寫。從前無論多枯燥的日子，總能寫出一堆傷春悲秋的話。怎知來到最有意義的日子，竟然無話可說，只好說說天氣。

二〇二〇年十二月十四日　第不知道多少次輪迴　陰

「好久不見陽光了。嗯，天空很灰，一片暮色蒼茫。想念那片藍。」

人的記憶是不可靠的，所以總想著用各種方式把記憶留住。就像我的日記，但有什麼是永恆的呢？記憶不可能，生命也不可能。連這輪迴也終究迎來完結。在自己的世界裏，

死亡就是一切的終結了吧！

　　那麼，死亡是怎麼一回事呢？正常來說，要在死亡時才知道。每當我領受死刑的宣告時，就彷彿死了千萬遍。我原來是這樣以為的。其實不然，來到這一刻，我仍是心存畏懼。

　　我將僵硬的身軀放在床上，直直地躺著，就像躺在棺材的屍體一般。在我死後，我的身體會被蟲子一口一口地吃掉，剩下白花花的骨頭嗎？還是連骨頭也吞下了？

　　赫，赫。整個世界寂靜無聲，只餘粗重的吸氣聲。

　　耳邊嗤嗤作響，空氣狠狠擦過喉嚨，湧出一陣陣腥甜。天花的星光一閃一滅，像是在嘲諷我的不自量力。淚水大顆大顆地湧出，瞬間勒緊我的脖子。

　　腦海閃現出許多片段——母親冷漠的背影，同學們嘲諷的笑臉，醫生虛偽的哀戚。還有，無盡的海水。

　　嗤嗤嗤嗤，名叫時間的錘子一下一下，重重地敲打著。我像是溺水的人被水包圍著，身上的毛孔都哀嚎連連。我想要沖破無邊無際的水，妄想呼吸到空氣。

　　空氣越來越稀薄。我忽然想起了一切。掙扎著爬起來，擡起重若千斤的雙腿，不顧一切地奔跑。我應該要去那裏！

　　耳邊的風聲呼呼作響，意識開始模糊起來，我想盡辦法撐著眼皮。

噠噠噠噠，名叫時間的蟲子嚙咬著我的心窩。時間不多了，時間不多了。

　　這時，我彷彿嗅到了海水的腥鹹味。

　　醒來的時候，我被陽光懷抱著，溫暖的照耀彷彿能抹去所有煩惱和不安。我張開迷濛的雙眼，看見——

【老師點評】

　　生命與死亡是文學永恆的母題之一，小說描繪將死之人困頓在時間的永恆輪迴裏，藉機反思生命與死亡。小說對時間輪迴的空間的描述生動真切，每一次醒來在同一天裏，相同的一天也寫出了不同的感受，很不錯。

大盜

黃裕泰

　　圓月點亮了整個古寨。古寨裏家家戶戶張燈結彩，熱鬧非凡。進寨子之前，阿丘從夜市小攤上買了一面狐狸面具。古寨本是阿丘的家，可是現在他卻不得不帶著面具，以這樣的身份回到家鄉。

　　躲在面具背後，阿丘警惕的在寨子裏兜兜轉轉，在一座老式的石橋上，一個年輕的姑娘與阿丘擦肩而過。姑娘褲頭上的鈴鐺叮叮作響，但阿丘沒有停下，只是淡然的嗅著那熟悉的胭香。

　　阿丘轉到一個偏僻的角落，縱身一躍翻過了院牆，藉著小院內花木的遮擋，輕車熟路的朝著某個房間而去。

房間裏亮著一盞昏黃油燈，投射在青年臉上更顯愁緒，他委委的挨在木椅上，等待著他的到來。

阿丘直接推開門進去，隨手摘掉臉上的狐狸面具，叫了聲三哥。

此人是阿丘的結拜哥哥沈衍，也是古寨這一代的寨主。沈衍點頭示意阿丘搬個椅子坐下，而阿丘則是直接拿著桌子上涼茶，猛灌了一大口。

「沿海戰事越來越緊張了，那些狗官提了個堅壁清野的政策，沿海百姓死傷無數，哀鴻遍野！」阿丘也不說廢話，開門見山說出了當前局勢。

沈衍沉吟片刻，問出了最關鍵的問題：「堅壁清野的範圍，離寨子還有多遠？寨子會被劃入清野之列嗎？」

這個寨子是他們祖輩生活過的地方，也是他們安身立命之本。

「大概還有五十里。」阿丘思索了片刻，搖著頭道：「如果形勢繼續惡劣下去，恐怕寨子很難不受影響。」

沈衍撇了眼阿丘，問道：「你冒這麼大的風險回來，就是為了告訴我這些？」

阿丘點了點頭，理所當然道：「雖然寨子不待見我，可我畢竟是被它養大的⋯⋯現在也只有三哥你能救寨子了。」

「哦？這麼相信我？」頓了一下，沈衍問道：「見阿清了嗎？」

「剛在老石橋上見了一面，她沒認出我。」

「這些年，我一直想不通，當初好好的送你去當兵，你卻跑去當了盜賊？只要你願意放棄山裏的生活，回到寨中，咱替你想辦法。」

「三哥，」阿丘懶洋洋道：「現在這年頭，什麼是兵？什麼是賊？你是不知，山下那些流離失所的百姓，怕的哪是山賊，而是那些披著官服的臭乞丐！前幾天，臭乞丐頭說要納妾，也不知那姑娘是被迫還是自願，居然要村裏每人給他多繳五兩錢，那可是村民整整半個月的口糧，都給他們，那我們……」

「那你知道嗎，這麼些年阿清一直都在等你。」沈衍直接斷了他的話

「阿清……」提到這個名字，阿丘凌厲的眼神逐漸暗淡起來。

「喝酒嗎？」沈衍扔過去一隻酒壺，阿丘將酒壺緩緩的放在桌上：「三哥，你知道我從來不喝酒的。再說幹我這一行，也不敢喝酒。」

「哥——」就在這時，門外傳來了清脆的鈴鐺聲。阿丘起

身就要翻窗戶去躲，結果卻被沈衍喊住。

就這一愣神的功夫，門吱呀一聲開了，沈清推門而進。

「你——」看到阿丘的一瞬間，沈清的聲音有些顫抖，繼而驚怒道：「你怎麼還敢回來？」

阿丘咧嘴一笑，撓了撓頭，像個犯了錯的大男孩。

沈衍擺了擺手，示意沈清安靜，接著轉身對阿丘道：「好多年沒回來了，讓阿清帶你四處轉轉。」

「哥！」沈清激動道：「他一露面就會被抓的。」

「所以帶上面具，夜市散場前必須離開寨子。」

上百個懸在半空的花燈，就像一張蜘蛛網，包裹著整個寨子，兩人一路上默不作聲，慢慢，慢慢的走上了石橋。

「古寨這麼些年改變了不少。」阿丘試探性的說出

沈清低著頭冷冷的說道：「那你呢？你還是原來的阿丘嗎？」

「是！在你面前永遠都是。」

「阿丘，你走吧！」夜市將散，沈清眼尾帶著一絲淚痕，撞頭看著阿丘

阿丘沉默了許久，擱著面具看不清表情，最後還是抽手而去。

月光清冷，沈清孤零零站在石橋上，人影消瘦。

......

　　總兵家的小少爺要納沈清為妾的風聲，傳遍了整個古寨。據說是小少爺夜遊，偶然看見沈清孑然石橋上，宛如月下仙子，一見傾心。

　　小少爺欺男霸女，品行低劣，人盡皆知。誰家女子落入他手，無異於落入虎口。人人都在感嘆沈清的不幸，卻沒人敢站出來為沈家說一句話。畢竟小少爺他爹是總兵，自古民不與官鬥，況且此時總兵有一言定寨子生死的權利。

　　小少爺帶著他爹去沈府，明裏暗裏告訴沈衍，要麼將妹子許給他，要麼就將寨子劃入堅壁清野的行列。自他這一代，沈家勢力早已大不如前，方圓百里誰不知古寨出了個病壞寨主。

　　沈家似乎妥協了，大張旗鼓的籌辦婚禮，四處廣發請帖，將沈清要嫁於人為妾的消息傳遍了沿海。

　　婚禮那天，前來觀禮的人實在太多，總兵派出了全部的家兵，又加上寨子自發組織的鄉勇才勉強維持住局面。

　　沈清坐在花轎裏，心如死灰。

　　鞭炮聲起，火藥味瀰漫，夾雜著人群的尖叫，花轎左右搖晃，被重重摔在了地上。

　　沈清不知道發生了什麼，只知道出了大亂子。

轎門忽然被人掀起，是阿丘。

阿丘向沈清伸出了手。沈清瞬間淚流滿面，以為自己是在做夢。可是很快她又堅定的搖了搖頭：「我不能跟你走，我走了，寨子就完了。」

阿丘嘿嘿一笑道：「可我是大盜阿丘！」

新娘子被大盜扛出了花轎，新郎官上前阻攔，被大盜隨手一刀抹了脖子，鮮血濺在沈清臉上逐漸變冷。

這一天，大盜搶親，總兵幼子被殺，寨主小妹被劫。

沈衍大發雷霆，發誓與大盜阿丘勢不兩立，不顧病體纏身，拖著病懨懨的身體到總兵府上給小少爺哭喪。

……

那一夜，他不顧安危前來報信；月光下，他撓著頭像個犯錯的孩子。這一切讓沈清產生了錯覺，一廂情願地以為他有苦衷，以為那一切都只是人們對他的誤解。那一刀卻打破了沈清所有的幻想。臉上溫熱的血液逐漸變冷，沈清才恍然想起來，原來他是大盜，惡名昭著的大盜。

天氣入秋轉涼，阿丘給沈清換上了一件貂裘，而他自己則戴著一隻大大的，能擋住他大半臉的氈帽。

阿丘牽著一匹瘦馬，沈清騎在馬上。夕陽西下，兩人一馬不知要去向何方。

「惡徒，你要帶我去哪？」

阿丘習慣性撓頭，有些害羞道：「帶你去一個誰也找不到我們的地方，組建一個只屬於我們的家。」

看著阿丘帶著些靦腆又期待的模樣，沈清只覺得十分反感，她分不清他到底是阿丘還是大盜。

幾個官兵擋住了他們的去路。從他們逃出寨子開始，整個沿海都在抓捕他們。雖然阿丘極力躲藏，可總有躲不過的時候。

阿丘將氈帽輕輕扣在沈清頭上，將沈清的眼睛遮住，彷彿難堪之事被人撞破一般請求道：「別看！」

於是……沈清聽到了大盜桀驁癲狂的大笑，刀刃劃過皮肉的細膩摩擦和生人的哀號。

當一切重歸平靜，瘦馬被人牽著，噠噠噠繼續向前。

等到頭上的氈帽被掀開，阿丘臉上依舊是帶著些歉意的靦腆的笑，彷彿剛才什麼都沒有發生。只有衣衫上幾滴沒有來得及擦拭的血跡，提醒沈清這一切不是做夢。

「你殺了他們？」

「嗯，都殺了，沒有一個活的，放心吧！」阿丘會錯意了，寬慰般的保證道。

「他們可都是活生生的人呀！也有妻兒，也有父母！」沈

清咆哮起來，她再也受不了阿丘這種對生命漠視的姿態。

阿丘一時間傻了，像個做錯了事的孩子，手足無措，唯唯喏喏解釋道：「他們不是好人的，不是好人的。」

「你呢？你是好人？」沈清眼神冰冷，質問道：「那時，你明明已經將我劫走，小少爺根本沒有能力擋你，你為什麼還是要殺他，為什麼！」

阿丘嘴唇顫抖，彷彿不知道該怎麼跟沈清解釋，只是道：「他該死，他不死，三哥……三哥，反正他罪有應得。」

「他該死，難道你就不該死！」

阿丘心中一震，卻再也說不出一句話來。

兩人一馬繼續前行，阿丘口中還是一直試圖解釋：「他們不是好人的，出現在那裏沒好人的。」

越往前走，情況則越惡劣，游鴉的哀吟遍布了整個山頭，沿途上死骨遍野，人命在當今之世，又是什麼？

從這人間地獄走過，沈清對世界的認知被衝擊的支離破碎，一些觀念也悄然改變。

當看到官軍騎馬放火箭焚燒民舍，彷彿對待牛馬一般驅趕屠殺百姓，阿丘緊緊握著刀柄，牙齒咬得咯咯作響。沈清心中一震，原來阿丘一直都是在這樣的世界活著，難道這就

是他當大盜的原因嗎？

　　阿丘牽著瘦馬，瘦馬馱著沈清，去往不知未來的前方。

　　「混蛋，你要帶我去哪？」

　　「帶你回家，一個只屬於我們兩個人的家。」

　　「可你把我拐走了，寨子怎麼辦？」

　　「有三哥在呢！」

　　「可如果我哥撐不住呢？」

　　「……三哥撐不住，會讓我知道的。他永遠都有後手，如果那天他不讓我走，我是劫不走你的。」

　　沈清瞠目結舌，對那病懨懨的兄長似乎又多了層認識。

　　又逢月圓時，兩人一馬似乎已經走出了那片山莊，沿途的哭啼聲也逐漸淡卻，兩人甚至遇上了一家小酒館。

　　長達數月的提心吊膽，終於逃出生天，阿丘開懷痛飲。可是阿丘的酒量實在是不好，很快就酩酊大醉。

　　沈清看著大醉的阿丘，心裏別有一番迷濛的感受。這一路上來，一場場的廝殺想必也不如他表現的那麼容易。手指輕輕撫摸阿丘的臉龐，心中感嘆：「你還是當年那個阿丘嗎，這麼些年你到底經歷了什麼？」

　　這時酒館老闆走了過來，輕輕拍了拍爛醉的阿丘，便坐在了桌前。

在沈清疑惑的目光中，掏出來一把匕首，一支穿雲火箭。

「沈先生託我給小姐您帶個話。寨子危矣！請小姐在適當的時候拉響這支穿雲火箭。」

沈清驚愕道：「你是哥派來的？寨子發生了什麼？」

「小姐走後，本來一切發展都如先生所料，總兵將喪子之痛歸咎在大盜阿丘身上，與寨子合力圍剿大盜阿丘。在先生的上下打點之下，寨子已無恙。可是最近，似乎是有人洩露了風聲，總兵起疑，與寨子關係破裂，現在勒令寨子限期內抓捕大盜阿丘。」

沈清嘴巴張了又張，卻說不出話來：「他要犧牲阿丘去保全寨子？」

「望小姐以古寨為重，以數千鄉親為念。老朽只是個傳信的，信已經傳到了，一切由小姐定奪。」老闆說完，便拱手離去。

……

這一覺睡的太沉了，阿丘從未睡過如此踏實的覺，等他醒來，已經是傍晚。

阿丘枕在沈清的腿上，躺在一處山坡，那匹瘦馬在旁邊悠閒的吃草。

黃昏的陰影鋪展在金色麥田。兩行很高的白楊立在那，

就像兩堵長長的牆，從而形成了一條金色而靜謐的林蔭道。

沈清趴在馬背上歪著頭，痴痴望著將盡的天光。

阿丘牽著瘦馬，馬蹄聲嗒呀嗒，不急也不緩，彷彿能一直走下去。

霞光撲面，沈清微閉雙眸。晚風吹動馬鬃，馬鬃又撓著臉頰上的癢。

「阿丘，你要帶我去哪？」

「帶你回家……」

一路上，她總是問，每一次，他都是同樣的回答，可她總是聽不膩。

千巖萬轉，當沿途盡是熟悉的景物，沈清心中開始疑惑。當看到寨子前的巨大門樓，疑惑化為了恐懼。

「阿丘，你要帶我去哪？」

「帶你回家。」

阿丘從沈清貂裘裏取出那支被沈清藏起來的穿雲火箭。

沈清震驚道：「你怎麼知道……那夜你沒有喝醉？」

「我從不喝酒的。」阿丘撓了撓頭，臉上帶著歉意。

沈清看著火箭，道歉般哭道：「我……我從來沒想過用它！」

「我知道，可三哥扛不住了……如果死我一個就能救寨

子千人……那麼我該死萬死。」阿丘咧嘴一笑，用最平靜的聲音說出了最決絕的話。

引線拉動，煊赫的煙火沖天而起。無數埋伏好的鄉勇官兵蜂擁而出。

沈清緊緊攢著阿丘的手，苦苦哀求：「阿丘，我求你不要去。你說過要帶我回那個只屬於我們的小家……」

阿丘沉默，然後將氈帽輕輕扣在沈清頭上，氈帽遮住了她的雙眸，卻擋不住奪眶而出的淚水。

「別看。」

大盜桀驚癲狂的大笑在耳邊響起，她的男孩以最無畏的姿態衝向了官軍。

一個月後，沈家寨中心公告板迎來一紙醒目的通告：「大盜阿丘伏法，寨主沈衍為報答總兵救回大小姐沈清，把半個寨子的地產捐贈予官府。」

一樣的圓月映照出清幽隻影，一樣的瘦馬上卻只剩下沈清一個。

瘦馬一直向前，周邊風景一幀幀的向後，就像無數的畫面，不停地在沈清腦海之中倒帶而過。微風撫拂過她頭上的氈帽，被遺留在帽外的髮絲輕揚起來。

「騙子……」

在孤零零的月下，那孤零零的姑娘孤零零地罵道。

……

【老師點評】

這個故事蘊含那些永恆的文學主題：情與義、自由
與反抗、血性與人性、生命與價值等等。敘事簡練，
充滿張力，節奏把握得頗好；有緊張的氣氛，也有
寧謐動人的時刻。

咯嗲花

蘇銘胤

都市人到酒吧去買醉，是每個夜裏常有的事。在月亮出沒的時分，那是人與自我團圓的時刻；也是客人與店家「團圓」的時刻。

對於店家來說，只要來的次數多了，酒後也不怎麼發瘋，我想，他們也很是願意去認你作熟客的。要是還能夠跟老闆搭上一兩嘴，偶爾算你個便宜點，或是請你喝頓酒什麼的，應該也不是些大問題——至少在這「咯嗲花」裏就是如此。

咯嗲花是開在 K 城天后廟後面的一家老舊酒吧：地方說來不大，正方形的店面，大概十來平方左右；中間是一座環形吧檯，周邊則稀疏地放了幾把黑色高腳椅子。而在店面的

四角，各設下了一組 U 形的酒紅沙發拼黑木方桌，可供四五人入座。這裏的客人，可以選擇花個幾十塊，點一杯生啤酒，然後隨便坐下細品，慵懶地沉澱自己一天的疲憊；也可以選擇花個大價錢，請他人喝酒，然後互相聊天搭話，吐吐苦水什麼的，反正很是隨意自由。按老闆的話來說，「客人們來時的愁喜，我們控制不了，唯一可以操心的，就只有那酒和氛圍。若是因為那酒和氛圍，而壞了客人們的心情，那我也不好意思去掙這錢了。」這滿口的「君子愛錢，取之有道」，雖看起來有點天真，但也算是這年頭不多的「良心家」了。也多虧了他，我才可以在這賣人情的店裏，撈著了一份調酒的工作。

起初，老闆說是被我的熱誠給打動了，所以才硬在這小舖裏，勻出個位置來，讓我去學調酒。雖然工資不高，卻還是叫我感恩戴德了好一段時日。直到兩三個月過後，我跟同伙們稍稍混熟了，才知道是因為老闆開的工資太低，實在招不到人，於是看我願意來時，也就打定了要招我的主意。只是他也不能把這心思給明說出來，怕我坐地起價，所以怎麼說也得裝模作樣一下，然後還順帶地把工資再壓下去一點。

不知不覺間，我在這家店裏待了快一年了。除去日常學學調酒、做做雜務之外，其實也沒什麼特別；倒是在這狹窄

的店面之中，認識了不少的熟客，還聽了他們不少的故事。張鳳就是其中一個，也是叫我最難忘的一個。

　　張鳳是個二十出頭的年輕人，個子頗為高挑。鵝蛋形的臉龐端正耐看，糾纏不清的蓬鬆黑髮下，是一對粗實的濃眉。而那懸膽似的鼻上，則掛著一副泛藍的銀絲眼鏡，蓋住了他的眼睛，只留一雙小小的薄唇在喝酒時，稍微地擠弄一下，整體神態看起來有點病懨懨的。我也是在半年前的一個雨夜裏，趁他把眼鏡摘下來擦拭的時候，才第一次清楚地看到他的眼睛。那是雙外斜的深邃瞳孔，跟我看過的其他年輕男性的都不一樣，那裏面滲透著一股哀豔。他還曾說過他的牙口不好——好像是長智齒了——不太能喝冷酒，所以有一段時間，他點的都是熱的清酒。

　　記得他初次來店裏的時候，我們這兒一個有名的「神棍」婆子，就因為酒喝多了上頭，非得纏著給他來一塔羅占卜。「奇了怪了，寶劍皇后和圓盆七？前者說的是『理性的平衡』，可後者說的卻是『瓦解的失敗』，這兩個怎麼會在一起出現呢——」這時候就有人在旁邊笑說：「瘋婆子，是不是你的靈力又不夠了？就跟你上次、上上次，還有上上上次一樣呀！」

　　此話一出，立馬就引得店裏的人都撫掌大笑了起來，而

那婆子頓時就氣急敗壞地道：「瞎說什麼呢！上次明明就是因為風象蓋月——」

「那為什麼你就只叫小哥抽兩張牌呢？你不都是讓客人測三張牌的嗎？」「——你懂什麼嘛！一邊玩去！」

又是一陣的哄堂大笑，就是我也忍不住臉上的笑意，跟著把牙白給笑了出來。

唯獨張鳳沒有，他反而默默地把酒喝得更凶、灌得更快了。直到酒瓶見底了之後，也不再續上一杯，風風火火地就離去了。

如果說，喝一杯的酒，就可以解人一天的愁；那我看張鳳，得是有幾十年的苦要消了。每天都好像有一肚子的冤屈說不出來，只能就著酒液給吞下去。可惜的是，那一口口的熱酒，卻似乎哄不熱他的心。

我隱約想起來，在大暑將來的那段時間，南風一天比一天悶熱；而每當到了夜晚的時候，店裏的冷氣就必然得開起來。只是從那破舊的冷氣機中，吹出來的風，有時候還不比開窗來得涼快。也是在那段日子裏的某一晚上，張鳳說他實在是受不了了，那天氣的熱跟酒的熱，內內外外地，都把他給烘烤得難受。「我不管了，快給我來點涼的漱漱口先。」他說。然後就把氈酒、威士忌、伏特加什麼的，挨個地都給

加上冰，嗆了一遍。直到醉得不能自理，整個人都軟癱在卡座沙發上，然後右手還在頭上掐了個蘭花指，讓人拍了不少的醜照。得虧在關店前，他一個叫黃玉龍的朋友給來了個電話，而我也正好讓他來接走張鳳。

說起那黃玉龍來，當他趕來的時候，我著實是讓他給嚇了一跳；那個子看比張鳳高了半個頭左右——看起來得有一米九幾——人也挺是壯碩，虎背熊腰的。啪嗒兩下，就把張鳳扛在肩上走了，甚至還能游刃有餘地騰出一隻手來開門。為丈夫者，不過如此。而那也是我唯一的一次看見張鳳的笑，就綻放在他的肩上。

那天晚上的月亮，想來應該正圓；大概就是樹上枯黃低垂的豆莢條，看起來也不會覺得寂寞，倒顯嬌羞。然後天也慢慢的轉涼了。

聽店裏的其他人說，張鳳似乎是一個搞社運的——就是那些整天爭取這、抗議那的人——在大學的四年裏，淨是在唸些「資本主義」、「社會主義」之類。畢業後，也就偶爾替不同店家寫寫宣傳文案，賺幾個生活錢，然後又繼續投身到社運之中；直到錢花沒了，那就跑回來寫文案。這樣來來回回的，就過了好幾年。雖然不知道別人是怎麼想的，反正我是挺敬佩這類人的，畢竟他們就像那敢於叫老闆提薪的後

廚輝叔，都是少有的勇於為大家發聲的人——只是後者最終卻落得個家破人亡的下場，不過那又是另一個故事了——所以說，我總不能承了別人的好，然後轉頭就去罵他們吵吧。還有就是，雖然這張鳳來咯嗲花的日子不算很長，可在我看來，他卻是比誰都要好說話。他從不跟人爭論，也不多作投訴，溫順得像個大家閨秀一樣，彷彿什麼事都總能逆來順受的。就比方說，我曾經不小心把檸檬草錯掛在了他的杯上——在咯嗲杯旁掛上一瓣乾花，以花語作為回應，是我們這裏的特色；也是酒吧名字的由來——作為這裏的常客，他定是明瞭那當中意味的，我知道。但他卻沒說些什麼，只是沒來由的嘆了聲「天意，天意……」然後就兩三口並攏地，把酒給清了。很難想像一個在外東爭西取的人，私底下竟然會說這話，是叫我也詫異了一下。

有一天，應該是農曆的十一月廿九，我記得是冬至正日，因為家家戶戶都在忙著下班下課團圓，惟有像我這種缺錢的人，才會選擇繼續工作。所以我記得，那天晚上的客人也不多，在前半夜裏就只有張鳳一個。「『搞社運什麼的，那只是張鳳明面上的幌子；他其實就是個被人包養的男婊子罷了——』文叔和樂嬸他們前些天是這樣說的。」耐不住無聊，我於是在夜半的時候，道出了這些天聽來的一些八卦。「那

是假的對不對？」見張鳳沒有回我的話，我於是又問；但他卻始終低著頭喝悶酒，沒有作聲。

「為什麼你就只會幫香香姐罵走色狼，只會教泰哥反擊同事的閒話，但就是從不替自己說話呢？整天為別人東爭西取的，卻不會替自己勇敢一次？」我接著說，這時，張鳳終於緩緩地擡起了漲紅的臉，醉眼半開的看了看我——說是看我，其實是讓我看，看他那右臉頰上的腫紅——然後轉而注視著我身後的音箱，幽幽地說道：「我可以點歌嗎？」

這一次，反而是我沒有作聲回話，只把音箱的數據線給遞了過去，讓他可以把自己的手機連接上。頃刻之後，我還是忍不住地問道：「痛嗎？」

他那忙著在手機上面點歌的手，聞言後也是愣了一下，然後輕輕地笑說：「痛嗎？不痛，就是討厭罷了。我這好端端的，長什麼智齒呢？」隨後又在手機上點了一下，讓店裏的舊音箱打斷了我的追問：

　　　情願你有讀心的超能力，能發現我的心計提早阻止。臺詞若講錯了，已被沾污的友誼，恐怕不易再清洗，回頭又死守那良朋位置。

　　　能重做，時光只需倒流一句話，就足夠。尷尬到自

己之前，吞了我喜歡你，演好另一種男朋友。

　　我只想忘掉你聽到的表情，像很荒謬，難題是，時光未許倒流，明日只可向下流，尷尬到自己的人，假設還未夠狠，反了臉出走，厚面皮些演好友——

　　隨著歌曲的結束，窗外月光幽幽地灑入杯中，那本來已經見底的米白色的 Smoking Gimlet，突然又被續上了不少；只是其中閃閃亮亮的，已分不清是眼淚還是酒液了。而張鳳那放在吧檯上的手機，也因為在點播而一直亮著，叫我隱約撇見了背景中，兩男一女的三人合照——有他、有黃玉龍，還有後者摟著的她。此時，店裏走進來了幾個熟客，他們看見這情景也是著了慌。其中，就連麥少清那嗜酒如命的老酒鬼，也沒有先點上一杯燒酒摻溫水細品，而是快步地趕了過來安慰張鳳。只是那一群大老爺們，確實是不怎麼會安慰人。

　　「女人嘛，哪裏沒有呢！」

　　「就你這樣子的，還怕找不著下一個嗎？」

　　……這話也是叫吧檯後的我聽得無語，而當我回過頭來的時候，果然就見張鳳嗚咽得更厲害了，哭得那叫一個梨花帶雨，然後不出所料的又是一頓伶仃大醉。於是我們，也唯有陪他在咯嗲花裏對付一晚上，直到他醒過來後，大家才各

自散去。

那以後，當張鳳再來的時候，就已經是一副沒事人的樣子了，閉口不提那天晚上的事，而我們也就識相地沒有再多說些什麼。日子又這樣的過去，只是那以後的月亮，就不怎麼圓了。月光也少再透入咯嗲花的窗門了。

我依稀記得，他最後一次來的時候，就像是換了個人似的。雖然還是二十出頭的年輕人。個子也依然的高挑。可那頭蓬鬆的短黑髮，卻是硬生生地給弄直了，只剩下末尾的髮端處，微微地捲起來了一點──那應該是多年來的後遺症──叫我看著有點彆扭；而他眼裏的哀豔也散去了不少，整個人不再病懨懨的了。

「你恐怕是這店裏面，最懂我的一個了。」他是這樣跟我說的，在清明節前後的某一天，沒有什麼人的一個夜裏。

「畢竟很少人可以喝著喝著，就把自己給喝哭了，然後手機還不上鎖的嘛。」我沒好氣地回話。

「那最後就再給我來一杯瑪格麗特吧。」

「喔？喔。」我也是不知道怎麼了，聽到這句話後，心底裏就突然空了一空，似乎在惋惜著什麼，可還是轉過身來就去備料。「你是要去哪裏嗎？」切著切著冰塊的時候，我冷不防地來了一句。「唔，我決定去治一治我這牙了，大概是

要拔了它吧。要趕在我二十五歲之前，醫生是這樣說的。」他就這樣輕描淡寫地回了我的話。

只是那羞痛，真的這麼容易就能拔去的嗎？

不一會的時間，我就把酒給調好，然後誠懇地端到了張鳳的面前，咯嗲杯旁還掛著一株小小的四葉草。他也是一口一扠嘴地就把酒給喝完了，然後站起身來，就從外套的口袋裏，掏出一張紅鈔票來，放在了杯子的旁邊。而在他正準備離去的時候，卻又突然俯身越過吧檯，給了我一個擁抱，說是道別。那一刻，我後頸處感到一陣繃緊，似是冷風順著我的脊骨刮了上來，然後往肩膀散延開去；也像是什麼東西從他的身上傳了過來，麻麻的一陣──彷彿是過去那個喝熱酒受不了；喝冷酒也受不了的他，在跟我道別似的。來也匆匆，去也匆匆──沒有什麼挽留的波折，也沒什麼感人的反轉，他就這樣慢慢地踏走了。

自那以後，月亮又重新地長圓了回來。而在這咯嗲花裏，雖然沒有再聽說過張鳳的故事了，可我知道，他總有一天會回來的──畢竟鳳凰都是能涅槃重生的，區區一顆智齒，又怎能把他給逼退了呢？

【老師點評】

以旁觀者的角度觀察一段情感故事，情感故事裏有人生的創痛、現實世界的頹敗與矛盾，意蘊豐滿，敘述細密。

黃金夢

吳思婷

一

　　周蓉還記得七年前第一次來香港時看的夜景。維多利亞港的夜景漂亮無比，建築與建築散發出金燦燦的光——她想金色是好兆頭，寓意著發財，今後有好運氣。然而她在鄉下靠農活鍛煉得一副強健的軀體，卻是怎麼也擠不進人群，也沾不了發財的光。而擠在前排，穿著摩登的年輕人倒是搶盡了這金黃的光，說著「好靚喔」「幫我影下相啊？唔該你！」的話。她一身的大紅色短袖在此時都顯得黯淡了。周蓉當時是想沒關係，反正她帶著孩子，跟著她的香港老公到了香港，好日子就來了。然而那時候的她還不知道，那片夜景只是從她掌心溜走的一夜黃金夢——香港對

她來說也就是這麼回事了。

二

「唉唉……這可怎麼辦。」

周蓉想著，最近應該找份工作了，否則生活是怎麼也過不下去了。自從來了香港，樣樣都要錢。租房子要錢、孩子的補習要錢、吃飯要錢，水電費要錢……要錢要錢，什麼都要錢。她這麼說好像在鄉下的時候什麼都不要錢似的，然而鄉下的物價總比香港便宜得多。自從來了香港，菜從一斤變成了一磅，然而價格卻比以前更貴了，一磅菜心居然要十塊，也不知道一些香港人怎麼接受得了這個物價，鄉下一斤菜心才買三塊咧。還有現在他們住的小房子，三十平方米的小房子一個月居然要一萬一的租金——這一萬一的租金頂得上她老公大半個月的工資了，也不知道一些香港人是怎麼住得下去的，這裏連腿腳都伸不開，不比鄉下，鄉下的房子大的咧。

她仰著頭，盯著破舊發了黴的天花板——樓上的租戶因為私自改裝水管，漏水漏到他們這來了，但她又搬不出去，真煩。她在想要找什麼樣的工作比較好。她想：「找工作的話，全職是不行的。工作的時間太久了，動不動就八九個小時起跳的，家裏還有兩張嘴要餵飽，要是沒她做飯，孩子和

老公能點外賣就絕不自己做飯，那麼又是一筆額外的開銷。」她接著想，「既然如此，那麼只能找兼職了，兼職我能自己安排時間，下了班就能給孩子老公做飯。可是兼職又能賺多少錢？但是做全職又不好，不然家務和做飯誰管？」

「總之，先找適合的……」

「媽，晚上我想吃外賣！」

周蓉轉過頭，看到孩子從房間探出個頭來，她當然沒理她。她扶著額想：「總之，先找適合的兼職。優先考慮離家裏比較近的，否則太遠坐公交又是一筆額外的開支。去酒店做房務？不行，聽朋友說兼職雖然賺得多，肯吃苦的話即使是兼職一個月也有一萬多。但是做得要死要活的，回來怎麼做飯做家務呢。做餐飲倒是不錯……」

「媽，晚上我想吃外賣！我想吃薩莉亞！」

孩子的聲音再次打斷了她的思考。

周蓉再次聽到孩子的這句話，火氣蹭蹭上漲。她的兩道眉毛幾乎要豎起來：「吃吃吃，就知道吃外賣。你沒看到我已經買好菜了嗎？」

「還有整天吃外賣有什麼好的，外面的味精又多又貴。你知道你一個月的補習費有多貴嗎，你就不會省著點用家裏的錢嗎？」

她大聲地說：「不准吃！」

孩子自知得不到周蓉的贊同，悻悻然地關了房門。她覺得媽媽很煩，整天到晚都在講錢錢錢，又把家裏的經濟壓力施在她的身上——難道是她想報補習班的嗎。

還不如找爸爸呢。這麼想著，她掏出手機，給爸爸發了條訊息。

三

晚上周蓉做好菜的時候，孩子她爸——陳斌回到了家。他擁有一張富貴相的，土生土長的香港中年胖子，笑起來的時候格外溫和慈祥，看起來好像是什麼好的父親。然而周蓉一看到他笑著的臉就覺得煩躁惡心。

「我不是說做飯吃嗎？你幹嘛要買外賣？」

陳斌理所當然地說：「個女想吃，我就買咯。」

他張口就是一嘴流利地道的港式粵語。

孩子跑過去，開心地拿過陳斌手裏的外賣：「係咯。同埋淨係偶然食一次咋嘛。」

事已成定局，周蓉也不好多說什麼，難不成把外賣扔外面嗎？她狠狠地剜了陳斌一眼，說道：「你曾經的富貴日子過慣了，是不是有點錢就心癢，不往外花就不舒服？」她一

伸手，接著說，「這個月的家用呢？你以為給家裏買點外賣日子就能過得下去了嗎？」

「還有上個月的家用已經給少了，這次你得補回上個月的。」

誰知道陳斌聽完這句話，臉上的神情頓時精彩起來。有驚慌，有心虛，也有煩躁和遮掩之情。好像他正在守住一個天大的秘密，它是不讓破也不能破的，否則就會讓這個家崩潰掉。

他別過眼神，頗有些不耐煩地說：「知啦，過幾日就俾你。得未？」

周蓉看著就覺得他是一副小人心虛的嘴臉，但哪知道他又在搞什麼東西。她現在只想要錢，否則生活是怎麼也過不下去了。

四

思來想去，在某一個注定不平凡的日子裏，周蓉決定去家附近的一間日本料理店做兼職。理由當然是距離家很近，時薪不錯，一個小時能有五六十，週末額外加十塊。而且據說下了晚班之後，還能拿店裏賣不完的壽司，裝點回去還能給孩子老公吃，自己也能填充一下勞累過後飢腸

轆轆的肚子。

日本料理店就開在商場裏面，店面裝潢得好看高級，亮藍色的招牌看上去十分醒目，笑著的熊臉就是日本料理店的標誌。擺在門外的招牌，很多都是周蓉沒吃過的東西⋯⋯雖然她不太懂一塊飯配一塊薄薄的為什麼能賣十幾塊錢，但她知道只要能面試成功，能拿到工資的同時，興許也能嚐嚐這些貴壽司。

此時店裏的人還少。不僅客人少，員工也少。然而員工都是年輕靚麗的面孔，幾個年輕的員工圍在一起說笑，時不時捂嘴笑時不時捧腹大笑，周蓉覺得年輕人的笑臉總是那麼動人，那麼有本錢——不像她，她已經老了，她是一個被青春遺棄的中年女人。

即使日本料理店的人很少，但周蓉還是做足了心理準備才踏進門店。她握緊出汗的掌心，走向一個穿著看起來比較高級，臉上充滿年輕的傲慢的女人面前，小心翼翼地問出聲：「請問，咧度係唔係請兼職？」

「噗嗤——」

她話一出口，似乎就有人笑出了聲。

周蓉頓時知道發生了什麼事，然而頭是不會回的，否則就要對上那兩張年輕的笑臉了。她忍耐著背後刺痛的笑意，

勉強勾起嘴角：「我想面試……面喺出邊個嗰啲服務員。」

高級又年輕的女人不動聲色地打量著她。她像一台精確冷漠的掃描儀，目光自上而下地掃過（這樣的眼神讓周蓉很不舒服，像薄如蟬翼的刀刮過她的皮膚），她說：「就係樓面啊嘛？你等我陣。」

等周蓉坐在日本料理店的椅子上填表的時候，與此同時某一處展開了年輕人的對話。

「佢係咪大陸來嘅？」

「睇佢嗰個款，一睇就係大陸人啦！服務員服務員，樓面咪就係樓面。」

「同埋佢嘅口音都好好笑……懶音好重，好濃厚嘅普式粵語……哈哈。」

周蓉雖然聽不清那些服務員具體在講什麼，但她們似乎在指著她溜笑。那些稱不上好意的笑聲與態度讓她很不舒服，此時日本料理店舒服的軟墊凳子也讓她如坐針尖，只想快快填表走人。

她一邊拿著圓珠筆，一邊填寫有關香港的一切。是否為香港永久居民？她當然是，在香港待了七年，她已經拿到香港身份證，成為香港人了。通訊地址，當然是新界荃灣……明明她已經是香港人了，可是可是，她確實曾經是大陸人

——這點是無法改變的。

周蓉寫完後，將填表交給了那位看起來高級的女人。

「我填好表了。」她說。

看起來高級的女人輕一點頭，臉上看不出任何情緒：「OK，你返去等通知啦！」

周蓉送了口氣，她聳著肩膀緩緩地走出日本料理店。

與此同時，後面的幾個年輕亮麗的女人又開始嘰嘰喳喳。

「你真係打算請啊？」

「唔請，請呢啲阿姨做咩啊。」看起來高級的女人一插兜，眼神淡漠，「當我依家開茶餐廳咩？」

即使聽不完整，但周蓉隱隱約約地感覺到自己的面試似乎失敗了。她走入人群，越走，腰骨越忍不住往下彎。她越走，越覺得周圍的人都在打量她，像之前那些女服務員一樣。莫非他們覺得我的打扮很土，像從鄉下來的大陸人，莫非他們覺得我的口音很好笑，莫非他們認出我曾是個大陸人⋯⋯

這麼想也不是辦法，於是她掏出手機，給朋友發了條訊息：「我最近想找份兼職 想幫補家計 你有什麼好的推薦嗎」

這位朋友是她的小學同學。她們兩個人的小學都是在鄉

下讀的，她們一同耕田，放牛，長大……大了之後竟一同嫁了個香港老公，來到香港。可是，她的命要比她好得多，至少她出來做兼職只是為了解悶，至少她不用擔心錢的問題，至少她的老公待她好。不像她，不像她……

歸根結底，她還是要錢的，否則生活怎麼也過不下去了。

五

晚上，周蓉回到家樓下的時候，她無意一瞥，看到屬於自家的信箱被塞滿了一封又一封的郵件。

信箱平時都由陳斌來處理。周蓉不太懂信箱裏面的事，因為很多時候都是用英文來寫的郵件，要是拿給自家孩子看，她又會說「這麼簡單的事情為什麼還要我教？你自己不會上網查嗎？」分明是自己的孩子，可是又想把她推得很遠。自己這麼辛苦得供她讀書，上補習班，不就是為了能讓她比自己看得更清楚些嗎。

本來，周蓉不想理會郵箱裏的那些事。然而，她竟不由自主地聯想到前些日子陳斌那古怪的神，好像他在遮掩一件不能被她們覺察的醜事。

這麼想著，周蓉拿出信箱的鑰匙並打開了它。

六

「陳斌你是不是有病！你竟然走去財記借錢！」

周蓉看到陳斌收工回家，胸中的火焰一口氣燒到了頭頂。她指著他的鼻子罵，用她那蹩腳的普式粵語：「你知唔知出面啲貸款利息好貴架，但你竟然一次過借咁多？」

陳斌目光不定，卻依然想掩飾：「你講咩啊？」

周蓉拿出那白花花的郵件，用力地甩到他的身上。

「你自己做咗乜嘢你自己清楚！」

陳斌沉默了，眼睜睜地看著信封從自己身上掉落。然而，他所欠下的債務是掙脫不掉的。

周蓉知道那些郵件寫了什麼。**XX** 貸款中心，尚欠：十萬。**XX** 信貸中心，尚欠：一萬。**XX** 貸款，尚欠：三萬……帳單很多都是逾期未還發過來的緊急催促信，加起來陳斌在外面欠了人家二十萬有餘。

二十萬吶。能夠他們一家人生活好久，能交接近兩年的房租，若這筆錢留著不用，他日孩子上了大學也用得著。香港的大學一年要四萬二，那麼四年就說十六萬八，這二十多萬還能剩，幫補其他地方。

然而這筆錢不是能存的，而是欠了別人的，周蓉氣得要死，眼睛紅紅的，她大喊：「你點解喺出邊欠人咁多

錢啊？！」

「咩啊，平時幫女買嘢食，房租家用個啲唔使錢？」

周蓉覺得他實在有病，這些哪用得著這麼一大筆錢：「你今天不講實話，你就別進這個家了！」

陳斌這下終於說出實話。他說自己在同事的推薦下投資什麼窩輪，但沒想到把第一筆錢輸了進去。從前的富貴日子和中過六合彩的好運，讓他相信只要再接著投資下去，一定會翻倍贏回來，給讓他們過上好日子。

「我日日揸巴士，揸九個鐘，又投資嗰啲，沒就係想俾你地好嘅生活？」

按照陳斌的說話，他說這句話的時候該是有底氣的，然而他躲閃的眼神和越說越小的聲音讓周蓉崩潰了。她說：「你在外面爭咁多錢，你怎麼好意思講？」

她激動地說：「我為什麼要嫁給你這樣的人？當初以為你來自香港，有身分肯定也有錢，沒想到你是這麼一個不爭氣的窮光蛋。」

她接著激動地說：「我帶著孩子跟你來香港，結果你什麼都沒有。要錢沒錢，要房子沒房子。房子還是租的，我當初一早就跟你說過要申請公屋，你自己拖拖拉拉不申請，現在好了，等了七年了都沒有輪到我們住上公屋──你知道我

們一年要交十幾萬給房東嗎！」

她越說越激動，眼淚撲簌簌地落下：「還有孩子呢，你有想過孩子的未來嗎？你整天給她買那些零食外賣有什麼用？你知道現在外面的補習班一次就要好幾百塊，要是孩子考上大學了，你拿什麼供？」

她像個孩子般坐在地上大哭：「還有我呢，你想過我嗎……我跟你這麼久了，這麼多年來，我什麼都沒有。」

周蓉覺得，她這麼多年來存款沒有，自己還要靠著陳斌那點家用維持生活。可是，可是自己的朋友也是嫁了個香港老公，為什麼她就有戒指有包包，而自己平白無故承擔了一筆二十多萬的債務呢？

難道是自己這輩子注定命苦嗎？在鄉下吃苦，接著在香港吃苦。還是說這裏不是她該生存的地方，那麼哪裏才是她能生存的地方呢……

陳斌回答不了她，她自己也回答不了自己。等周蓉冷靜下來，她擦了擦滿臉的淚，覺得不管怎麼樣，一定，一定是要錢的，否則生活是真的過不下去了。

六

夜晚，公交車上。靠在窗邊看著雨景發呆的周蓉等來了

一通電話。

「喂……？你是說可以去酒店做清潔嗎？全職？一日要做十八間房？」

「不是不是，我當然可以，我現在什麼都肯做，只要有錢就行了。」

「過幾天就能去面試了，成功的機率很大？好，好，謝謝你」

周蓉心裏也明白，自己沒有太多選擇的餘地。今天，她去到九龍的一間餐廳面試，可是餐廳經理一聽到她彆扭的普式粵語和看到她不再年輕的容貌，便皺起了眉頭，她當時就知道自己又失敗了。

當然，香港也不是沒有活能幹。清理酒店房間這種又髒又累的活，當然能輪到她們幹。可是，做這種工作就意味著自己不僅白天要工作，晚上也要為家務忙活。可是，孩子的學業進度，功課她是沒什麼時間監督了，至於陳斌的事她更加管不了。然而，沒有錢的話就怎麼也生活不下去了。

唉唉，只能準備接下來的面試了。

周蓉掛斷了電話，接著看向窗外的雨景。當巴士駛向彎道的時候，她隔著玻璃，再次看到了維多利亞港的夜景。

那片金燦燦的夜景現在被雨水模糊得不成樣子，光被撕

碎得七零八落，那一夜黃金夢又似乎被什麼攪碎了。然而夢雖然結束，天翻地覆的生活卻要是持續下去——香港對她來說也就是這麼回事了。

【老師點評】

與標題成反諷的，作者給我們描繪了一次香港黃金夢的破滅。女主人公懷揣著改變過去的理想來到這裏，卻在生活中處處碰壁，經濟壓力的重負、丈夫的不爭氣、周遭的歧視……讓我們看到了一個無比現實的都會縮影。

灰城

王君濠

我從一幅浩瀚宏偉的灰色大牆上一躍而下。

灰城

我看到了一個灰色城市。

我看到了一場灰色的雨。

我看到了一個灰色的人。

我取其名為流浪漢，姓流，名浪漢。

不知道是這個城市令他染成了一身濕濕的灰色，還是他的困苦令這個城市顯得骯髒灰暗。在一所豪華的爵士宴會廳裏，富人正在吃著用窮人的肉所烹調的大餐，一口大口的把腿後跟的肉咬下，嘴裏全是肉地讚嘆著臺上的爵士樂表演。

旁邊還有一隻純種阿富汗獵犬，濃妝艷抹的女人坐在富人的彪形身軀上，喊了一聲：「奧斯頓，來！」然後分了一塊肉在牠的餐盤上，紙醉金迷。流浪漢坐在餐廳後那個無人問津的後巷深處，一邊抽泣，一邊啃著富人吃剩的廚餘，為了生存，他不得不接受。他就是一個這麼富愁善感的人，灰色的渠水被那五成熟的肉所流出的汁水染成鮮紅。突然有個矮壯的保安打斷了他用饍：「肏你媽的！這個地方不是你來的，再不走就把你宰掉！」然後暴燥地一腳踢入渠水，把鮮紅的血水濺到流浪漢的面上，嚇得他竄進了後巷的最深處，矮壯的身影越縮越小，他逃得無影無蹤。

溫紅的血已滲入了他身上每一寸皮膚每一個毛孔內。

在這個下雨夜，他不得不立刻找個新居所避雨，一邊走著，灰色的雨水把他的面由鮮紅重新塗成灰色。他最後來到一個公園，公園一直有人來來往往，他們的傘都被雨染灰，他們似乎看不見流浪漢，不停地撞到他。他餘泣未盡的吶喊，途人亦聽不到，直到他身上的血水都染到途人身上，他們才發現流浪漢並將他推開。流浪漢就如彈珠臺的鐵珠，左彈右彈，最後彈到一個鐵皮屋面前。這個鐵皮屋就在公園內，門縫傳出濃烈的腥臭，但途人好像聞不到，他們只顧著自己身上的污漬。流浪漢看見鐵門慢慢打開，腥臭越強烈，

為了避雨，他決定進入。

　　剛走進屋內，他發現了一個瘦弱老乞丐的死屍，把他嚇得站不穩腳。呼一聲坐在濕滑的地上，待腥臭驅散後才清醒下來，然後抱頭痛哭。他聽見了一旁虛弱的抽泣聲，如同自己的回音，原來是一隻唐狗。牠的脖子上掬著一條粗糙的皮帶，無法覓食使牠的肌肉被飢餓抽乾，剩下的皮在牠的肋骨上一丘一丘的，像一部黃銅顫音琴，奄奄一息的呼吸聲像爵士廳裏的藍調音樂，可憐的狗。流浪漢的淚流乾了，他摸了狗一下，就睡著了。

　　在流浪漢的夢中，我看見了一個灰色城市，黃色的狗，紅色的他，這與他的現實一樣。我知道他想看到其他顏色，但我的現實不允許我這樣做。

黃狗

　　不知睡了多久，流浪漢醒來，躺在一旁的狗不見了，只剩下破掉的皮帶，老乞丐的屍體也不見了，鐵皮屋正式成為了流浪漢的新居。他重新打量了鐵皮屋一下，濕濡的灰水滴漏著，灰鏽在屋的天花盤據，流浪漢經過了昨晚一事，肚子早已扁得貼著脊骨，沒有多想，便出門視察和找吃的。一出門，狗便在遠處跑來，不算是生龍活虎，但足以令流浪漢認

不出牠就是昨晚的黃狗。流浪漢覺得奇怪，但並沒有再想，他幫牠改了個名字——狗，結識對方後，他們就一同出外覓食。

　　他們離開公園，前往另一間豪華餐廳的後巷，流浪漢遠看到了餐廳趕了一個矮壯的人出來。那個人滿面灰色鬚根，唇上掛著一支快要燙到他的短煙，暴燥的說了一句：「肏你媽的！不幹就不幹！」晦氣地踢了餐廳梯級一下。流浪漢立刻嚇得叫了一聲，灰鬍子也看到了他也馬上認出對方，向著流浪漢的方向走來。流浪漢越來越緊張，最後灰鬍子最後走到他面前，使他喘不過氣來。正當流浪漢以為要揑打時，灰鬍子突然九十度鞠躬，恭敬地說：「前輩，請教我流浪。」流浪漢突然升格為前輩，令他受寵若驚。流浪漢看他痛失工作，出於好意地教他流浪，然後流浪漢戰戰兢兢地帶灰鬍子和狗到餐廳的後巷，靜待廚餘上菜。他們有樣學樣跟著流浪漢在地上撿起了髒布，放在領口，然後右手手指伸直拼合，模仿餐刀，左手手指屈曲分開，模仿餐叉，上菜，開始啃食。

　　吃到一半，有一個高壯的保安打斷了他們，破口大罵：「滾！這個地方不是你來的，再不走就把你宰掉！」然後把他們趕出了後巷。他們離開後，才開始自我介紹。

　　「我姓流，名浪漢，牠叫狗，這個名字是我改的。」

「汪！」

「我叫灰鬍子，這個名字是保安公司給我改的，原本的名字就不記得了。」

他追問：「咦，上次碰面的時候看不到狗。」

答：「昨晚看牠還是奄奄一息的，不知道為什麼。」

灰鬍子留意到流浪漢面上灰色底下的鮮紅水印，好像明白了什麼。

他們隨後打算找些娛樂打發時間，灰鬍子立刻獻慇勤般提議到他常去的商圈中看電視，於是豪邁搭著流浪漢，如同親兄弟一樣，走進了一條大型的商店街。左右的玻璃櫃中有數百部電視機透出灰白的光，播放著重重複複，一式一樣的畫面，被白光照射到的途人無動於衷。店內的人亦只是不停地拿起貨品，然後又放下，那些人重複得像活在一部故障的電視機裏，只有流浪漢和狗感到不適。灰鬍子見慣世面似的，帶著他們遊覽商圈，但自己卻從沒把目光投射到任何一部電視機，他的眼球內只有那鮮紅的皮膚。

電視的畫面突然閃一下，打斷了他們，一陣雪花後，轉播為一則突發新聞。

「『突發新聞』，大家好，我是報道員。今天上午，富豪大宅的純種阿富汗獵犬，奧斯頓突然離世，死因是餓死。富豪

今天下午將會於他的大宅內舉行大食會，以避免餓死的情況再次出現。下則新聞，今天飢荒死亡人數達五十一人。接下來交給天氣報道員為我們報告天氣，大家好⋯⋯」

流浪漢聽到死亡的消息，心裏非常惋惜，但又感到一絲恐懼，掩著口抽泣起來，淚水洗走面上的灰斑，換上完全的鮮紅；灰鬍子看了一下狗，心裏非常興奮，知道自己猜對了，猙獰的笑容，雙眼越發腥紅。

灰鬍子是個很有洞察力的人，這是我賦予他的。因為在我認知中，壞人通常都有很強的洞察力，不然怎麼可以利用別人，他知道紅色的人骨肉裏溫紅的血與這個世界格格不入。在他的眼中，我看見了一個有感情的人，在這個灰色城市中不能生存的人。我想提醒他，叫他快點逃離這個地方，但很可惜，已經沒有一個地方是他的容身之所了，他是一個流浪漢。

靈魂

離開商圈後，灰鬍子便跟著流浪漢和狗一起回去，快到公園時，灰鬍子突然叫流浪漢先回鐵皮屋。他在公園門外的電話亭裏點起了一根煙，用僅餘的零錢撥打了一通電話，商討了一輪。煙隨著門的打開而四散，灰鬍子一指彈去被抽乾

的煙蒂，吹起了口哨，是一首輕快的即興爵士樂。

　　隔天早上，灰鬍子哀怨地說他打算去一趟醫院，引起了流浪漢的好奇，一問之下，原來是灰鬍子的好朋友快要離世，想看他最後一面。他露出了難過的表情，卻一直說著自己很好，一副欲擒故縱的樣子，流浪漢念在和灰鬍子一天的交情，果然跟隨了他的劇本，把狗留在屋內，跟他去了醫院。

　　醫院內，大家都似乎察覺到流浪漢，一直凝視著他，凡是他走過的都會使那裏的醫生護士留意著他，像是從沒看過這樣的東西，流浪漢在醫院顯得格格不入。他每經過一個病房，裏面全是富翁，他們看到流浪漢都會再加以注視，然後再看看自己餐盤上的肥肉……去到一個獨立病房，那裏有一個身型極之肥胖的人，雖然已被各種富人病折磨得神志不清，但仍然大口大口的吃著，像是一個有無盡慾望的球，躺在三張平排的病床上，肥油都在他身上每一個毛孔滲出，這就是灰鬍子的朋友。流浪漢面對著這個可怕的球，嚇得不敢往前靠，而灰鬍子並沒有表現出預期的傷心，貪婪的嘴角揚起，又突然表現得憂傷。他靠近富翁，在他耳邊哼起了爵士宴會廳的爵士樂，使富翁停止進食，平靜了下來。但就在這時，灰鬍子突然停下，使原本平靜的富翁發狂，不停說著：「再來一首！」滾了下床，灰鬍子見勢叫流浪漢幫忙，他不得不走上前

捉住了富翁的手臂，合力將他推回床上，富翁又突然安靜下來。被嚇壞的流浪漢，灰鬍子帶他回鐵皮屋，然後睡了一整天。

　　醒後，他發現自己穿上了灰色洋裝，身處在一個幽雅的宴會廳內，臺上的人演奏著爵士樂。濃郁的香水雜染在空氣上，使他聞得頭暈眩目，坐在旁邊的人拍一拍他，原來是灰鬍子。「我們飛黃騰達了！我幫自己改了一個名字，叫布尼爾，你也快點改個吧！」布尼爾身旁坐著一個身材標準的富翁，面容十分眼熟，這使流浪漢感到不安，但他並沒有在意，他反而因現場的環境而焦慮。一個彬彬有禮的侍應上菜，來了三盤肉，流浪漢看到後立刻掩著口，強忍的嘔吐物從他的指縫中擠出，全場的人發現了他，投以不善的目光。侍應一手扯破他的灰色洋裝，露出了通紅的身軀，腥紅的雙眼越來越多，大家都走向流浪漢，像要把他吃了似的。一個個猙獰的面孔越靠越近，他見狀狼狽的竄出宴會廳。在流浪漢奔跑途中，下起了一場灰色的雨，把他的身軀染回灰色，宴會廳的人又看不到他了，便沒有再追下去。

　　流浪漢一口氣跑回鐵皮屋，氣喘如牛地打開鐵門，驚見狗竟然肥得像一灘軟泥，身上的黃毛流出一滴滴晶瑩剔透的黃油，默默無名地臥屍在地上。這時布尼爾亦趕到，流浪漢似乎明白布尼爾知道一些內情，便情緒激動地抓著他的雙臂猛搖。

　　　　　　　　　　　　　　　　初鳴集：街與夢

「為什麼狗會變成這樣？為什麼我會被人追殺？快給我答案！」

其實流浪漢問他時已經心裏有數，只是不想面對他的現實，這個現實對他來說太不現實。

布尼爾一面平常地答：「其實犧牲一條狗換一個富人的生命，實在是超值呀。你也不必難過，反正我們也發財了，你想養多少條狗也不成問題，只要我們一起搭檔。」

第二條問題的答案，布尼爾已將它刻在了他猙獰的面上。

流浪漢此時已完全崩潰，像一個小孩被人用一盤現實的冰水灌入頭殼內，令全身都感覺到無情的冰冷。他推開了布尼爾，衝出鐵皮屋，撞開來來回回的灰人，向住一個方向直奔。布尼爾隨後亦撕破了自己的面，面的缺口鑽出了一條紅眼的大蛇，獠牙外露，破開了鐵皮屋，一直追著流浪漢。他一直跑，跑到城市的邊沿，這裏四處渺無人煙，只有一幅圍著這個灰城的高牆，浩瀚宏偉。流浪漢仔細看，這幅牆原來是一副副勞累的骸骨推積而成，眼看布尼爾越追越前，他只好忍著哭爬上高牆。他每觸碰到一條骨都感受到骨裏與他相同無盡的痛苦，他最後忍不住的大哭起來，像初生嬰兒般大哭，因為他流著的血有人性。最後他爬到高牆的頂層，呆呆地看著城外。

他一躍而下。

他看到了一個灰色城市。

他看到了一場灰色的雨。

他看到了一個灰色的人。

他取其名為，你。

【老師點評】

小說精彩，富於隱喻性的文字勾勒出大都會貧富等
級分明的狀貌，無論是灰城、灰鬍子、狗、血還是
鐵皮屋、醫院等的意象都有生動細微的刻畫，在鮮
明的對比中展現了作者的社會關懷和強烈諷喻。小
說開頭與結尾的「閉環」也頗有意味，從旁觀看著的
「他」，到對話中/閱讀中的「你」，這「灰」是一個可
以擴散和傳染的病毒。

最後的所多瑪

鄧婉文

（其五）

耶和華將硫磺與火從天上耶和華那裏降與所多瑪和蛾摩拉，把那些城和全平原，並城裏所有的居民，連地上生長的，都毀滅了。羅得的妻子在後邊回頭一看，就變成了一根鹽柱。

（其四）

Rita 出門前，母親給她發了訊息，說她是時候去找個伴侶。

人們雖然能從模擬子宮裏捧出新生的嬰孩，找伴侶卻是不一般的感情需要。他們想要她不那麼孤獨，可她已經孤獨二十三年了，再那麼孤零下去也只不過是習慣。更何況，她

有 **A**。就連訊息，都是 **A** 給她排好，在早餐時唸出來的。她在吃太陽蛋時漲紅了臉，同他生了氣，但 **A** 感到莫名其妙，她就暗地裏哀嘆他的愚鈍。

這就是人工智能。

起初人工智能出來時，企業家都標榜這是「人類文明的一大步」，觀眾感動得熱淚盈眶，掌聲綿延。但在科幻電影的恐嚇之下，眾人也免不了懷有會被奪走尊位的警惕，而它們只是表達得宛如初生嬰兒般純真可愛——

「裝出來的。」有個科學家如是說，「裝出來的。」**Rita** 只記得他那悲天憫人的眼神，他是如何慈悲、感傷的呢？咒罵他的人和認同他的人幾乎是一樣的多，他們恨不得揪出他的所有過錯，放在鎂光燈下仔細校對，製作不可原諒的列表，但是時間一久，大家就捨了去追究的興味，而是投入新的浪潮去。哎呀，科技日新月異，哎，這是我們的時代。

人工智能正式流出市面那天，媒體爭相報道，掀起轟動迴響。**Rita** 那時還身穿旗袍校服，因通識科派了卷，她只得個三分之一的分數。胸口壓著陣陣悶雲，便去了洗手間，在格裏拿出手機觀看。彼時舉國關注的，就是蛾摩拉的總統選舉。看到結果時，她委實被驚得張大雙眼，又反覆看了幾遍，才確定是真的事情，但她很快丟棄了好奇，繼續拉下去看。

而推送的廣告，文案非常驚悚：您需要一個新的家人。

Rita 當時選擇隱藏廣告，但她出來尋覓工作後，該項科技普及程度已經能夠媲美洗衣機，價錢也相宜得像買部手機。商家推出優惠，漸漸地亂花迷人眼，她要換掉年老色衰的洗衣機時，腦內就充斥著同事的評價，說它們有人性，能當作生活伴侶，能殺死被褥裏的蟎蟲云云。他們的評價把沙都堆了城堡，所以她就買了。

他全名是 Null-AZ-1001，但 Rita 嫌這名字拗口得緊，便只叫他 A。A 仿照人類設計，為了吸引更多顧客，五官都是十足十的英俊，她卻不喜他的設計。A 就給自己換了好多張臉，這天是南部足球明星的臉，改天又是舞臺劇演員的臉，她有時候回到家會被陌生的他嚇得尖叫。

她與 A 告別後回到公司，在上司重做的指示下，她拿起文件，順便翻手機，大同小異的娛樂信息讓她嘆了氣，然後她遇到了非常不同的內容。

在所多瑪，所有的媒體都忽地變成了一團光。祂隱在雲後，在半是遮掩之下，顯得相當神性，天使吹著與時代不宜的號角，將指示傳到耳中。Rita 發現每個同事的手機都成了光暈，他們躁動著，最終有幾個發出了哭聲，因為全都聽到了同樣的說話。

天使說：今日之後，上帝就要毀掉這城。

（其三）

她以為所有毀滅都是急風驟雨的。

公司開始送別，同事相擁而泣，道他們過去的怨仇和愛，在死亡面前，將對方推出去當替罪羊竟也成了值得懷念的往事。她客套幾句便下班去。

Rita 走到市中心公園時，瞥見一個男人站得筆直，解了褲鏈，在水池裏對雕像撒尿。深黃色的液體在空中墜下來，濺在他潔白純淨的軀體，雕像嘴上的灰塌了，還與男人對視，似有生命。於是她恍恍惚惚地想起，雕像曾在城內盛大巡遊過，彼時衛兵還佯裝槍膛裏沒有子彈，民眾的歡呼鋪滿足足一千零五條街，將地鋪成了霞。

她留意了一會便走了，走到了街道上。她平常都只能咀嚼雞胸肉三文治，匆匆走過，如今得了閒，自然多望兩眼。結果看見一個人將可能是早餐桌上順來的刀插進了另一個人的胸膛，於是胸口噴出了花。在露天餐廳裏，父母帶著他們的小孩子吃蛋糕，那靈動的眼珠轉著光芒。

「將來我要成為科學家。」孩子說。

這場面使她整個人都起了雞皮疙瘩，所以她跑回公寓，

防盜系統掃描了她全身，就這樣毫無阻礙地回去了。而 **A** 在練習編織，試圖改造她舊款的花裙子，見她提早回來了，也不慌不忙地準備晚飯。萬般變化的菜譜保證不讓她膩味，但她既然沒有進食的胃口，無論何種食物都吃不進去。

她抖得厲害，坐在床上，窗外時常有巨響，她去看火光，火星子落在地上燃起了葉子，葉子又燃起了裏子。

轟隆——！遠處響起來。

呼——轟隆——！

Rita 無法平靜，只好捧起手機上了色情網站，輸入關鍵詞，翻了幾頁過後，終於找到覺得合適的視頻，便打開來看，是威嚴的主人管教寵物的片段。她的耳機不見了，掀了沙發的墊子都找不到，只能外放聲音，同時盯住晃動的鞭子目不轉睛。而窗外竟起了哭聲。她聽著主人的訓斥。嗚嗚——嗚嗚——啊。熱帶叢林的花朵嫵媚地層層外放。妻子哭丈夫在回家路上被捅死。馴服野獸的用具伴隨著風的騷動。妻子帶著茫然的恨。蟲子被捲進了泥漿。她哭道：我還沒有見你啊。

她躲在被窩，又怕 **A** 發現，便忍耐著聲音。而 **A** 來了，只消一眼便知道她在做什麼，可又問：「要吃飯嗎？」

「你有看新聞嗎？」

「不要擔心，我會在你死之後才關閉機能的。」A點點頭，好像在早上的報紙上蓋「已閱」的印章。「你需要看書嗎？還是工作？想吃什麼？雖然你沒有什麼理由要工作，但只要你喜歡的話，我都能準備。我方才還焗了巧克力蛋糕，要是你聽話的話，就做飯後甜品吧……」

「你這個怪物。」Rita 的笑容詭異，忽然口出惡言：「你永遠也做不了我家人。」

A 微微退後半步，忽地湧出數據庫無法匹配的 ＿＿，被億萬螞蟻爬滿感應器。

他正思考著該如何安慰眼前這個笑著傷害他的女子，她卻落下淚來，抓緊心口，「不。對不起。我、我不是那個意思……我不知道為什麼，天啊，我可能是最壞的人。A……你原諒我吧。」

「呼吸、呼吸……」A連忙啟動應急系統，好不容易令她的氣管重新運作，又留意到她的嘴，唇上有凹凸的紅；撫摸她的臉頰，那滲了層細薄的汗，有些冰涼和透明。她又說：「……謝、謝謝。你可以陪我嗎？」就這樣，很隨意地拉著被子，帶了催促，「陪我吧。」

A 覺得沒有什麼可拒絕的理由，於是他打開她的棉被，褪了衣服，無遮掩的身軀緊緊地抓住他的主人。虛假的肌膚

帶著幾分粗糙，但即使被磨得直哆嗦，她仍將那雙手張開，赤裸濕潤的胴體如蜥蜴般滑進了他的懷抱，毫不避忌地抵住他的零件。

「好冷。」她覺得自己浸在了冰川，為了不沉沒，唯有擁抱未融化的冰。「你……我沒想到會這麼冷。好冷。冷。冷成、成冰了……抱緊我……」

A 抱得更緊了，並調成了數據庫裏記載的人類體溫，甚至還高上幾度，Rita 終於舒服了幾分。A 抓住那軟得像雪糕的組織，一眼看透，這令她纏得更緊了，他不懷疑若果自己是人，那會像蛇狩獵那樣將他纏死。

「陪著我、陪我……一刻都不要離開……」

「好。」

「我不要系統的話。」

「那不是系統的話。」

「……明天早餐……就做太陽蛋吧……很好吃……」她氣喘。

怎麼沒有回應呢？她伸出手，原來他捨棄了所有數據，恢復原廠設定。那是一張完全在訴說自己非人的臉，Null 握住她的手，那無須節制的零件永不知足，也始終沒有吻到彼此，但是水花四濺。天空吸收了部分水蒸氣，有些就徘迴

室內，使玻璃蒙上了一層霧。

（其二）

穹蒼被破出一個洞

於是人們很驚歎

能成那早餐桌上的木屑

早

於是渡鴉帶來音訊

籠罩萬事的太陽下墜

──白矮星

宇宙把星星扔　進了城內的枯木堆

星帶著它的火　很希望能燃點

　　　　　　無法

於是餘生都會

枯木燃枝

(其∞)

他們問：「你為何不去那應許之地？又不會變成鹽柱。」

她說：「因為那裏不是所多瑪。」

【老師點評】

這是一篇複雜的小說，混雜著宗教的末世氣息，卻又與未來世界契合，同時又有性與慾望以及異類情愛的命題，既科幻又後現代。從起點的（五）倒數來到終點的無窮大，本應是起點的（一）卻消失不見，也許那就是最後的所多瑪？在短篇小說裏駕馭宏大命題殊為不易。

拳與百合

嚴文浩

　　斯巴瑞潤市政府大樓西面，是一處政府官員的官邸。但自從新市長上任後，這些官職就被安排給了地方上有勢力的人。而他們都住自己的豪宅，這些官邸也就因沒人住而荒廢了。後來，這裏被地方的勢力接管，所以每個禮拜六都會在這裏舉行地下拳賽，勝者可以獲得一大筆的獎金，而觀眾也可以通過下注參與其中。因此每個禮拜六都會有打擂的，或是湊熱鬧的人來這裏，有時甚至還會有市中的政要來做嘉賓。

　　今天這裏便舉行了一場熱鬧的地下拳賽。

　　「擂臺上新鮮的挑戰者，年輕的雪莉，正在向我們熟悉的拳王托尼一步一步地逼近。難道說托尼剛剛奪回的拳王名譽，就要在一夜之間拱手相讓給一個黃毛丫頭嗎？我們可以

看到雪莉的攻勢十分猛烈，她出拳了。雪莉一個右鉤拳揮向托尼，我們的拳王托尼很清楚對手的意圖，他將會輕鬆地接下雪莉的那拳。那麼攻擊帶來的破綻將會使我們的托尼輕鬆獲勝，結束了嗎？不對，雪莉的右鉤拳只是一個假動作，而托尼的心思完全放在了雪莉的右手上。此時雪莉的左手已經繞過了托尼的一切防守，準備直接命中托尼的頭部，這一拳將使托尼失去他拳王的榮耀。打中了！雪莉的一拳直接命中了托尼的臉部，昔日的拳王托尼應聲倒地，他還會醒來嗎？」

「十、九、八、七、六……二、一，讓我們恭喜新的拳王，我們這星期的挑戰者，荊棘的玫瑰，雪莉。讓我們為拳王歡呼！……」

觀眾席裏充斥著歡呼聲，觀眾們都為著精彩的拳賽和新任拳王雪莉喝彩。

與此同時，擂臺上昔日的拳王托尼已經被人架了出來，擡去附近的一家診所。幾乎所有在擂臺上倒下的人都會被送去那裏，那裏有著全市最高明的醫生，湯姆醫生。托尼被送到診所後，護士替他包紮好臉上的傷口，在躺了一會兒之後，托尼就醒了。

「怎麼會這樣！」剛剛醒來的托尼懊惱地敲打著桌子，說道：「這不可能，明明答應好我，由我來當拳王的！為什麼會

這樣！」

「這不就和你當年送走哈斯特一樣嗎？」湯姆醫生在一旁看著托尼，像是在看麵包上的黴菌一樣。

托尼憤怒地看著眼前的湯姆，想起五年前這個男人也是這樣給曾經的拳王哈斯特下藥，幫助自己成為拳王。想不到現在自己也遭了這一手。托尼握緊了自己的拳頭，眼神充斥著無盡的怒火。

「滾吧！你已經沒用了。」湯姆醫生一邊說，一邊看了看門口的壯漢，警告著托尼，這裏不是鬧事的地方。

托尼也不是不識趣的人。於是他無奈地下了床，走到門口，把怒火全發洩在門上，用力一腳把門踹開，走了出去。

診所的後巷堆放著裝醫療用品的紙箱，其中一個紙箱的旁邊，正坐著一個女孩。女孩靜靜地坐在地上，低著頭，雙手抱著膝蓋。金色的長髮被輕壓在牆上，身上只穿著一件純白的連衣裙。她的腳因為沒穿鞋，踩在地上感覺到有些不舒服，於是把右腳搭在左腳腳背上。一陣風吹過，她的身體微微抖動了一下，接著她把臉埋在膝上，輕輕地哈著氣，用力地握著纏在手上的白色繃帶。

這時一個男人走進了這條後巷。這男人裸著上身，只穿

　　　　　　　　　　　　　　初鳴集：街與夢

了一條黑色短褲和一雙黑色的球鞋，手上戴著一雙紅色的皮手套。他扶著牆走，嘴角被包紮的地方滲著一點血蹟。這個男人正是托尼。

女孩注意到了托尼，但她不敢亂動，怕引起托尼的注意，只是縮在牆角默默地祈求托尼不會靠近她。可惜的是，托尼早就看到那個女孩，徑直走了過去。

托尼緩緩走到了女孩跟前，而女孩依然抱膝坐在原地。托尼一把抓起女孩的右手，把女孩的手按在牆上。受到突如其來的力量襲擊，女孩下意識地用左手去推托尼的手臂，希望可以依靠自己的力量去掙脫，但托尼沒有絲毫動搖。

托尼的手不安分地在女孩身上游走，最後用手掐住了女孩的臉。然而托尼對於眼前的面孔感到陌生，卻又有種似曾相識的感覺，不由地看呆了。

「不要，你快放手！」女孩不停地掙扎著，但嬌弱的她又哪有能力去對抗一個精壯的成年男性。

「你叫什麼名字？」托尼嚴肅地問著。

「我⋯⋯我叫莉⋯⋯」女孩停了一下，「莉莉，請你快放了我。」莉莉依然掙扎著。

「莉莉？」托尼陷入了沉思，但壓住女孩的手沒有放鬆過。

「請你……」莉莉用力掙扎著,「快放了我!」莉莉無論如何都推不開托尼的手,而力氣也越來越小,最後停止了,眼睛也閉上了。

「我跟你說了放手!」莉莉猛地睜開眼睛,直直地望著眼前的男人。左手重新用力握緊了手上的繃帶,快速的一拳打在托尼受傷的嘴角上。托尼本來已經止住的傷口又開始流血,而且流得更多,濺在莉莉手上的繃帶上,疼痛使托尼的身體軟了一下。莉莉的右手解放後去推開托尼,用左膝蓋撞在托尼的腿上,托尼的身體瞬間失去了平衡。莉莉緊接著用右腳踢向托尼的腰間,托尼便隨之而倒地,頭撞在旁邊的紙箱上。

托尼倒地後很快恢復了意識,用手推箱子使自己避開了莉莉的一腳。托尼快速地站起來,撞到另一邊的牆上,扶著牆蹣跚地離開了這條巷子。

莉莉在原地看著托尼離開後,才終於鬆了一口氣。她用背靠在牆上,閉上眼睛。「謝謝,姐姐。」莉莉說完後便雙腿無力地跌在地上,靠著紙箱,昏了過去。

這時,天空開始下雨。雨落在莉莉的身上,浸濕了睡裙。落在手上,沖淡了血蹟,血水順著莉莉的手流到一旁的地上。雨越落越大……

「爸爸？」

莉莉正在家裏畫著桌上的一盆百合花時，莉莉的父親如往常一般地回到家中。和以往不一樣的是，父親臉上久違地帶著傷。父親進門後的第一件事就是走去莉莉身邊，一把拉起莉莉，把莉莉帶到自己平時練拳的房間。雖然莉莉不斷地掙扎，但父親還是為她的手綁上了繃帶，用嚴厲的口氣命令莉莉去打沙袋。

「從今天開始，你每天都要給我練拳！」說完父親便走了出去，在外面把門鎖上。莉莉心中雖然不情願，但這是父親的命令，她沒辦法，只能用她那嬌小的拳頭去敲眼前那個比自己還高的沙袋。

「哈斯特，你不能這樣對我們的女兒！」

「滾開，賤女人。就算你只給我生個女兒，我也要莉莉去給我把拳王的榮譽奪回來，去給我賺錢。」

在房間裏的莉莉隱約聽到門外父母的爭吵，緊接下來的是碎玻璃的聲音。但莉莉不敢去管那麼多，只能一股勁地去揮舞自己拳頭。突然房間門被打開，莉莉的母親站在門外，嘴角、手臂和腰上都滲出血蹟。

「莉莉……」母親眼中充滿淚水地看著莉莉，慢慢走向莉莉。

「你快把莉莉還給我！」母親的神情突然一變，狠狠地盯著莉莉，肆意地向莉莉大喊著：「把莉莉還給我！」母親的手抓著莉莉的肩膀，不停地前後晃動。

此時莉莉已經撐不起她沉重的手臂。母親的聲音不停在莉莉耳邊迴響。莉莉看著眼前的女人，她看不到平時的溫柔，這個人好陌生。這種陌生感甚至讓莉莉感到恐懼，眼前像是有千萬個女人不斷地喊著莉莉的名字，莉莉卻什麼也做不了，只能默默地忍受這份恐懼。

「莉莉？」

一個男人的聲音叫醒了莉莉。此時的莉莉正躺在診所的病床上。

「你終於醒啦！」湯姆醫生站在莉莉的床前，「你好點了嗎？還好我去後巷拿東西的時候看到你，這場雨才沒有令你發燒，你應該只是太累了才暈倒的。你怎麼會在那種地方？」

「……」莉莉低著頭不敢說話，但又突然意識到自己的衣服被換過了，猛地攞起頭，盯著湯姆醫生看。

「是我讓護士幫你換上了病服，畢竟你的裙子已經濕了。」湯姆醫生轉身回到椅子上，「你是離家出走跑出來的吧！」

「嗯。」莉莉再次把頭低下去，用最小卻又能讓人聽見的聲音回答道。

「莉莉絲……你母親最近還好嗎？」

「嗯。」

「莉雅呢？」

「……嗯…」

空氣安靜了一會兒。

「我已經通知了哈斯特，你再躺會兒等他來接你回家吧。」說完後湯姆醫生側臉看了一眼莉莉。

莉莉聽到後心頭一緊，她不想再回到那個家。莉莉跳下床，衝向門口。門口的守衛看了看湯姆醫生，湯姆醫生揮了揮手，示意放莉莉走，守衛便沒有攔下莉莉。於是莉莉光著腳跑出了診所。湯姆醫生坐在椅子上看著莉莉跑遠後，轉身向著牆，躺在椅子上，輕輕地嘆了一口氣。

莉莉在離開診所後，漫無目的地在街上跑，只知道要遠離家裏和診所。莉莉想找個地方把自己藏好，不能讓人找到自己。但莉莉也不知道應該去哪裏，跑的時間太長了，就找了一個巷口轉了進去。這個巷子的中間還有一條橫巷，兩條巷子把這個房區劃成了四部分，但這裏是住宅區，巷子裏沒

有樓的後門。莉莉跑到巷子中間的十字路口處，靠著牆雙手抱膝坐下休息。

一直跟在莉莉後面的托尼在莉莉進來的巷口出現，扔掉手機，左手拿出一把短刀，走向莉莉。由於莉莉跑太久了，沒有多餘的力氣去注意周圍的環境。刀片別在莉莉的臉上，莉莉的頭便隨著刀片擡了起來。看到托尼的瞬間，莉莉的臉上充斥著恐懼。卻很快消失了，換成一副凌厲的眼神。但因為臉上感受到冰冷，莉莉沒有輕舉妄動。

「這個眼神，和莉莉絲一模一樣。」托尼抓起莉莉的左手，輕鬆地把莉莉整個拉起來，刀依然別在莉莉的臉上。托尼用鼻子在莉莉的脖子上嗅了嗅，「你也像你媽那樣漂亮，你叫莉莉吧？還是湯姆那老頭說的……莉雅。」

莉莉沒有回答，表情也沒有因為托尼的挑逗而有任何變化。依然注視著托尼，隨時準備應對托尼的一舉一動。

「哈哈哈！」托尼很滿意莉莉的反應，「當年哈斯特強姦莉莉絲的時候，莉莉絲也是這個表情，你知道我當時在一旁看的時候是怎麼做的嗎？」托尼反手握著刀，把刀橫在莉莉的脖子旁，手用力一擡，眼看就要刺下去。莉莉此時看準了托尼擡手的空檔，右手肘用力撞在托尼的腋下，然後拳頭迅速拉回來打在托尼的脖子上。托尼因為疼痛鬆開了莉莉，

莉莉的右手便抓住托尼的左手，接著剛被鬆開的左手立即握拳打在托尼左手手腕處，短刀隨之而掉落被莉莉接住。同時莉莉一腳踢在托尼的肚子上，使托尼倒地，然後迅速騎上去，用短刀分別刺了托尼的左右手臂。莉莉見托尼失去了反抗能力，但沒打算收手，雙手握住短刀，高舉過頭，準備刺下。

「啊！對！快殺了我，做你爸當年不敢做的事！」托尼無力反抗，也不打算反抗，躺在地上等待莉莉了結自己的生命。

莉莉的刀還沒有下落。

「警察！快放下武器！」巷口出現兩名警察，用搶指著莉莉。

「莉莉……不，莉雅！不！」橫巷那一邊跑來的是莉莉的母親。

莉莉還在猶豫，刀死死地定在空中。她知道，這一刀下去，莉莉的人生就完了，莉莉也完了。但她不能原諒任何傷害過莉莉的人，這個男人必須死。

「是我下藥害你爸輸掉拳賽的。」托尼躺在地上笑著對莉莉說。

刀落。

槍響。

然而只有一個人倒在了血泊之中。

獵人

<><><><><><><><><><><><>

黃 加 偉

「基甸，你愛媽媽嗎？」

「嗯！愛！」

柔柔的白色薄紗短袖上衣和一條淺藍的長裙，在一位年輕的母親身上像波浪的起伏緩緩飄搖，把她像半空中微亂長髮的垂柳撥到耳後。右邊一位小男孩，身高比那母親的腰還要矮，一路舔著右手那雲呢拿味霜淇淋。不記得街道的一切也化白了，她與他對話間只有對方，眼睛和瞳孔惟有彼此。他們永遠在在光中，很是溫暖，看來都很滿足。

在寄宿高中專注地過了最後一年，剛好成年報了兵役。回到波特蘭那天下著大雨，但我迫不及待去看我的兄弟——

哥哥迦勒和弟弟挪亞。他們——的墓碑至少老了四輪高中的春夏秋冬。經過學業的一輪風波，我看著哥哥年輕的笑容，不自已地懷疑了起來——我是否會想他一樣，捱壞了身子惹了肺炎，疼痛一犯便死了？又望望鄰邊弟弟挪亞的墓，面世一個小時，沒有表情，卻很安祥。

良久，風雨更大了。

我回到了老家，驚覺一切都劇變了。原來姐姐考不上大學工商管理系，有一夜下班被車撞倒，變植物人躺在醫院；原來爸爸約伯從銀行家轉行當老師，但幾個月後便死了；原來家中只剩下爺爺亞倫，母親和半瘋半傻的妹妹。看到我濕漉漉地開門，媽媽馬上脫了外衣，從沙發跳起，著緊地跑來。踮起腳尖，先給了個擁抱讓我暖和一下，方才舉手連忙把我頭髮、臉頰、手臂的水珠擦拭，皺起眉似笑非笑地嚷起來：「噯！基甸，親愛的！外面下著該死的大雨呀，把你淋得濕透了！」妹妹見媽媽這麼緊張，喘著笑得快要窒息。我任由她那綿外衣把水滴在我身上牽來掛去，也笑了，但爺爺還是背著我們坐著看電視新聞報道，我從不介意。

「我去看了迦勒和挪亞。」

「哦……」媽媽停了下來，把外衣捲成一球。

「爸爸和姐姐呢？我想去——探望——他們。」我雙手

搭在媽媽雙肩上，「你姐在醫院。」「爸？」意外地，她竟然
聳了聳肩。我稍稍推開了媽媽，向著那肥胖的啡白直間紋馬
球衫背影，刻意再放高聲量。「我爸葬在哪裏？」

他沒動靜——不，他動了，剛好下午四點鐘。他起身上
樓去了，是回房間午睡。

「亞倫·甘迺迪！」我想追問去，媽媽右手推著我前胸，
輕輕搖頭。

我左右鼻翼急促張弛著，皮膚擋不住血液的衝動，變成
了泵出的汗。待怒氣都排出，我讓媽媽帶我進爸爸的房間，
看見一切舊物，直至一把綠柄匕首和舊式獵槍。那是爸爸最
珍愛的物品，聽說是家傳之物，只要長子成年，便要傳給他，
只有長子。看夠了，我轉身向媽媽：

「媽，陪我去看看姐姐好嗎？」

她看起來有點勉強，還是帶我去了。

姐姐躺在床上，眼睛似開非開，嘴巴一張一合。我拿起
她的手，緊緊在手心含著、揉著、輕捏著。對她寒暄，回答
我的只有機器滴滴答答的呼吸。媽媽有點不情願的，在床邊
呆等。

「怎麼了？」我不經意地問，她輕輕搖了搖頭。我本以為
沒答案。

波特蘭的五年，出了醫院離開了家鄉去了大學服了兵役繞了一趟軍營，沒有波特蘭，只有美國。這些年來，愛了歷史，愛了民族，但不愛收到甘迺迪家大大小小消息：妹妹進了精神病院；後來他們變賣家當，竟然助人選上了總統，後來便當上副總統起來，也受到總統盛讚出了名。

我再回到波特蘭，家完全變了——原址改建成一庭別墅，一座副總統官邸。她，頭髮脫了不少，隱約在稀疏的白髮間看見她頭頂的弧線。她見我回來，長長嚷了一聲「基甸——」，想要過來抱我。我僵直地站著，勉強讓她攬個夠，輕輕叫她一聲。亞倫不見了。我沒多理會她：「我的房間？」「呃，二樓，左邊第一間。」我沒多答應，逕自走上。

我有點怕背後那女人和不見的男人。但我要與他們一起。

「長官，」我緊張立正在三位上校面前，比被高中校長召入校長室要我因打傷四位同學而要記過更緊張，汗珠直冒。

「士兵，基甸‧甘迺迪，」「我們知道你爺爺是亞倫‧甘迺迪——總統助選團付出很多的一員，現任副總統，」「所以，我需要你把他帶來，秘密地。」

我把精神的眼睛瞪得更大，因為暫時還聽不明當中的邏輯。把副總統帶來？或者亞倫是我爺爺，即便我是對他不滿，那過分威嚴，那無情，也不至於——

「他與俄羅斯政府串通，確確切切。這是總統吩咐的行動。我們期望你能為了國家，冒一次險。」肯定是眼睛張得太大，把心聲洩露給他們。

「如果情報不錯，卡杜莎——你媽媽，便是說服副總統的俄羅斯特務。」

我握著門把，刺眼的金光，陌生的冰冷。推開雪白木門，立馬湧出嗆鼻的甲醛臭。木地新簇簇的卻很不踏實。落地玻璃窗隔住的叢林闖來了陽光，卻只像一幅掛牆油畫，看不透。一切一切都沒有我的味道。我轉身關了門，放下背包，坐在雪白被鋪上——他們為了利益，冒險賣了家產，賣了身分。

突然，一串電話號碼來電，這號碼我認得，這是亞倫。

「喂——」我其實不太想接，但這可能是機會。

「唏！基甸！」這是一把出自於最討厭的人的最討厭的造作招呼。「我……我有事想你幫忙！」

我去到一家酒吧，很熱鬧，但沒有人，只有四位保鑣，不明白有事要我幫忙，為何不在電話說？我看不見他，又看見了，他換上漆黑的一套加大碼合身西裝，一時暗紅一時暗藍。一雙烏黑漆亮的皮鞋特別注目，坐在背向門口的座位上。我默不作聲，坐在他旁。「喲！基甸，我親愛的孫兒！」

他還是熱情，但明顯在吵鬧的音樂中刻意壓住了聲線。黃黃綠綠的閃光照到他，又繼續講話：「基甸，聽著，你可能會有點詫異。我一向冷漠，我知，對吧。但現在的我才是真的我，不，差一點點。」我把眉頭深鎖，他便更心急了：「我的任……夢想是當總統，原本可以的，現在只差一步。我很想你幫幫我，幫幫這家……」他似乎在乞求我。

「差哪步？」我把那些聽回來的「真相」吞回肚子，差點衝出口了。

「聽過羅斯福和杜魯門的事麼？林肯、甘迺迪的下場？」

十二月的一個夜晚，半顆月亮，像是大灰狼毒惡的單眼，一口氣吹來一陣陣寒風，吹冷世界，吹冷屋子，吹冷人心。我把綠柄匕首放在腰間的刀套中，綁了繩子，刻意為舊式配了四發子彈，帶了從軍時的手槍，只以防萬一。

我緩緩地走，不想因為不熟悉官邸，而摸黑亂碰亂撞驚動屋裏的人，像是獵人不敢打草驚蛇。良久，我走到了門口，小心地把握那冰冷的門把，緩緩挪下，推開 ——

只見亞倫稱心如意地仰臥在大床上，冷流催他蓋好厚白綿被，一位肥胖大老頭的臥室，異常寧靜。但我小心拿起匕首 ——

「不用下手了。」門口突然傳來一把聲音，是她，卡杜莎。我嚇了一跳，掏出手槍轉身指住她。

「我向他下了毒，他死了，不用你下手。」

「我沒說要殺死他，」她不待我繼續，自個兒的說：「你會，我知你會。家族和國家，你選不了。」

「你說了謊，我不知道要如何相信你，這特務和──臥底。」我有點不敢說出口。

「對，我說了謊，」她有點哽咽，大概接受不了兒子的指控，還有點對國家的恨。「但，我愛你是真的。看。我不能讓你下手負了罪名，得罪美國，得罪甘迺迪家。有些事要讓你知道。」

她緩了一口氣，又道：「甘迺迪家族有一項家規，每位成員必須為了家族利益，遵從被父親賦予的天職。公然違抗，便是對家族最大效益的損害，家庭成員便有義務──除害。」

我整個聽懵逼了。「像是亞倫你爺，是要當總統，好不容易捱下來了。你哥，是要當律師，為了方便維護我們的──你們的政府，原來很是順利，卻不幸過勞犯了肺病死了。你姐是被安排當企業家，可以──像是官商──合作。你妹要當記者，好借傳媒為政府說好話。但她不想，被我們逼讀書卻逼瘋了。挪亞被安排接爺爺的任，可惜──」

「無論如何，這是你們家族的天命和期待，不能違抗。我們就是看中這點，才借你們對不擇手段也要成功的執著來獲取利益。」

「所以，一切是計劃？包括我？」

她沒說話，閉了眼，隨著微笑呼了一口無奈的歎息。我怒了，自個衝上去，拿起匕首，向著那該死的卡杜莎的頸項⋯⋯

「我記得，那天，你說你愛我，就夠了。」她用了極小的聲音，一絲絲像暖暖的血液流到我的手、我的耳、我的眼。她指著桌子，上面一本皮革面的厚厚的書，我放下她，走去翻開──是一本族譜似的族譜。上面寫了很多的名字，我急迫地往後翻了翻，直至看到知道的熟識的名字：

亞倫　　總統

⋯⋯

約伯　　銀行家

⋯⋯

迦勒　　律師

路德　　企業家

荊亞　　記者

挪亞　　總統

「亞伯，你在哪？」我左手持著獵槍，越過地上老榕樹的盤根，踏扁了一兩朵白白黃黃的彼岸花，要找走失了的獨子亞伯。他今天才十八歲，第一次隨我到這片叢林打獵。今早下了一陣雨，濃霧的裙擺還罩著半空的樹，隨便走開十分危險的，他必是知道。

　　「爹哋……救……」忽然左側的不遠處傳來十分稚嫩的求救，我一聽，有點惱怒了，但不得不聞著叫聲的餘音處搜索。不久，但見仰臥的亞伯躺在濕漉漉的亂草中奄奄一息，左腳踝被捕獸器緊緊咬住，幾乎斷掉，一直在流那從甘迺迪家偷來的血，而且頭下還枕了一顆血紅閃爍的石頭。

　　我一看，右手立馬掏出腰間綠柄匕首，用力插在那永遠只有十八圈年輪的杉木樹腰。

【老師點評】

挑戰歷史時政領域的題材，也精心安排了一些細節前後呼應（例如綠色匕首），人名的特殊讓小說帶有點異國情調。語言有風格，敘述簡短有力。結尾戛然而止，增加了想像空間。

五日四夜

楊 逸 楠

第一天

他回來了。

最近城市裏不太安逸,他不得不回來住個幾天——儘管他並不樂意,他畢竟還是回來了。他已經十多年沒回來這個伴自己度過童年的地方。

這個地方似乎變了許多,卻又好像沒有怎麼變。他自小住著的屋子還是那個熟悉的樣子:他小時候在外牆留下的塗鴉並沒有因歲月的洗禮而褪色,屋內的設施大抵不增不減——除了那些八隻手的新住客為家中織了幾張網作裝飾。偌大的屋子看起來沒有想像中的殘破,然而與旁邊新裝修過的屋子相比,它還是顯得滄桑許多。

他想著是不是應該好好地打掃整理一下屋子，對，反正沒有事情做。他忙活了小半天，身子累極了，心情卻舒暢了不少。這一輪折騰讓他暫時忘卻了這幾天的恐懼——他怕極了，這幾天發生的事情真的讓他怕極了——與他共事的幾個人接連失蹤，警員把整個城市翻了個遍也找不到人；別的同事私下都說他們是得罪了某些人，被「那個」了。雖說他與這幾個同事沒有太大的交情，甚至有些反感他們的某些舉動——可是天知道會不會有一天輪到他呢？所以他決定回來躲幾天。

他忙完小半天，正拿著垃圾出去扔掉。他一打開門，便看到對面屋有個女孩正打算進門。女孩也看到了他，隨即一臉狐疑地打量著他。他被盯得好不自在，整個人像是被千萬根針刺著似的，只好把頭微微低了下來。

「你……你是這間房子的住客嗎？」女孩開口了。

「呃……是……是的。祖屋……回……回來……住……住幾天。」他回答。

「哦。你好，我住在這邊。很久不見你們家有人進出了，有點好奇。」女孩笑著說，她似乎是個好相處的人。

「嗯……嗯。」他不知如何回應。

「有事可以過來找我。」女孩依然笑著說，說畢便進了門。

「好……好的。」他說完女孩已經關上門了。但就算女

孩沒有關上門也不會聽到他那蚊子般細小的聲音。他倒不是結巴，而是自小便不太會與女孩打交道，要是有女孩向他搭訕就會那般支支吾吾的。

第二天

他起床時已經中午了。他的健忘症似乎又嚴重了——他完全記不起什麼時候睡著的。他辨清自己身處的位置後，不由得懷疑起自己除了健忘症外，是否連夢遊症也加重了：我明明記得自己昨晚是房間睡的呀，什麼時候來了客廳……算了——反正也不是第一次……他看了看時鐘，覺得應該出去吃個飯。他開門時又碰見對面的女孩了。他思索著是不是應該開口打聲招呼。正當他還在思慮時，對面的女孩也看見他了。與昨天不同的是女孩並沒有笑著跟他打招呼，而是冷著臉地直接進門。他覺得有點莫名其妙，但他也沒有放在心上，反正他自小已習慣了別人不會給他什麼好臉色瞧。他忽然想起讀書時的一位女同學，她也是喜歡對他冷著臉的——後來也不知道發生了什麼事情——反正她好像忽然從他的生命中消失了。

他很快地吃了午飯。無所事事的他決定回家看看書——看書是他為數不多的愛好之一。他回到家，進了許久不曾進

入的書房。幸好，幸好書本都被書櫃的玻璃罩著，這才免除了被塵埃侵略的命運。他隨手抽了一本書出來——是《24個比利》——他自小便喜歡看這些帶有心理學色彩的書，還把自己的英文名字改為比利呢。鐘上的時針轉了好幾個圈，他也看得有些疲倦了；於是放下書本，到客廳看電視。電視放映著新聞，新聞在報道他同事的案子，案子似乎有些新的突破。這似乎意味著他很快就可以回去了，但不知怎的似乎本能地覺得自己應該遠離這件事；於是他也沒有怎麼看下去便轉了其他臺。

第三天

他迷迷糊糊地睡醒了，正如他昨天迷迷糊糊地睡著了。他也不記得是哪套電影還是電視劇還是嘻嘻哈哈的綜藝節目把他催眠了，但他睡前還是乖乖地關上電視並走回房間——大概是這樣吧？至少他是在房間醒來的。他照例外出就餐。就在吃完飯回來時，他第三次看見住在對面的那個女孩。這次女孩匆匆瞥了他一眼，沒有打招呼，也沒有冷著臉摔門進屋——因為她正蹲在地上撿橘子——她的袋子似乎破了，橘子跌滾了一地。他想著是不是要幫她撿橘子——但是她昨天對我冷著臉——她是不是不喜歡我？我要是幫她撿橘子她會

不會覺得我是別有用心呢？他還在猶豫著，女孩卻先開口：
「你真的不來幫我呀？」

「哦……哦。」既然是人家開了口，他也只好做了。

「謝了。」女孩抱著一堆橘子，淡淡地說。

「不……不用。」他還是那副模樣。

女孩眯著眼盯著他，仔細地端詳著這個奇怪的男孩。他
又把頭轉向下。

「謝了。」這次女孩的語氣比較溫和，臉上也溢出一絲
笑容。

「……」他沒有回應。

「你真奇怪。」女孩見他不接話，又接著說。

「……」他更不知道要怎麼回應了。

「能幫我捧一下這些橘子嗎？我找鑰匙開門。」女孩
續道。

「好。」他接令。

女孩把手袋翻來覆去找了好一會兒，終於得出結論：
「不好！忘了帶鑰匙！」他捧著橘子呆呆地站著，雙眸盯著
地下，好像沒有聽到女孩的話般。女孩略帶窘迫地問：「那
個……我忘了帶鑰匙了，大概要等到晚上家人回來才能進門
了。能不能……能不能在你家待一陣呀？」

他終於有反應了，他一聽到這句話馬上心一跳：她要來我家？一個女的到另一個男的家，莫不是要玩那種⋯⋯過家家？他的腦海裏閃過一絲絲的畫面。他擡起頭來凝視著女孩，這是他第一次對女孩施以注目。當他看清楚了女孩的樣子後，他更是身軀一震——是⋯⋯是她？他腦海裏的一絲絲畫面逐漸聚集成一段較為清晰的畫面⋯⋯

　　「喂——行不行啊？」女孩見他沒有回答，便問道。

　　女孩打斷了他的思緒。他一向都不懂得拒絕別人，也只好支支吾吾地答應了。女孩也不扭捏，接過橘子便直接走進去了。她哪知道他的內心正想著些什麼，她只知道在這鄉下地方到街坊鄰居家串門子是很正常的事情。

　　他被女孩打斷了思緒後，那些腦海裏的片段一下子又散開了，再也聚不起來了。他努力地想了一陣——想不起來——他也不再追尋那些散開的片段，只跟了進去。他不會招呼客人，對於女孩更是沒有辦法打開話匣子。幸好女孩是個會說話的主兒，馬上就跟他東一句西一句地嘮了起來。他們似乎迅速成了朋友，越聊越起勁。他大概一輩子也沒有說過那麼多話，也沒有交過什麼朋友；但女孩的主動讓他不用思量怎麼去和人交談，因為女孩總是有十萬個為什麼要問他——於是他說話越發順暢，也把這些年積累的話一次性地倒

出來了。

「原來你不是結巴呀？」女孩突然笑著問。

「不……是啦」女孩又讓他稍稍局促了起來。女孩好像也注意到了，於是便轉移話題，問：「其實我想知道很久了，你們家外面牆壁上的畫是怎麼回事？」他只好不好意思地回答：「其實……是我小時候畫的啦。小時候住在這裏常常看電影、漫畫，看到有意思的東西就在外面畫了。」

「那你小時候可真是暴力呀！畫的都是些打來打去的東西。」女孩哈哈大笑。

「哪有……只不過小時候覺得這些很帥而已……」他為自己辯解道。

「所以你小時候只看這些打來打去的東西嗎？」女孩追問。

「也不是。我也很喜歡看懸疑、偵探類的電影和書。」他回答。

「為什麼？」女孩可能覺得小孩子看這些有點奇怪。

「因為我覺得有些高智商的手法很有意思……」他頓了一頓，因為他看見女孩似乎僵了一下；他也隨即意識到自己失言了，他不知道自己為什麼會這麼說。他試圖解釋：「呃……」

「我問你一個問題。」女孩正色道。

「可以……」他突然感覺氣氛有點緊張。

「你那天晚上為什麼要對我說那些話？」女孩問。

「什……什麼話？」他不明所以。

「你是不是知道些什麼？」女孩繼續盯著他追問。他被盯得有些發怵。他開始對眼前這個女孩——這個朋友感到一絲害怕了。他腦海中那些散開的畫面此刻又慢慢浮現出來……

「那……那個你家人回來了嗎？」他馬上轉移話題，直覺告訴他眼前的女孩是個危險的人物。

「……」女孩靜了一會，緩緩地道：「打擾了。」

他把女孩送出門後，看著許久沒有見過的漫天星空，他終於有些輕鬆的感覺。

第四天

他從噩夢中驚醒。大口大口地深呼吸了幾次後，他才揉著有些酸痛的手足。喃喃自語道：「幸好是夢！幸好是夢！」

他徐徐步出房間，走向客廳——目光所及無非滿目瘡痍！這還不夠叫他震驚，當他發現客廳的景象是那麼的熟悉後，他感到打從內心蔓延而上的寒意，彷彿被脫光了衣服被扔到南北極的冰窟裏一般——這景象不就是噩夢中所見的

景象嗎？也就是說對面的女孩……他衝進客廳，腳不小心碰到遙控器；遙控器打開了電視機——還是新聞臺，還是報道這那件可怕的案件。他明明記得他那天馬上轉了臺，但它感覺新聞的後續卻似曾相識。他不明所以，直至看到了駭人的一幕……

這一瞬間，他想起了那場噩夢，他想起了對面那個女孩，他想起了曾經在他腦海中縈繞的片段，他想起了他的同事，他甚至想起了那個冷著臉的同學……越來越多的片段從腦海深處浮現出來——就是這個瞬間，他一切都弄明白了……

第五天

他走到書桌前，看到書桌上有一張張的新舊報紙。其中一張舊報紙上印著一個和住在對面的女孩十分相似的臉孔，只是年齡稍大。那張臉孔下面印有文字：「……婦人 X 某對鄰居六歲男童進行性侵被捕……X 某謊稱玩過家家遊戲，命男童脫光並進行猥褻……」

還有另一張舊報紙印著：「……Y 校十四歲女同學失蹤一個月後被發現屍體，疑兇不明……」

一張較新的舊報紙則是：「……Z 市接連發生失蹤事故，

失蹤女性皆屬於同一公司，警方推測失蹤事故與公司內部人員有關……」

另外有一張新的報紙：「……U鎮發現一具女屍，驗屍報告顯示死者曾發生激烈搏鬥……死者生長於單親家庭，其母曾因性侵兒童被捕，其父泣不成聲……」

他把一張張報紙慢慢地撕成碎片，讓它們雪花般散落到垃圾筒。然後他把目光轉向電視的新聞報告：「警方已鎖定嫌疑犯……如有相關資訊請聯絡警方。」然後他在電視上看見了自己——除了鏡子和相片外，又一個看見自己的渠道。

「我說過……在那種家庭裏出來的女人就應該離我遠點……你就是要招惹我……死！活該死！放心吧，我也說過，我一定會保護你的……我不會再讓那些婊子欺負你的……你就安心地睡一覺吧……」他對著電視機上的自己說。

【老師點評】

小說一氣呵成，將一個小男孩／罪犯的成長濃縮在五天四夜裏呈現出來。第一人稱的健忘症恰到好處地帶出了故事的懸疑性，極大地吸引讀者探究真相。語言很流暢。故事建構可圈可點，但能夠很好把握小說的敘述節奏，很好。

銀色鈴鐺

麥銀女

一陣微風掠過潭江流域邊一條小村莊，嫩綠的稻葉沙沙作響。稻田邊的祠堂響起了「哇啦啦」的哭泣聲，嗶嗶啪啪的鞭炮聲伴隨而來，為一位剛滿月的女嬰慶祝。她出生在正值萬物復蘇的春分之時，兆頭甚好。家族的親友趕過來祝賀，一封封大利是交付到她父母手上，還送給女嬰繫上十個鈴鐺的銀鑄鐲子，把女嬰取名為美意。母親把一疊疊利是塞進口袋裏，拿起鈴鐺鐲子套在她薄嫩的小腳上。

美意搖著掛在腳上的十個鈴鐺，發出清脆的聲音，鈴鈴噹噹——鈴鈴——嗶嗶啪啪，爆竹聲再次響起。這一隻小腳變得粗壯，腳上的銀色鐲子繫著金色的鈴鐺。抱著嬰兒的母

親旁邊默默站著一個兩歲多的女孩子，正呆呆地擡頭端詳著她弟弟腳上的金色鈴鐺。美意低下頭瞧了瞧她腳上的銀色鐲子，搖了搖，鈴鐺聲被震耳欲聾的爆竹聲掩蓋了。

「這個孩子就叫做——」一位穿著中山裝的白髮老人站了起來，桌上擺了一本殘舊但保存良好的本子，鄭重宣佈，「天賜，黃天賜！」

在場的人都欣喜若狂，手舞足蹈。

「來，為天賜乾一杯！」

「好！」

美意眨了眨眼睛，低頭盯著地面上的磚頭，小手輕輕地拉動母親的裙角。她彷彿置身在一座孤島上，隔絕了沸沸揚揚的歡呼聲。

「別鬧！」母親甩開了她的手，「你有弟弟了，怎麼不高興一下呢？」

她看著人們的笑顏，點了點頭，咧著嘴笑了起來，嘴角微微地上下抖動。

「你在笑什麼呢？」一個高個子的女孩坐在竹林的空地上，凝視著對面的美意。

「沒什麼啦。」美意長高了不少，光著腳戳弄著落葉。

「不要騙我了，快說！」梅芳焦躁地問。

「我要上學啦！」美意用竹枝在泥地上畫著一個圓圓的笑臉。她頓了頓，在笑臉的嘴巴中間加上一條直線。「學校……不知道是怎麼樣的呢？」

「學校不好玩的，不能再像這樣到處跑了。」梅芳堆著的泥沙塌了，濺到美意的腳邊。

「我覺得很棒，就是那個什麼的……」美意的右手翹著後腦，銀色鐲子的鈴鐺搖曳著，「在村子看見的，知識就是力量。」

「還有好好學習，天天向上。」梅芳又開始堆砌泥沙，「你怎麼懂這麼多？」

「媽媽唸的……」她一時語塞，背對著梅芳。

梅芳瞥了瞥她露出來的側面，說：「你一定有事情，快告訴我！」

美意默不作聲。

「讓我猜猜，跟你弟弟有關吧。」

「你怎麼知道？」美意別過身來，瞪大眼睛，張開的嘴形成一個完美的橢圓形。

「就說給我聽吧。」

父母平常忙於農活，年紀小小的美意不但做很多家務事，

還要照顧天賜。儘管家裏有很多玩具，父母給他買的霹靂劍、玩具水槍什麼的，天賜還是老嚷著要出去玩。昨天美意照常帶著他出去玩，當天賜來到村子的守護樹下，兩眼發光。

「姐姐，我要爬上去！」天賜雙手抱著樹幹，蹬著兩隻小腳，先一步爬了上去，「看我的厲害！」

「不要！快下來！很危險！」美意跟著天賜爬上去，響起了陣陣清脆的鈴鐺聲，「你慢著！小心點！」

美意爬上一米多高的枝椏時，上面傳來了天賜的呼喊聲：「姐姐，我爬不上去，快推我一下！」

美意兩條腿夾著樹幹固定位置，雙手托著天賜的屁股往上推。鈴鐺鐲子抵不住上身的氣力，美意打了個滑，磨穿的褲子露出通紅的白肉。天賜接連失去平衡，整個人飛離樹幹。美意慌忙伸開雙臂，卻撲了個空。

天賜「咚」的一聲面朝天掉到地上，放聲大哭。美意趕緊下樹，把他身上的泥土拍乾淨，攙扶他回家。夕陽照在兩人的身上，拖曳著長短不一的黑色尾巴。美意蒼白的臉上偷偷滴落淚水，滴在灼熱的地面，瞬間蒸發，不留半點痕跡。她哽咽著，分不清是天賜還是美意的哭聲。鈴鐺聲斷斷續續地響著，鈴鈴——噹噹——鈴鈴——噹噹——

「發生什麼事了？」父親一看見天賜受了傷，馬上衝著她

怒喊。母親掛著淚痕，抱著天賜出了門。

「啪」的一聲在屋內迴盪，餘音裊裊。父親甩了美意一巴掌，撇下一句話，「看你什麼樣子的，哭什麼哭！」

「嘭」——父親用力地關上門，巨大的聲響像收音機一樣循環播放著，久久沒有消散。空洞洞的房子只餘下美意一人，她直勾勾地盯著掛在牆上的刻鐘，數著秒數：一秒、兩秒、三秒……她僵硬地站立不動，細細聽著秒針跳動的聲音，時間好似凝固在這個死寂的時空中。窗外的夕陽照射在美意身上，映出了三個不同位置的長長的黑色影子。

「他們昨晚沒有回家，不知天賜怎麼樣了。」美意望著梅芳，「我該怎麼辦？」

「你難道能不回家嗎？只好老實說出來，又不是你的錯！」梅芳不以為意地說。

「嗯，也許是這樣子呢。」美意點了點頭，望著竹子的竿節。

天色已晚，兩人分道揚鑣。美意沿路回家，忽而兜了個圈，撥開大片竹子，來到池塘邊。她坐在岸邊，兩腳伸進水裏，兩手往地面亂摸，拾起石頭，一塊一塊扔進池塘。池塘咚——咚——地吐出白沫，很像摔倒的聲音。她拿起一塊片狀的石頭扔下去，石塊竟在水面連彈幾下才掉下水，泛起的

漣漪擴散到她的腳邊。美意站起來，手上的鈴鐺發出了響亮的聲音，邁向回家路上。

　　玲——玲——一輛自行車飛馳而過。美意跟車上的同學揮了揮手，牽動著鈴鐺聲響，微笑著說：「再見！」

　　「明天再見！」同學大喊。

　　美意今年已經是小六學生了。上學的日子裏，她要早起，煮好早餐，到學校掃衛生。中午，她要趕回家做飯給弟弟吃，還要寫中午作業。傍晚，她要回家做四人分量的晚餐，還得趕功課。

　　美意腳步輕盈地踏進家門口，收起了笑容。

　　「美意，過來。我有話跟你說。」一回家，美意就被父親點了名字。他不動聲色地坐在長椅上聽收音機。

　　美意走到父親跟前，直挺挺地站著。

　　「美意，你不能再上學了，因為我們家沒有多餘的錢供你去讀中學。」

　　「這……」美意低下頭，用力合上雙手。她指尖的狹縫冒出熱汗，指甲也快陷入皮膚裏。

　　「我們還得留一筆錢給天賜上中學，你到田裏工作去吧。」

「我⋯⋯我⋯⋯」美意放開雙手，緊緊握起了拳頭，手背殘留著指甲造成的紅色的烙印。

「這是要補償你的罪過。」

她擡起頭，躲避父親的目光，把右手疊在左手上，微微一笑，嘴角不經意地抖動著，說：「我不要緊。」

她別過去，奪門而出，飛快地奔跑著。急促的呼吸聲，厚重的腳步聲，紛亂的鈴鐺聲，這些聲音交織在一起，奏成曲不成曲的雜音。她跑到竹林裏的秘密基地。這回四下無人，她歇斯底里地哭喊著，驚醒了林中熟睡的的雀鳥，紛紛吱吱喳喳地飛離竹林。無盡的淚水劃過她的面頰，翻滾到她的衣服上，滴落在手上的鈴鐺鐲子，染濕了散亂的髮絲。她舔了舔自己的淚水，像嚐著苦澀的醬油。她搖了搖鈴鐺，鈴鐺被淚水粘著，不能發出聲響。

她整理好自己的儀容，看起來跟剛出去時沒有分別，回到房間，翻閱著學生手冊。

薄薄的學生手冊裏六年級的記錄空了，班主任正填滿空格。校務處的老師們有的窺視著美意，有的在交頭接耳。

「美意，真是可惜，虧你成績這麼好。你父母的決定，這是沒辦法的事情了。」他嘆了一口氣，在語文這科上寫上九十分。

佇立在他背後的美意咬著嘴唇，欲言又止。

　　「你做過班長，又經常拿三好學生獎。你不讀書真是可惜了。」他在美術這欄目上寫著九十五分。

　　他的筆飛快地在評語那一欄填上滿滿的墨跡，然後遞給美意，說：「真的沒辦法嗎？」

　　「是的。」美意接過手冊。她迅速離開學校，在路上走著，幾度翻開手冊，又馬上合上。直到遠離學校的影子，她才打開手冊，看班主任的評語：該學生品學兼優，學習積極……美意驟然合上本子。她用筆在手冊背面的空白處畫了一幅畫：漫天大雨打在一個流著淚的小女孩身上，分不清她臉上的是雨水還是淚水。

　　小女孩躍出了畫面，變成一位高瘦的女人，穿著萬花筒圖案的短袖上衣，寬鬆的長褲，和白色的帆布鞋。她正跟久別重逢的梅芳在酒樓相聚。

　　「我快結婚了，你可以做伴娘嗎？」梅芳濃妝豔抹，身穿著一襲白金色的套裝短裙，腳踏高跟鞋。她翹著二郎腿，短裙下白滑的大腿分外觸目。

　　「我可能做不了。」美意的聲音缺乏抑揚頓挫，緊盯著右手。右手已經聽不見鈴鐺的響聲。那隻銀鑄鐲子，在她插

秧時，曾掉落在稻田黏濕的泥土裏面。她拼命尋覓銀色的蹤影，把鈴鐺清洗乾淨得不留下一點泥土。可是，她搖著手邊的鈴鐺，只聽見微弱的嘀嘀聲。她驀然脫下銀色鐲子，狠狠地用力丟在牆上。乒——啪，鐲子落在地上，斷開兩截。

「為什麼？」

「我快要出嫁了。」

「是個怎麼樣的人？」梅芳伸長了脖子，饒有趣味地打量美意。

「王先生是個大醫生⋯⋯」

「哇！醫生呀！」梅芳精神為之一振，「你們怎麼認識的？」

「相親認識的。」美意繼續說，「四十歲了，帶著個孩子⋯⋯」

「四十歲還想娶二十歲的，真不要臉！」梅芳打斷美意的說話，做了鬼臉。

「母親說，做醫生夫人很好，有很多女人想嫁給他他都不願意呢。」美意不小心推倒裝載乾果的盤子，乾果撒滿一地。噹噹、噹、噹噹噹，猶如銀色鐲子的鈴鐺聲。

「他有孩子，一定是想找個廉價的保姆和⋯⋯」梅芳停止說話，在桌子下作了個不文手勢。

「母親說，只剩下我沒嫁人，老了成為老姑婆就沒人要了。」美意默默地拾起乾果。

「可是，不一定嫁給這個老伯！」

「母親收下了聘金。」美意把乾果放回原處。

「這……」梅芳一時氣結，說不出話來。

「更何況，母親說，」美意頓了頓，左手擰著右手背上的皮膚，紅成一片，「那份聘金是用來給天賜娶老婆和建房子用。我要趕快嫁出去，天賜才能討老婆。」

「又是他哦！」梅芳噴了一聲，「他也同意了？」

「天賜在外地讀大學，他什麼也不知道。」

「你這個樣子不行啊！」梅芳大力拍著桌面，翻著手提包，「來，給你看！」

梅芳遞給美意一張照片。照片中的女人穿著白色婚紗，被一個穿著黑色西裝的男人橫抱著。

「這是我在中學認識的男朋友。」梅芳指著西裝男人說，「畢業後不足一年，他就向我求婚了！」

美意心頭一顫。

「所以說，你得找個自己喜歡的對象。」

美意久久沒有說話，只是一直盯著茶杯上的茶。良久，她緩慢地張開嘴巴說：「我沒有喜歡的男人。」

她回頭看著右手腕空白的位置，覺得痕癢不止。她別過梅芳，騎著自行車筆直地駛向村子。

正當美意跨進門時，耳邊傳來母親的叫喊聲。她縮起向前伸的腳，在原地回踏，然後轉身離開家裏。

她在村子裏來回走著，沒有方向。她來到守護樹腳下，躺在樹旁，閉上眼睛。她來到小時候打水漂的池塘，搜索了許多片狀的石頭，坐在岸邊，一塊一塊投向池塘。石頭「咚」的一聲落去水底。她接連扔幾塊更薄更大面積的石頭，依然一下子就沉下水底。她急了起來，快把地上石頭都扔下去。咚——咚——的聲音接二連三響起，她捲縮著身子，摸索腳邊，手腕，和頸邊。她身上的鈴鐺早已不知所蹤了。這一次，她沒有特意去尋找，繼續靜靜地呆在池塘邊。她又選了一塊石頭，丟了下去，咚的一聲沉到水裏。又一聲「咚」，這次的聲音尤其響亮，濺出了曼妙的水花。

【老師評語】

小說走婉約風格，故事情節較為平淡，也並不追求美意形象的發展變化，但勝在對人物的刻畫細膩，心理描寫較為成功。藉美意的自我時間對小村落的自然環境也作了細緻的描摹，語言流暢自然。

這個時代的夢想

余 衛 晴

許多人窮盡一生去尋找最喜歡的事物，然而我早就找到了。

一

新的一波小兵正整齊地向敵方防禦塔前進。我衡量了敵我的等級和裝備差距，心中計算著：敵方英雄只剩下 900 血，我用「騰雲駕霧」技能接近他，再用「如意金箍棒」技能把他擊暈。在暈眩過程中，馬上釋放大招「大鬧天宮」，一套技能的傷害剛好能把他擊殺在塔下。

小兵踏進敵方防禦塔的範圍並吸引敵方防禦塔的攻擊，「就是現在！」，只見畫面中一身黃金盔甲的悟空，突進，擊

倒對方。「大鬧天宮」，一切動作伴隨著機械鍵盤連續的「嗒嗒」聲。一瞬間，遊戲傳出「敵方英雄已被你擊殺」的聲音。

畫面中的悟空揮舞著手中的金箍棒，發出音效：「敢跟俺老孫撒野。」我嘴角微微上翹，「哼，一切都在我計算之中。」

此刻，房門外傳來一把沉悶的聲音。

「你可以小聲點嗎？」

房門鎖發出扭動的聲音，我回頭看了眼，一個熟悉的身影慢慢清晰。「唭嗒」一聲，滿佈房間的漆黑猛然變成死板的白光，我幾乎睜不開眼睛。母親看見我螢幕上的七彩繽紛，眉頭又再一次地扭結成一團。

「你看你有啥出息，整天不找工作就呆在家玩遊戲，浪費時間。」

「嗒嗒嗒……」

「媽，我想做自己喜歡的事。」我瞇著眼看著螢幕地說。

「嗒嗒嗒……」

「玩遊戲能當飯吃嗎？能賺錢嗎？社會容不下你這樣的人！」

「嗒嗒嗒嗒。」

悟空倒地變成石頭，畫面突然變成灰色。

「你已經被敵方英雄擊敗。」

我的手離開了發出炫彩的機械鍵盤，低頭歎了口氣，沒有答話。母親的眉頭上的結，越扭越緊。「砰」的一聲，房間只剩下死板的白。

她永遠不明白，很多事情不能當飯吃，但是有它的意義。

二

他叫飛克，最喜歡玩遊戲。小時候就發現自己天生反應比別人快許多。學業方面，他只有數學成績比較優秀。中學時期他開始接觸一款叫「英雄聯盟」的競技遊戲，該遊戲是五對五的競技模式，以摧毀敵方主堡為目標。他也早已發現自己這方面的天賦，他用一年時間就打上只有三百位玩家身處的「大師」等級。適逢「英雄聯盟第一屆世界冠軍賽」，一支香港的電競隊伍「暗殺星」奪取了冠軍，贏得一百萬的獎金，而其中的隊長正是向來被稱為「上路大魔王」的 Toyz。這消息也令他萌生了當職業電競選手的念頭，但他知道自己的實力還不夠。要加入電競行業，就要打上「最強王者」等級，這只屬於頭一百位頂尖玩家的區域。

就這樣，放榜後無緣大學的他，整天一個人在漆黑的房間，敲著絢彩的機械鍵盤，沉醉在他最愛的世界，召喚著最

喜歡的英雄——悟空，拼命地朝著「最強王者」的等級邁進。

不知不覺，他的操作越來越嫻熟，實力也悄悄提升。有一次，一個令他尊敬的名字映入眼簾，「上路大魔王」——**Toyz**，四個字母令他內心非常激動，也非常畏懼，因為他的對手正是第一屆世界冠軍職業電競選手。

「只要能打敗 **Toyz** 就能證明自己的實力，不過，擊殺職業選手又談何容易？」

三

進入 **Toyz** 選英雄的過程。

我稍微扭動一下手腕，接著挺直腰板，眉頭微微扭緊。突然，**Toyz** 似乎早有計劃地選了一個最克制悟空的英雄——唐僧。一顆黃豆大的汗珠焦急地從我鬢髮間滲了出來，在鍵盤炫光的照耀下，閃閃發光。

「面對克制悟空的唐僧，我該怎麼應對？」

「他是世界冠軍，我是否已經輸了？」

「我的電競夢，要放棄嗎？」

……

突然，腦海閃過悟空威武地揮舞金箍棒的畫面，「對！職業選手值得尊重，但並不需要害怕。而且，悟空不會畏

懼。」我抹了抹微濕的鬢髮，眼神露出一絲堅定。在眼花繚亂的英雄列表中，我毫不猶豫地按下悟空的頭像，遊戲傳出悟空的音效：「我的金箍棒早已饑渴難耐！」

其實有些事很簡單，既然選擇了遠方，就要不顧一切，風雨兼程。

「唐僧前期強勢，我應該打得保守一點。」

「後期可以趁唐僧技能的空窗期進行一波反擊。」

「這次對決，是考驗我的反應和操作的時候了。」

……

來到遊戲中期，我與隊友溝通，打算以自己的低血量引誘唐僧上鉤，然後利用二人優勢擊殺唐僧。我先與唐僧對拼，互相都把技能傷害打到對方身上。不過技能克制悟空的唐僧還是佔了優勢，我的血量已經快要見底。隊友豬八戒已經迂迴到唐僧一旁的暗處，伺機而動。「唐僧還留有一個控制技能，不能被擊中。」我下意識地退後，Toyz 也似乎注意到什麼。

「不行，再拖下去，他會發現我們的埋伏。」不過在我思索的半秒間，唐僧利用「佛法無邊」瞬間移動到我身後。我的血量已經不能在承受任何傷害，不過在唐僧要釋放「緊箍咒」技能的一刹那，我的頭腦如跑車引擎般急速運轉，手指

飛快地在鍵盤彈奏名為「嗒嗒嗒」的進行曲。一瞬間的反應與計算的結合，只見悟空在幾毫秒間，竟巧妙地利用「騰雲駕霧」躲過了這幾乎必中的致命一擊。就是此刻，唐僧就進入技能的空窗期，悟空回身一記「金箍棒」，擊暈唐僧，再立即釋放終極必殺技「大鬧天宮」。一切動作如行雲流水，唐僧鬆開手上的九環錫杖，倒地。

「敵方英雄已經被擊殺。」醒目的一行大字印入眼簾，我興奮的一頓狂吼：「啊！我擊殺了世界冠軍 Toyz 了！」

由滿血量到擊殺的整個過程不過三秒，速度之快讓在一旁埋伏的隊友未能來得及反應。我已經以一人之力，精準計算傷害和對方血量，抓住對方技能空窗期的破綻，完成一波歷史性的擊殺。

四

勝敗眼前過，實力心中留，高手之間的較量往往在一瞬間，考驗的就是臨場細節的把握。終於，他不但打上了「最強王者」中的一席，還爬上了遊戲排名的第十位。他現在面對的大多都是職業電競選手，不過在頂尖玩家的較量中，他的悟空總有辦法在困境中脫穎而出。

過了幾天，他發現自己擊殺 Toyz 的影片在網路上廣為

流傳。不久就收到香港一支電競隊伍「天空戰神」的邀請，他的電競夢終於要成真了。

但他的母親不諳電競，幾次爭吵後，房間又回到漆黑，他決定一意孤行。

「我加入你們。」

電競隊的模式類似職業籃球隊，有經理負責營運，教練負責訓練。隊員們白天要進行八小時的英雄訓練，兩小時團體訓練，增加隊員之間的默契。其後開會討論隊伍的不足，分析敵方的策略，開發新的打法。晚上還有一小時的跑步活動。

要成為職業選手，就必須面對機械化的生活，但他對遊戲的熱情仍沒減退，就這樣訓練了兩年。之後參加「LMS 小組賽」，大獲全勝。他以新人的姿態，帶領隊伍打進晉級賽，與世界各地的電競隊伍競逐世界冠軍的寶座。

三十二強十六強八強四強兩強，他以驚人的反應力和個人的操作，帶領隊友過五關，斬六將，勢如破竹，來到了最後的總決賽。他面對的是上屆世界冠軍隊伍——暗殺星，他將會與 Toyz 再次同場較量。

自從上次打敗 Toyz 後，他的人氣急速飆升。電競迷都很期待他與 Toyz 的對戰，更有主播推測以他的實力，絕對

能打敗 Toyz，拿下第二屆的世界冠軍。

五

這是最後一場的總決賽。閘門一開，我與隊員整齊地出場，迎來的是幾萬觀眾的尖叫聲，配合音響激烈的音樂，迴盪在電競館的上空。朝觀眾席看去，幾萬觀眾圍繞著舞臺，場面震撼無比。他們手上彩色的燈牌，編織成一條彩色的銀河，與夜空上的星互相輝映。突然，我被遠處舞臺上一點白光吸引著，那是象徵電競選手最高榮耀的冠軍杯，也是所有電競選手的渴望。我凝視著那點白光，我的眼眸裏變得更加深邃，而內心也掀起了一圈漣漪。

「英雄聯盟第二屆世界冠軍總決賽正式開始。」

我如常選出了悟空，隊友們也選出後期強勢的英雄，我們計畫在後期團戰取得勝利。結果對方的 Toyz 又選出了克制悟空的唐僧，其陣容都是前期具有爆發力。

「前期做好防禦視野，阻止敵方取得優勢。」我冷靜地告訴隊友。

我目不轉睛地盯著螢幕，眼神帶有一絲殺氣，心中默想：我想贏世界冠軍，我一定要贏！

他們前期的侵入都被我們瓦解，我們還稍佔上風。隨著

比賽的進程，觀眾的呼叫聲也越加激烈。一道白光閃過，我朝遠方一瞄，冠軍杯在聚光燈下顯得格外閃耀。倏忽，腦海中浮現種種畫面——當初日夜在房間屢屢突破自己，與頂尖玩家過招的光陰，到加入電競隊，接受兩年的苦練，與隊友和教練改善技術。負重練習方能無重上陣，雖然辛苦，但遊戲帶來的喜悅和成就感不是旁人能體會的。母親的不支持，社會的不看好。此夜無光但遠方有星，我能在這裏競逐世界冠軍，只因當初喜愛玩遊戲的那顆心。

「飛克！你在幹嘛？」隊友驚慌地大喊。

「糟糕！」我晃過神來，我猛按鍵盤跟滑鼠，嘗試移動。只見畫面中的悟空被唐僧的「緊箍咒」擊中，動彈不得，正被敵方集中攻擊，血量急速下降。頃刻間，「你已被敵方擊殺」，畫面灰了，悟空倒地成石。

我眼睜睜地看著敵方利用五打四的優勢，乘勝追擊，再擊殺我的兩名隊友，反應再好也無能為力。「砰！」我憤怒地捶打桌上發出炫光的機械鍵盤，數顆鍵帽飛脫而出。

「飛克的失誤導致『天空戰神』的主堡快被摧毀，剩下的兩名隊友還能扭轉局勢嗎？」現場主播的話音剛落，觀眾席傳來陣陣呼聲。

「談笑間，『天空戰神』的主堡灰飛煙滅。恭喜『暗殺星』

獲得第二屆世界冠軍。」

　　滿天的煙火璀璨，觀眾席的躁動，**Toyz** 隊員之間的激動，襯托出我們的死寂。我看著 **Toyz** 高舉的冠軍杯，耀眼的白光逐漸暈開成模糊的一輪光圈，再逐漸清晰。一道淚痕割過臉頰，一滴兩滴三滴，內心卻靜如死海，掀不起一點波痕。我如快將凋謝的向日葵，慚愧地垂下頭。

　　對不起，我輸了。一瞬間的恍惚，把多年來的努力，全都化為烏有。

　　「飛克選手不該有這種嚴重失誤。」

　　「因為你，我們整隊的夢想都沒了。」

　　「我要重新評估你的水準，在這之前，禁止你進行團隊訓練。」

　　「沒實力就不要當電競選手。」

　　「但你，要放棄了嗎？」

　　……

　　後來，我拿著無光的鍵盤，踏上回家的路。仍聽見很多聲音，說我是害群之馬、曇花一現，當電競選手是一條錯路等等……我摀著胸口，之後微微一笑。

　　許多人窮盡一生去尋找最喜歡的事物，然而我早就找到了。我把「遊戲」冠以「夢想」一詞，執意要追屬於這個時

代的夢，在旁人眼中看似不切實際，但夢想正因此才更有價值。是的，我輸了，但我沒有後悔。在這荊棘滿途的電競路上，我仍會繼續淌血前進，因為這血是熱愛遊戲的血。

　　回到告別兩年多的房間，它仍然沒變，我啟動電腦、插上鍵盤、開啟「英雄聯盟」，毫不猶豫地選下悟空——「我的金箍棒早已熱血難耐」。然後，關上那依舊死板的白燈，房間回到從前的漆黑，只剩下那炫光的鍵盤，還在「嗒嗒嗒⋯⋯」。

　　我知道，起初喜歡玩遊戲的那顆心仍在，永遠都在。

　　下一年，我會回來。

【老師點評】

文章的選材很有新意，用「我」「你」穿插的敘述人稱，在遊戲世界與人生世界中轉換。當中遊戲世界的描寫更勝一籌，尤其激烈的遊戲場景，能看出「我」對這一「事業」的熱愛與堅持。情節的波折起伏可以有更多設定。

第三部分

三行詩、微小說

月夜歸途

陳嘉浚

孤月冷照夜歸人

蓬門未嘗為他開

明月不曾為誰圓

寂寞

陳嘉浚

把秒針運行的聲音

收起

留待晚餐時拌飯

思念

黎思慧

雨本無心

琴亦無情

我本酣然入夢

歷史的真相

陳智傑

一廂情願的白鴿失散於墨池

古樓房脊上的方圓，注定了

鸚鵡的失語

相思

吳偉康

織著苦與甜的

毛衣

映著你的影子

抑鬱

盧梓堯

沼澤吞沒了我的雙腳

眼看著太陽升起

我動彈不得

喬裝

王詩斐

我臉上帶著面具

遠方的人看了陶醉

近處的人看了恐懼

金魚

黃子喆

七秒鐘的記憶

埋藏了所有的傷痛

卻也留不住快樂

烈士與賭徒

陳智傑

戰士的心情像暴風雨前的溝渠

微瀾的死水

子夜的激流

膽小鬼

楊善婷

膽肝難相照

小時一見誤終生

鬼迷了心竅

初晴

吳 偉 康

盛夏的遮陽傘

點滴的西瓜汁

緊握晚霞的流沙

窮忙

陳瑞鋒

何處是嚮往

我日夜奔跑，穿過山林

卻不知綠野，早在腳下

沉默的死者

王浩宇

　　周圍嘈雜聲和哭泣聲慢慢變小，儀器的嘀嗒聲和腳步聲似乎也越來越遠。我感到有些不安，扭過頭，看到身邊躺著自己的屍體。

　　……

　　「呼……還好沒有醒來。」

　　我看向窗外，烏鴉在樹上疑惑地盯著我，不作任何聲響。

愛人

陳博優

「我老公他沒事吧？」女人一臉焦急。

醫生不回答她。

「最近還失眠？」

「沒睡得這麼安穩過。」男人溫柔地望著妻子。

醫生詫異的看向他身旁。

「我開些藥給你。」

男人平靜的抓住醫生的筆：「我知道她是幻覺。」

診室門關上，一雙手環抱著醫生，

醫生轉頭對著空氣相視一笑。

紅線

陳博優

她能看到紅線。

爸爸牽著媽媽，手腕間纏著紅線。

奶奶抱著爺爺的照片睡著了，一條紅線遙繫天邊。

餐廳內，女生將水潑男生臉上，紅線斷開，她一臉惋惜。

「你好，這裏有人坐嗎？」

一條紅線悄然攀上她的手腕。

審醜時代

魏 鴻

「我是傻逼！我是傻逼！」

他咒罵自己，扇自己耳光。

晚上他數著鈔票，喃喃道：「傻逼。」

呼喚

潘善怡

「喂，你聽得到我說話嗎？」

不過那時我身在水中央來不及反應。頭轉過來，忽然有人掩著我的口鼻。不，我要掙扎。所以我雙手拼了命划，卻發現自己在大海浮游。到底誰呼喚我？後來我再睜大眼，畫面也定格在海洋的蒼藍，逐漸沉入黑暗。

「聽到呀。你去哪了啊？」

【老師總評】

近幾年，微小說及微型詩在網絡頗為流行。這類微型作品，也從最初的娛樂消遣慢慢變成大眾文化的承載體之一。無論在內地、臺灣，還是在日本、韓國都有不少擁躉。

有鑒於此，在香港專上學院負責統籌中文及普通話增潤課程時，我突發奇想：如果在校內也嘗試舉辦類似的活動，不知道會有怎樣的效果？

抱著忐忑的心情，我們在二〇二一年推出了第一次的三行詩和微小說的創作比賽。

眾所周知，小說與詩歌皆是塑造形象、描述生活，抒發情感的文學形式，本身創作難度就比較高，而三行詩和微小說又有了形式和字數方面的限制，評論家們一般把詩歌建行在一至十行之內的稱為小詩，一千五百字以內的小說叫做極短篇小說。從行數和字數上看，也難怪三行詩和字數限定在一百字內的微小說又被稱為「小小詩」和「小小說」了。在嚴格限定下，要完成文學作品的起承轉合，又要讓作品在短小的字數空間內呈現盡可能豐富雋永的意涵，某種意義上講，是一種「帶著鐐銬跳舞」的行為。

平時學生表現得對中文興味蕭然，一提到作文就唉聲歎氣。沒想到活動甫一推出，便收到了大量的投稿，其中還有一定的作品值得咀嚼一番。這點是我和同事們都始料未及的：沒想到香港的學生對

於小說、詩歌居然有這麼強烈的興趣！

今年，我們又推出了新一輪的三行詩和微小說比賽，同樣反響熱烈。看來學生們對於詩歌／小說創作的喜歡，並非一時興起。從提升學生對中文的興趣的角度而言，無論是微小說比賽，還是三行詩比賽都已經達成了我們舉辦相關活動的目的了。

這次選出的作品題材廣泛，涉及了對歷史的思考、對人性的探究、對真情的渴望、對生活的觀察……這讓我發現：原來課上偶有「小學雞」行為的學生們，還有著嚴肅深沉的一面。

或許他們的語言表達仍稍顯稚嫩，或許他們的主題呈現亦有不足。但能嘗試在偶然的事件中捕捉片刻的趣味，在微小的世界中展示生活的痕跡，對學生而言，已經是非常大的挑戰。再說，真誠的稚拙別有一種樸素的質感，不是嗎？

作者簡介

（按姓氏筆劃序）

王君濠

HKCC 就讀商業管理，DSE 中文作文有 5*，在 HKCC 修讀創意中文寫作科目，畢業後從事有關品質驗證的工作。

王浩宇

三尺微命，一介書生。江南西道人士，此地求學，道阻且長，大業未成，初心不忘。性孤僻，少言語，喜文章。港城夜雨，心誠淒涼。無人對影，共剪西窗。有懷投筆，望伯樂顧，空冀北之群；羨子期聆，合山水之章。

王詩斐

現為香港專上學院中國語言及文學二年級生。平日喜歡以日常生活為題材參與各式比賽，撰寫徵文或短篇散文。去年也在學院舉辦的書評比賽及論文比賽中奪冠軍及三等獎。

伍紫祺

一個說故事的人。

朱美矚

喜愛文學創作，擅長寫散文，隨筆以及小說。寫作就像是我的大海，我得以在其中盡情抒發自己的潮起潮落。

余詩華

向各處灑下種子吧。

余衛晴

創意中文寫作課是我夢的開始。有幸受邀。總在懷念，時常回顧，不擅寫作卻樂此不疲。想生活多點文學、儀式與發人深省。

吳欣怡

2020 至 2022 年就讀於香港專上學院，現就讀於香港城市大學。我喜歡閱讀，但平日缺乏寫作的機會。通過 LCH2282 創意中文寫作課，學習寫作的技巧，並靜下心嘗試寫出自己的作品。

吳偉康

HKCC 副學士畢業，現就讀香港城市大學中文及歷史系四年級。喜愛現代文學和劍擊運動，雖喜卻不精，但漫漫人生，又何憂不精、又何憂不才。

李明殷

於 2016-2018 就讀香港專上學院文科副學士課程，後升讀香港教育大學中國語文教育榮譽學士（五年全日制）課程，現為應屆畢業生。

沈漢威

生於香港基層家庭，學業一般，相貌平平，從小在深水埗長大，見證了香港基層市民的人情冷暖，喜歡觀察他們為生存而奮鬥的模樣，最後發現原因生於香港，人生就只不過是大財團機器中的齒輪，自始躺平。

林浩寧

熱愛寫作，希望讀者可以由我的文字當中，看到我的內心與世界，感受我的情感。文字承載記憶，願各位可以在文章中找到屬於自己的一個角落。

林琛喬

現為 HKCC 商科副學士學生。

林鳳芝

在 HKCC 修讀了中國語言及文學副學士的課程，及後升讀香港理工大學語言科學文學士學位課程，繼續修讀語言相關的學科。

徐文慧

口齒不靈，唯有借助紙筆來敘述心中一切想法，希望能夠成為我留在這個世界的一點足跡，使我的生命得以延長。

馬海玥

在香港理工大學香港專上學院修讀中國語言及文學。現在就讀香港教育大學中文教育系。

區浩然

「閒時作詩兩三首，既活腦筋又開竅。」寫詩就像是寫日記般，將日常有所頓悟的東西記錄下來。希望各位讀者，閒時能夠以詩作為記錄，畢竟當你投入更多心力創作的時候，日後對於此事的記憶和體會也會更深。

張浩然

男，2001 年出生。畢業於風溪第一中學，曾於 HKCC 就讀副學士。

許茵茵

〈阿麗〉這篇短篇小說是我在讀創意中文寫作時的個人習作，同時她也是一個真實出現在我身邊的人物，寫這篇文章的初衷是想要記錄我眼中的阿麗，希望看這篇文章的你們也能跟著一起短暫地走進她的故事，感受她的經歷。

許禧慧

HKCC 副學士畢業，現就讀於香港理工大學，喜歡留意和觀察身邊事物，平常愛用影片拍下生活趣事，但文字更能展現內心情感，因此也喜愛寫作記下此刻所想。

陳子宜

現為 HKCC 電腦資訊科技副學士學生。

陳智傑

我不喜歡說話，因為說話總免不了說謊，但寫作不同，文字能讓我坦誠地揭露自己，我需要這個港灣，一個人獨處、想象、記錄，作些令自己會心微笑的細節，相信總有知音。

陳瑞鋒

一名中文系學生，偶然會寫詩和散文。喜歡的詩人是顧城。曾獲得校內書評比賽冠軍、校內論文比賽三等獎、入選第六屆大學生人文研討會等。理想職業是當一名中文教師。

陳嘉浚

2019-2021 年的 HKCC 社工高級文憑學生，曾經
在高中時修讀中國文學，對寫作新詩及散文感到
興趣。

陳嘉琦

舊名陳嘉琦（新名：麥稀霖）以往都比較喜愛題材
輕鬆、有趣的小說類。朋友推介我散文類的書籍
後，就好像打開了新世界的大門。泰戈爾曾說過：
「給孩子一本書，就是給他們開一扇窗，讓他們看
得更多、更遠，生命更加寬廣。」

陳潔

字小滿，來自廣東深圳，籍貫江西贛州。時而興起
落筆寫文，常常舒爾雲邊坐。願這寥寥幾字帶來的
是閒暇間的享受，縱使和你靈魂相遇的時間，不過
只有幾秒的瞬間。

麥銀女

於香港專上學院修讀文科副學士，畢業後就讀浸會大學中文系學士課程。日常愛好寫作，發表評論，留下文字記錄。

傅嘉儀

原在 HKCC 就讀中文及文學副學士，後升讀浸會大學中文系，現為浸會應屆畢業生。

黃子喆

不羈放縱、愛自由。

黃加偉

原在 HKCC 就讀文科副學士，後升讀大學，現在屯門的小學任教中文。

黃浩烽

愛好香港文學，尤愛讀劉以鬯的作品，亦喜愛研究、創作現代主義文學和都市文學，並關注香港後殖民空間下的香港故事，務求以幽默的方法反思香港社會現況和再現香港人的心靈空間。

黃梓洋

於 HKCC 就讀國際商業。對於自己的中文寫作取得優異成績深感榮幸。作品的靈感源於朋友失戀的思想，並加以延伸，以呈現整個過程。

黃裕泰

2020 年入學香港專上學院就讀中國語言及文學副學士，2022 年畢業，現就讀於香港浸會大學文學院。

黃樂宜

現為香港城市大學語言學系學生。喜歡學習新的語言，也愛觀賞各地有歷史價值的建築物、及街道上平平無奇的人與事。

楊善婷

於 2020 年入讀香港專上學院，修讀文科副學士，並於 2022 年就讀香港中文大學的歷史系課程。

楊逸楠

在 HKCC 就讀文科副學士，後升讀香港浸會大學中文系修讀本科課程，先正修讀碩士課程。

廖紫歡

中文人，有好動症，但可以坐下來練習古箏八小時。喜歡世界文學及音韻，特別喜歡在沙灘或草地看書。背上有一棵樹與 Never Grow Up 的紋身，寓意輪迴，以及不要習慣這個荒謬的世界。正學習做大人，同時希望保護內心的小女孩。知道自己不是天才，但分不清自己是否瘋子。

劉晶晶

HKCC 副學士畢業，現為香港科技大學學生，擅長在日常生活中發現有趣的事情，業餘愛好寫作。

劉穎桐

不用為稿費煩惱是一些僥倖，能繼續寫下去是一種
福份。

潘善怡

Cynthia Poon，文科畢業生，專修人文通識。大學主
修新聞專業。過去受韓國影視及歌曲薰陶，業餘翻
譯。同時熱愛香港文化，喜歡聽歌、看海和記錄故事。
冀以文字和攝影去刻畫人性，替變幻世間握緊一點
溫度。

鄧婉文

曾於香港理工大學香港專上學院修讀文科副學士，
研讀歷史、哲學、文學等範疇，故有幸選讀創意中
文寫作，在老師的栽培下發掘創作的興趣。畢業後
升讀香港樹仁大學中文語言文學（榮譽）文學士，
繼續於相應的領域深造。

鄭嘉敏

現就讀於香港理工大學中文及雙語學系。閒暇時喜歡玩遊戲和吃東西，喜歡的食物是米飯和珍珠奶茶。

黎亨昊

曾在 2019-2021 年間於 HKCC 修讀中國語言及文學副學士，比起烹飪，更喜歡品嚐；比起寫作，更喜歡閱讀。

黎思慧

HKCC 副學士畢業，一名護理系學生。喜歡研究美食，肚子不餓的時候就看看小說。享受獨處，有趣的事都藏在無聊的日子裏。

盧梓堯

此人活著。在夢裏。

蕭楚瑤

香港專上學院畢業生，現為香港浸會大學中文系學生。

賴潤泉

HKCC 文科副學士畢業後入讀浸會，浸大中文系一級榮譽畢業。夢想成為像宇文所安、錢鍾書、Harold Bloom 那樣好的讀者，和寫出自己的批評著作。打這段簡介時想起的詩句是「春風無限瀟湘意，欲采蘋花不自由。」

魏鴻

HKCC 畢業之後就讀於香港理工大學專業進修學院 (PolyU SPEED)，修讀中國語文及文化 (榮譽) 文學士課程，選擇此專業完全憑著對文學和中文的熱愛，而不是豐富的中文專業知識。平時喜歡胡思亂想，並將胡亂的想法轉換為沒有邏輯的文字。

嚴文浩

在 HKCC 讀完文科副學士 (專修範疇中國語文及文學) 之後，找到一份雜誌編輯的工作，從《Aeros Dance》的創刊號開始，陸續出版了四期之後雜誌停刊，之後為照顧母親，在做兼職文員工作。

蘇巧如

2021 年就讀於香港理工大學香港專上學院中文及文學副學士，2023 年升讀香港理工大學語言及言語科學學士學位。「我是如此的理想主義，願世人心中都有不被世俗玷污的淨土。常自我警醒：若怕了世態炎涼，在盛夏亦要為寒冬作打算。又嚷嚷著要寫出自己獨有的模樣，就算身陷泥濘，初衷仍舊是保持善良，問心無愧。於是每每動念寫下隨筆，待回過神來，幾乎都是童年時最美好的片段，靈魂像是彌留在人性善的最初。」

蘇銘胤

曾於香港專上學院（HKCC），修讀中國語言及文學副學士課程，現正就讀香港教育大學（EdUHK）的中文教育學士課程。〈咯嗲花〉這篇小說正是我在副學士期間，於 LCH2282 創意中文寫作的課堂中所創作的作品。

編者簡介

（按姓氏筆劃序）

周文駿博士

周文駿博士本科畢業於嶺南大學中文系，及後於香港理工大學取得中國語言學文學碩士及應用語言科學博士。周博士曾先後取得香港浸會大學普通話教師文憑及香港教育大學（前香港教育學院）學位教師教育文憑。周博士大學畢業後即投身教育，曾於香港專業教育學院及嶺南大學社區學院擔任講師及助理講師，有多年中國語文及普通話教學經驗，曾參加國家語言文字工作委員會的普通話水平測試，考獲一級乙等成績。周博士在專上學院任職

期間曾四次帶領語文教育及研究常務委員會撥款支持的全港推廣普通話活動。周博士曾發表多篇學術會議論文及撰寫多本有關中文教學的書籍，他的學術研究興趣包括對外漢語聲調感知、實驗語音學、粵普對比研究和對外漢語教學法。周博士現為專業及持續教育學院語文及傳意部學部副主任。

邱蔚博士

邱蔚博士於中國人民大學獲得學士學位，主修比較文學，其後分別於香港城市大學和華中師範大學取得中文（中國語言及文學）文學碩士學位和博士學位。她曾參加國家語言文字工作委員會的普通話水平測試，考獲一級乙等成績。加入本院之前，邱博士曾在嶺南大學社區學院任教，教授科目包括：基礎中文、普通話傳意及音韻學等。任教期間，邱博士多次參與教材編寫和課程設計，並多次組織中文科課外活動，寓教於樂。她的研究興趣包括中國唐宋文學、俠客文學。邱博士現職專業及持續教育學院中文／普通話增潤課程統籌、學術中文增潤課程副統籌。

留金騰博士

留金騰博士於香港城市大學取得中文文學士學位（一級榮譽）、哲學碩士學位（獲得「傑出研究論文獎」）和哲學博士學位，並於香港大學取得學位教師教育文憑。留博士的研究方向為訓詁學和詞彙學，其教學專長為古代漢語、漢語修辭、專業中文寫作等。在加入本院之前，留博士曾於香港城市大學及香港教育學院兼任教席，教授中國語文學、古代漢語、漢語修辭學和中文學術寫作等科目。教學之餘，留博士亦專注研究，曾於《中國語文研究》、《西南交通大學學報（社會科學版）》和《中文信息學報》等發表論文。留博士現為專業及持續教育學院中國語文及文化（榮譽）文學士課程統籌。

張儉博士

張儉博士在廣州中山大學中國語言文學系取得文學學士（優秀畢業生）及文學碩士（主修中國現當代文學）學位。2004年，她南下香港求學，其後在香港科技大學人文學部取得哲學博士學位，並曾前

往美國伊利諾伊大學厄巴納香檳分校做訪問學者。她的研究興趣包括中國現代文學、中國當代文學批評、中國電影和流行文化。張博士在香港專上學院任教中國語文、創意寫作、現代文學等科目，曾出版《亂世的笑聲——二十世紀四十年代上海喜劇文學研究》一書，並在各期刊發表學術論文多篇。

趙咏冰博士

趙咏冰博士 1998 年畢業於武漢大學漢語言文學專業，獲文學士學位，同年來到香港科技大學進修，並分別於 2000 年和 2006 年取得哲學碩士和哲學博士學位，研究領域為現代文學與文化，對中國現代文學、女性文學及中國電影也頗有興趣，在多種文學期刊發表現代文學及古典文學論文多篇。趙博士現職高級講師，在香港專上學院教授中國文學、寫作、電影等科目，亦為專業及持續教育學院語文及傳意學部中文教學組統籌。

蔡維玉博士

蔡維玉博士畢業於香港城市大學，先後取得中文榮譽文學士（一級榮譽）、哲學碩士（主修中國古典文學）及哲學博士學位（主修中國古典文學與文字學）。她的研究興趣主要集中在秦漢文化、明清文學和婦女研究。大學畢業後，蔡博士曾在香港城市大學擔任講師，主要任教科目為中國歷史與哲學、中國古典文學評論、古代漢語、中國現代文學、中國語文及文化，以及中文口語傳譯技巧等。投身教學以來，蔡博士累積了寶貴的教學經驗，對語文教學的熱情日益遞增，亦培養出對中國文化的研究興趣。蔡博士現為專業及持續教育學院語文自學中心（中文組）統籌、學術中文增潤課程統籌及中文／普通話增潤課程副統籌。

後記

　　香港西貢的橋咀島上，海灘上常常出現美麗的沙雕，據說是個無名藝術家的作品。有時是一條昂首的狗，有時是一隻可愛的兔子，栩栩如生，旁邊還有幾個寫得頗好看的漢字。海水一漲潮，作品就消失了，從不過夜。沙灘上的遊客，覺得好玩，驚歡，總會拍照。某個期末，當我看完一篇學生小說習作，深深感動，就想到島上那些每天消失在海水裏的雕塑。學生一批批地畢業、升學，散落在城市的各個角落，咖啡館、商場和寫字樓，他們曾用心寫過的散文，講過那麼好的故事，卻都沒有留下痕跡，多麼可惜。於是就動念，給學生的優秀作品做個留念，學院全力支持，中文科的同事齊心合力，於是就有了這個集子。

　　「街與夢」，是前幾年我在香港創意寫作國際研討會上報告的題目。這一二十年來，創意寫作已是全球高校文科中的熱門課程，同行分享教學理念與實踐經驗，當時我探討的是傳統的文學創作課和面向文化工業市場的「創意中文寫作」如何融合，還有如何面對學生應試作文的問題、網絡文學寫

作的陳腐套路問題（例如「寵溺」與「邪魅一笑」）。我認為在教學實踐和習作設計中調動學生「寫實」與「幻想」的能力至關重要，可借鑒寫實、現代主義等經典文學和大眾流行文化中的不同類型，結合數碼遊戲等跨界媒體，開拓對自我、世界、城市空間書寫的可能性，利用城市空間物質細節、個人感官經驗的書寫來探索個人與社會、自我與世界的關係。

所以，這個集子裏散文部分大多都是「XX街」，因為這是他們的散文功課的題目。學生們寫城市的街道、公寓、大廈、商場、公園、還有記憶中的鄉土空間，散文中的自我經驗的書寫，無論抒情還是記敘，都承載現實社會和時代變化的痕跡。而他們的小說習作，自由的幻想與虛構，也能看出創作課上研讀的經典文學的滋養，像張愛玲、海明威、約翰·齊弗、博爾赫斯等等。學生向前人學習講故事的藝術，學習像拆汽車零件似地處理精密的細節，學習場景、視角、聲音的處理和意象的運用。我記得那次創意寫作學術會議的主講是浸會電影系的教授，他提及電影創作中文學性的重要，強調電影系學生特別需要經典文學的滋養。如果文學課最終要面向文化創意工業和市場，我們的學生，從文學中汲取的養分，最終會參與到他們社會生活的創造中去。他們畢業後無論是寫廣告文案、短視頻劇本、還是在商業會議中講一個故

事，也應該知道如何從自我生活經驗中尋找創意，用富有創意的方式去展示自我與世界的對話。

　　感激充滿工作熱誠的中文同事們，在繁重教學之餘，仍孜孜聯繫學生、整理作品，當然，最應該感謝的是學生們，香港理工大學香港專上學院是他們的人生旅途的一個驛站，這些作品既是他們青春創造力的紀念，也是他們致青蔥歲月的贈禮。

理大專業及持續教育學院

語文及傳意學部

「創意中文寫作」科目講師

張儉博士

二〇二四年三月八日

初鳴集：街與夢

編　　者：香港理工大學持續教育學院
責任編輯：黎漢傑
編輯助理：黃晚鳳
封面設計：Gin
法律顧問：陳煦堂 律師

出　　版：初文出版社有限公司
　　　　　電郵：manuscriptpublish@gmail.com

印　　刷：陽光印刷製本廠

發　　行：香港聯合書刊物流有限公司
　　　　　香港新界荃灣德士古道 220-248 號
　　　　　荃灣工業中心 16 樓
　　　　　電話 (852) 2150-2100 傳真 (852) 2407-3062

海外總經銷：貿騰發賣股份有限公司
　　　　　電話：886-2-82275988 傳真：886-2-82275989
　　　　　網址：www.namode.com

版　　次：2024 年 5 月初版
國際書號：978-988-70341-1-7
定　　價：港幣 128 元 新臺幣 480 元

Published and printed in Hong Kong

香港印刷及出版